大学俄语翻译
高分突破与技巧

● 主　编　武柏珍　张秀梅
● 副主编　王春霞　李玉娟　何淑梅
● 主　审　杜国英

哈爾濱工業大學出版社

内容提要

《大学俄语翻译高分突破与技巧》一书是根据最新《大学俄语四级考试大纲》和《全国硕士研究生入学俄语考试大纲》的要求，结合俄语四级、考研辅导班的教学经验以及作者多年来的大学俄语教学实践，精心编写而成。全书共分七章：概述、俄汉对比、翻译过程、翻译技巧、翻译认识中的误区、大学俄语四级翻译文章（100篇）、研究生入学俄语考试翻译文章（50篇），并附有2004～2006年俄语四级和研究生入学考试翻译试题。本书的编写旨在帮助广大考生强化俄语语言基本功，掌握翻译答题应试方法和技巧，快速提高俄语翻译成绩。

本书是高等院校非俄语专业的学生参加大俄语四级考试及硕士、博士研究生入学考试的必备用书。

图书在版编目（CIP）数据

大学俄语翻译高分突破与技巧/武柏珍，张秀梅主编.
哈尔滨：哈尔滨工业大学出版社，2006.11
ISBN 7-5603-2405-3

Ⅰ.大…　Ⅱ.①武…②张…　Ⅲ.俄语-翻译-高等学校-教学参考资料　Ⅳ.H355.9

中国版本书图书馆CIP数据核字（2006）第084827号

责任编辑　甄淼淼
封面设计　卞秉利
出版发行　哈尔滨工业大学出版社
社　　址　哈尔滨市南岗区复华四道街10号　邮编150006
传　　真　0451-86414749
网　　址　http://hitpress.hit.edu.cn
印　　刷　肇东粮食印刷厂
开　　本　787mm×960mm　1/16　印张13.25　字数270千字
版　　次　2006年11月第1版　2006年11月第1次印刷
印　　数　1～4 000
定　　价　22.80元

前　言

《大学俄语翻译高分突破与技巧》一书是为适应全国大学俄语四级考试以及硕士生、博士生入学俄语考试而编写，旨在帮助广大考生打好俄语语言基础，掌握翻译答题方法和技巧，快速提高俄语考试的应试能力。

本书选材广泛，实用性强，力求遵循内容新颖，集知识性与趣味性于一体的原则。其主要特色表现在：

1.新颖独特：用最新语言材料为例，向学生提供全新的语言训练环境。

2.理论与实践并重：从对翻译的基本要求、正确认识、翻译方法以及解题步骤等几个方面阐述了获取翻译理解高分的可能性，并通过大量翔实的例子来解释证明。

3.深层透析：对部分四级和研究生入学考试的翻译试题作了全面、详尽的透析，含有大量的俄语基础知识和学习技巧。

本书从大纲对翻译考试的要求到解题的过程和命题方式都进行了归纳、总结，针对每一种翻译类型给出了答题技巧并加以分析，这对于提高考生的翻译能力会大有裨益。

由于水平有限，在编写过程中难免会有不足之处，期待关注本书的广大师生和专家读者不吝赐教。

编　者

2006年11月

目　录

第一章 概 述

第一节 教学大纲对翻译的要求

翻译是外语学习过程中需要掌握的一项重要技能。《大学俄语教学大纲》明确规定：大学俄语教学的目的是培养学生具有较强的阅读能力，一定的听和说的能力，初步的写和译的能力。同时，大纲中也规定了在语言学习的不同阶段对译的技能的不同要求。例如：基础阶段的教学要求分为基本要求和较高要求，达到四级为基本要求，译的能力包括：能将与课文难度相仿的俄语短文译成汉语，理解正确，译文达意，译速为每小时 300 个俄语单词，能将一般的汉语句子译成俄语，译文基本通顺达意，无重大语言错误；而达到六级则为较高要求，对译的要求是要掌握基本的翻译技巧，能借助词典将与课文难度相仿的俄语短文译成汉语，理解正确，译文达意，译速为每小时 350 个俄语单词，能将内容熟悉的汉语文字材料译成俄语，译文符合原意，无重大语言错误；而在专业俄语阶段对译的要求是掌握科技俄语翻译技巧，能将有关专业的俄语文章译成汉语，理解正确，译文达意，译速为每小时 350 个俄语单词，并能将内容熟悉的有关专业的汉语文字材料译成俄语，译文符合原意，无重大语言错误，译速为每小时 200 ~ 250 汉字。

从这些规定中我们可以看出，教学大纲对译的能力要求不仅强调两种语言的互译能力，而且还在文章的选材、译速以及表达方面都作了具体规定。那么不同级别的考试对译的要求如何呢？

第二节 四级和考研对翻译的要求

四级和研究生入学考试的翻译部分考查的都是对俄语材料的理解和汉语表达能力，因此采用的都是俄译汉题型。

大学俄语四级考试俄译汉部分是一篇词量约为 150 词的短文，有 5 个句子下面划有横线，划线部分词量为 70 ~ 80 词。题材广泛，包括人物传记、社会、文化、日常生活、科普知识等，但内容所涉及的背景知识学生可理解，短文的语言难度适中，基本上无生词。

硕士研究生入学考试的俄译汉部分也是一篇或两篇短文，总词量400词左右，划线部分计有150词左右，这部分试题作为阅读的一部分，其目的是测试学生根据上下文准确理解俄语句子并用汉语予以正确表达的能力。

不管何种形式的测试，对俄译汉部分的要求不外乎这几个字：理解正确，译文达意。大多数情况下，一般对译文的修辞没有提出更高的要求，所以答题时，首先应考虑的是正确理解后如何达意，有时间再考虑修辞问题。

翻译时应注意以下几个方面：

首先要忠实于原文，完整准确地表达原文的内容，不歪曲，不更改，不删减。

其次要在正确理解原文的基础上用合乎规范的汉语表达出来，译文明白通畅。

如何做到以上两点，首先要了解俄语与汉语在结构和表达等诸多方面的差异。

第二章 俄汉对比

在语言学习过程中，学生一直在自觉不自觉地拿母语和外语相比较，这也说明语言对比研究对外语学习是相当有益的。通过对比我们可以更加清楚、更加深刻地认识所学语言的特点。

俄语和汉语是两种不同的语言体系，二者之间的区别也是显而易见的。关于汉语的基本特点，我国语言学界曾提出了许多见解，经过几十年的努力，基本上已达成共识：即汉语的根本特点或最大的特点是缺乏严格意义的形态变化。俄语是词的形态变化（就实词而言）十分丰富的语言。以俄语的名词为例，正常的情况下，一个名词共有 12 个体现性、数、格语法意义的形式。俄语形容词，在有长短尾区别的情况下，完全的聚合体包括 28 个词形，如关系形容词（无长短尾）则有 24 个词形。而汉语词的形态相对贫乏得多，就名词而论，汉语没有性、格语法范畴，因为没有“性”、“格”的形态标志。

俄汉语名词形态上略有相同之处的是“数”。凡俄语名词都有“数”的特征。现代俄语名词分单/复数，有的名词单/复数都有，例如 стул（一把椅子）— стулья（两把或两把以上的椅子），有的名词只有单数，例如 плавание（游泳），серебро（银子），有的名词只有复数，例如 очки（眼镜）。现代汉语名词，主要表人的名词，可以用词缀（后缀）“们”来表示复数意思。例如：先生——先生们，同学——同学们等。但我们也发现，表示复数的“们”，缺少普遍性，有的场合一定要用，有的场合可用可不用，有的场合甚至不能用。例如：学生和老师，学生们和老师们，学生和老师们，是同样的意思；他们是老师，老师是复数，但不能加“们”。

俄语词的形态变化是硬性的、强制性的，为同类词所普遍具有的（例如，所有的名词都有数的语法意义和标志）；而在汉语，那些本来就贫乏的、词相关的语法形态变化却缺乏普遍性。

翻译实践是一种典型的对比分析练习，为了更好地解决俄译汉的问题，我们仅从以下几个方面来说明。

第一节 俄汉语词汇现象对比

词是语言的建筑材料，是语言中独立运用的最小单位。词按照语法规律组成句子，表达思想。正确用词,是正确表情达意的前提,翻译中正确用词,是再现原文内容的先决条件。下面我们从翻译的角度对俄汉语词汇现象进行对比分析。

1.词汇系统

俄语和汉语有各自的词汇系统。学者们进行过统计,俄语词汇总量远远大于汉语字的总量。在苏联解体后,随着俄罗斯政治、经济以及文化的变革和发展,俄语中不断涌现大量新词,而汉语中一般是不会出现新字的,当然会出现新词。不过,我们要强调一点,对于印欧语系的语言来说,"词"是他们的基本构建单位,然而,对汉语来说,"字"才是该语言的基本构建单位。词在欧洲的语言体系中是现成的,汉语恰恰相反。汉语基本上是以字为单位的,不是以词为单位。当一个汉语字(词)可以转换用于不同词类意义时,俄语中要用几个相应的词。如:"迎接"用于名词意义时,对应词为 встреча;用于动词时,对应词为 встретить(完成体)和 встречать(未完成体)。有时,汉语词并不转类,也可能对应俄语几个词。如动词"帮助",可对应动词 помочь, помогать 和名词 помощь。

在构成新词时,汉语字并不增加字数总量,在词典中不单独列成词条,而俄语却要增加词汇总量。例如:фрукты (水果) — сухофрукты(干果)。汉语中通过复合法构成的新词,在俄语中的对应词并不是通过复合两个旧词构成的新词,而是一个全新词根的词,例如:降落伞(降 + 落 + 伞)→ парашют(并非由 спускаться + зонт 构成),木工(木 + 工)→ плотник(并非由 дерево + рабочий 构成)。

2.词义的对比

通过对比,我们发现俄语词在汉语中的对应情况有以下几种:

1) 对等词

在两种语言中词汇涵义完全对等的对应词,称为对等词。对等词主要是单义词,尤其是一些科技性词汇,这类词一般很容易翻译成另一种语言的词。例如,кислород(氧),электричество(电),математика(数学)等等。

2) 比汉语词汇概念宽的俄语词

在两种语言中词汇涵义的范围有宽窄之分,有时俄语的词汇概念宽,有时汉语的词汇概念宽。我们首先介绍比汉语词汇概念宽的俄语词,主要有两类词:表示亲属关系的名词(дедушка, бабушка, дядя, тётя, брат, сестра 等等);与形容词同根、表示"使事物变为什么样的"(делать кого-что-либо каким-либо)这一意义的及物动词。第一类词中,除 отец(父亲),мать(母亲),сын(儿子),дочь(女儿)四个词意义比较确定之外,其余的词所表示的词汇概念均较汉语对应词的词汇概念宽。因此,脱离语言环境和上下文,往往很难搞清具体的称谓和亲属关系。第二类俄语动词在汉语中往往相当于好几个动词。这类对应的汉语动词的结构特点是动补式的复合动词,其第一部分为动词,第二部分为形容词。例如,

белить(делать что-либо белым)汉语的词义分别为“刷白、漂白、粉白”等等。

3) 比俄语词汇概念宽的汉语词

汉语中有表示某一类事物总概念的词,俄语中也有,但俄语中还有一些独立的词表示总概念分属的各种具体事物所具有的分概念,而汉语中却没有独立的词来表示这些分概念。例如,“面包”,既可指称表总概念的 хлеб,又可指称表分概念的 булка(白面包),батон(长形白面包),каравай(大圆面包),бутерброд(夹心面包),баранка(小环形面包)。另外,汉语里有表示某一类事物、动作、特征总概念的词,却没有独立的词表示其分概念;俄语相反,不仅没有表示总概念的词,而且必须用不同的词来表示各种分概念。例如,汉语的“群”,俄语就要根据不同情况表示为 толпа(人群),табун(马群),стадо(羊群),рой(蜂群),стая(狼群)等等。

4) 无对等词

这主要指原文语言中新出现的专有名词、术语和尚无译名的表示民族特有事物的词。这类词的翻译要创新,翻译时要本着“一名之立,旬月踟蹰”的精神,仔细推敲,采取音译、意译或者音意兼译的方法,创造符合汉语语言规范的新译名。

5) 背景词

词汇概念相等的词,词汇背景不一定完全相同。词汇背景不完全相同的等值词称为背景词。由于背景知识不同,一个词在两个民族人民的意识中会产生不同的联想。例如,берёза(白桦树)在俄汉语中的概念意义相同,但在俄语中它还有其他的背景知识,俄罗斯人总是把它同“祖国”联系起来。

3.词汇的使用

俄汉语中词的搭配能力和习惯不同,俄语中某些在意义、逻辑、习惯上能够搭配的词,其汉语中的对应词则不一定能搭配,反之亦然。例如:крепкий чай(浓茶),крепкий лёд(坚冰),крепкий сон(酣梦),крепкая дружба(牢固的友谊),крепкий запах(强烈的气味);открыть дверь(开门),водить машину(开车),прописать лекарство(开药),включать свет(开灯),поднять целину(开荒)。

俄汉语中词的褒贬色彩也可能不同,例如,имя 在俄语中可以表示各种色彩,而在汉语中属于中性色彩,要突出褒义或贬义,就要适当加词处理,所以 оставить имя 分别可以译为:留下骂名、青史留名。

另外,汉语是世界上最丰富、最发达的语言之一。它有许多语言现象是其他语言所没有的。比如对举词、叠词、象声词、量词、四字成语等等。这些特殊词语是翻译中经常运用的,它们具有极强的表现力,运用得当,会使译文增色生辉,产生鲜明的艺术效果。例如:

Люди любят сказки. Сказки **занимательны**.

译文:人们喜爱故事。故事**引人入胜**。

Справедливость этого метода определит **успех** эксперимента.

译文：这个方法**是否正确**将决定实验的**成败**。

总之，考生在翻译中选词要注意用词贴切、配合妥贴、感情色彩得当、语体相宜。

第二节 俄汉语语法结构对比

俄汉语各自都有一些特殊的语法结构：俄语有形动词、副动词短语；汉语有连动式、兼语式。俄语中长句多，定语长，汉语更喜短句，不惯用长句、长定语。在俄语中，最突出的结构是主谓结构，它就像一棵树的主干，然后运用各种连接手段或语法形式把各个句子和各个独立成分等挂在这棵大树上。例如：

Химия относится к числу естественных наук, изучающих окружающий нас мир со всем богатством его форм и многообразием происходящих в нём явлений.（1999 年考研真题）

译文：化学属于自然科学，研究我们周围世界及其所有的各种形态和发生在其中的各种现象。

该句中形动词 изучающих 修饰 наука，构成独立定语，происходящих 修饰 явления 作 многообразие 的定语。如果按照俄语结构硬译成定语，则显得累赘生硬。

又如：

Аркадий оглянулся и увидел женщину высокого роста, в чёрном платье, остановившуюся в дверях зала.

译文：阿尔卡吉回头一看，看见一个身穿着黑色连衣裙的高个子女子，正站在大厅门口。

Уже сейчас есть немало фактов, свидетельствующих о том, что межбанковские расчёты начали восстанавливаться. Пусть это происходит в рамках отдельных узких банков, доверяющих друг другу, но круг их, безусловно, будет расширяться — жизнь заставит.（1997 年考研真题）

译文：现在已有很多事实可以证明跨银行核算开始恢复。尽管这种情况只发生在个别的少数相互信任的银行之间，但是其范围毫无疑问将会扩大，这是形势所迫。

我们来分析一下这个句子。第一个句子的主干：主语部分（немало фактов），谓语部分（есть），主语的中心词 факты 通过主动形动词 свидетельствующих 这一独立定语修饰，而这个形动词又接 о ком-чём，它又带出一个说明从句。第二个句子是由连接词 пусть..., но... 连接起来的让步从句，从句的状语部分的修饰语 банки 由主动形动词 доверяющих 扩展，带出形动词短语，而主句部分是个由破折号连接的无连接词复句。

Величина этого «определённого времени», после которого наступает утомление, зависит от множества факторов — опыты, условий работы, заинтересованности в ней и т.д.(1999年四级真题)

译文：疲劳出现在一定时间之后，该时间的长短取决于许多因素——经验、工作条件、对工作的兴趣等。

该句的主语是位于句首的 величина，它的修饰语又被带 который 的限定从句修饰，而谓语是 зависит，其补语有个总括词 множество，后面又有三个分词。

汉语中没有主干与枝丫之分，汉语的句子就像竹子一样，一节一节地连接起来，每一节是一个语义相对独立完整的部分。例如：

一去二三里，

烟村四五家，

亭台六七座，

八九十枝花。

又如马致远的《天净沙·秋思》：

枯藤老树昏鸦，

小桥流水人家，

古道西风瘦马，

夕阳西下，

断肠人在天涯。

几个相对独立的画面并列排在一起，不用描述彼此之间的关系，却勾勒出一幅完整的图画。如果翻译成俄语，恐怕就失去了原诗的韵味。一般情况下，汉语中多用"意合"法交待句与句、甚至段与段之间的关系，各种语法关系暗含在上下文中，主动与被动、时态等关系都要读者自己去判断，可承前顾后，也可省略成分，而俄语有时做不到这一点。

第三节　俄汉语形态变化对比

俄语词具有丰富的形态变化，名词有性、数、格之分；动词有时、体、态的变化等。一个词往往有几种语法形式，不同的语法形式表示不同的语法意义。如俄语静词有六个格形式，每一种格的形式通常都有其特定的词位表现形式；俄语动词有第一、第二、第三人称表达方式，并有单复数之分，它们一般皆有固定的词尾表达方式；俄语形容词有比较级和最高级的简单式，也可借助特定的词尾来表示，等等。而汉语词的形态变化不发达，不同的语法意义常常借助于不同的虚词或其他词汇手段来表达。例如：

Победитель получал право быть принятым на отделение русского языка и литературы либо журналистики без экзаменов. Для школьников, занявших второе и третье места, участие в олимпиаде рассматривалось как сдача соответствующего профиля экзамена с отметкой «отлично». (2002 年考研真题)

译文:优胜者可获得免试进俄罗斯语言文学专业或新闻专业的入学资格,第二名和第三名学生可以将参加奥赛视为通过相关科目的考试并记“优秀”成绩。

该句中“быть принятым”意思是被录取,译文在处理时变主动;“с отметкой”中的前置词“с”译成“并”。

又如:

Мир — миру!

译文:给世界和平。

俄语名词复数可表示不定数量意义,在此情形下,时常是指单数意义。翻译时无需突出复数意义。

В вагоне у нас новые пассажиры: молодая женщина с чемоданом.

译文:我们车厢里来了新乘客,她是一位带箱子的年轻妇女。

俄语名词有阳性、阴性和中性;此外,以-а, -я 结尾的某些名词为共性名词,如 староста(班长),умница(聪明人),соня(瞌睡虫),судья(法官)。

汉语名词没有性的区分,中国学生在学习中容易出现的问题是,不恰当地使用俄语阴性名词。

Приехала инженер.

来了位女工程师。

У нас новая врач (врачиха).

我们这有位新来的女医生。

Компьютер в отличие от книг, которые только хранят заложенную информацию, способен активно её использовать. (2001 年四级真题)

译文:与只能把储存的信息保存在其中的书籍不同,计算机能够积极地运用这些信息。

该句中 способен 是形容词,译成能愿动词“能够”。

第四节 俄汉语词序对比

俄语的词序比较灵活,词与词之间的关系主要靠词形变化来体现。词序的变化一般不影响句子的基本含义。汉语的词形是固定的,词序也比较固定,不能随便改动。词序不同,表达的意思就可能不同。例如:

Летом один за другим уходили в отпуск друзья.

译文:入夏以后,朋友们一个个相继休假去了。

该句中谓语在前,主语在后,但译成汉语时不能按原文词序硬套,要按照汉语的规范重新组织。

词序在俄汉语中既是语法手段,又是修辞手段。作为语法手段,词序在汉语中的作用比俄语大;作为修辞手段,词序在俄语中的作用比汉语大。例如:

Русский язык нам преподаёт профессор Ван.

译文:教我们俄语的是王老师。

该句中主语后置,是突出强调行为的发出者;翻译汉语时,我们采用了判断句,以达到良好的修辞效果。

汉语行文习惯于按时空、因果、条件等逻辑顺序,依次展开。汉语中表示时空、因果、条件等意义的复句,时间在前的从句通常位于时间在后的从句之前;表示空间意义的复句也常按照一定的空间顺序排列(由前至后、由左及右、由近及远等等或按照与此相反的顺序展开);表示原因或条件等意义的从句,一般位于表示结果意义的从句之前。

而俄语可通过词形变化表示各类语法关系,词序、语序相对灵活。翻译时如果按照原文的词语顺序,则不符合我们惯常的阅读接受习惯。

又如:

А страдать от этого я стала не в самом начале, когда мои знания были близких к нулю, а именно тогда, когда начала накапливать их и когда с приобретением каждого нового факта стала понимать, как многого мне не хватает.(1998 年考研真题)

译文:最初,当我的知识近乎于零时,我并不因此而感到痛苦,而恰恰是当我开始积累知识,并随着获得每一种新的知识我开始明白有很多知识还缺乏时,我才感到痛苦。

Отец не может заставить сына помогать матери, если сам лежит на диване, пока жена моет стеклянную посуду.(1999 年四级真题)

译文:如果妻子刷碗时,父亲躺在沙发上,那么他不能强迫儿子帮妈妈干活。

Я могла бы не раз попасть в самое жалкое положение, навсегда потерять всякий авторитет, если бы не усвоила себе с самого начала твёрдое правило.(1998 年考研真题)

这是个带条件从属句的主从复合句,连接词 если бы 表示的条件是虚拟的。按照汉语的语言习惯,翻译时应把该句放在前面。译文是:

要是我一开始就掌握了固定的原则,那么我就会不止一次陷入窘境,永远失去任何威信。

第三章　翻译过程

了解俄汉语异同对提高译文的质量具有重要的作用，而对四级和研究生入学考试来说，翻译主要考查的是学生对原文理解能力和汉语表达能力，而理解正确是通顺表达的前提和基础。因此，考生的重点应该放在内容理解和译文表达上。

换而言之，理解和表达是翻译的两个重要过程。因此，考生也应遵循这两个过程，先理解，再表达。

第一节　理　解

从字面上讲，理解就是理会和了解。一个人对某一事物的理解总是通过相关的多种事物来揭示的。而这一过程本身就是一个由"未知"到"新知"到"已知"的过程。例如："鹿茸"解释为"雄鹿的嫩角没有长成硬骨时，带茸毛、含血液，叫鹿茸(《现代汉语词典》)"。这一表述中使用了嫩角、硬骨、茸毛、血液等相关事物来解释。

在翻译过程中，理解作为翻译的第一过程，本身就是一种翻译，是一种细思于脑，熟记于心，未形成文字的翻译活动。因此，考生先要做的第一步，应是正确理解原文。一些学生由于时间仓促，考试时只阅读划线部分，人为地割断了划线部分与全文的关系，孤立地去理解划线部分，结果导致了很多偏差。理解原文至少要了解文章的主题思想，知道文章谈的是什么，然后通读划线部分，一定要借助上下文来理解。未理解透彻决不动笔翻译。

理解还包括根据该文的主题思想，动用相关的汉语知识来进一步理解该文章的意思，并能按照汉语的特点确定翻译的难点，判断采分点。"理解"我们强调要透过原语的外在形式深入它的内在意义，通俗点说就是钻进去理解。

1.根据上下文准确理解词义

写文章有上下文，说话要有环境。上下文和环境我们可以称之为语境。语境有大小之分。大语境包括时间、地点、人物。上下文是一种作者创造的形成文字的特殊语境，不妨称之为小语境。翻译是在具体的语境中进行的，确定语义离不开语境。一般情况下，一个词脱离了上下文可能有多个意义。例如：

Им надо разъяснять дело практически, на простых, житейских примерах.

给他们解释问题,要实际,要用生活中的浅显的例子。

Надо быть человеком образованным, знающим своё дело.

应当作一个有学问的人,熟悉自己的业务。

дело 是一个多义词,在第一个句子中意思是“问题”,而在第二个句子中译为“业务”。

Необходимо с детства воспитывать культуру поведения в общественных местах.

必须从小就培养在公共场所举止文明的习惯。

Чем выше становится благосостояние народа, тем больше место занимаются в потреблении мясо, жиры, молоко и молочные продукты.

人民的物质生活愈好,肉类、油脂、乳类、乳制品在消费中所占的比重就愈大。

место 也是一个多义词,在第一个句子中译成“场所”,在第二个句子中意思是“比重”。

2.逻辑推理

逻辑推理可以帮助我们理解语法关系,进一步明确词义,也有助于我们检查译文中的漏洞。例如:

Ещё плохо действовала левая рука, и приходилось каждый день заниматься гимнастикой с лечащим врачом.

此句中 заниматься гимнастикой с лечащим врачом 无论从词义和语法角度来看,译成“和主治医生一起做体操”似乎不符合实际情况,如果译成“他的左手不太灵便,还需要每天在主治医生的指导下做体操”,就会好些。

Он уезжает на чужбину, чтобы через год вернуться оттуда больным.

如果把该句译成“他要到外国去,为了一年以后抱病而归”,从词义角度来看似乎没什么问题,可从逻辑角度看,却说不通。чтобы 连接的从句,主句中没有相应的词与其相呼应,可以判断,这里不一定是表示目的。这里含有结果意思,而这种结果往往是主句所不愿意的、不希望的,有时甚至与主体的愿望是相反的。试想一下,出国本来是好事,谁能希望一年之后就生病而归呢?所以要仔细推敲,认真分析,否则译文的意思就会与原文完全相反。该句可译为:他到外国去了,没想到一年以后竟抱病而归。

Во всяком случае, не вызывая сомнения, что эмоции нужны для запоминания.(2005年考研真题)

该句中 эмоции нужны для запоминания 许多考生译成“情感需要记忆”,无论从语法关系还是从逻辑角度来看,都是不对的。全文讲的是有关记忆及影响记忆的因素问题,情感刺激是记忆的重要因素。所以,这里可译成:“很明显,有一点毋庸置疑,那就是记忆需要情感”。

3.尽量理解语言后面独特的背景知识

背景知识包括方方面面的内容,如国情、文化、习俗、史实等等,这些内容在翻译中的作用是不容忽视的。就拿民俗来说,它是民族的特征之一,体现在生活的各个方面,反映在语言上就形成了民族的固定词组和民族语言形式。例如:Чёрная кошка проскочила(硬译:黑猫跳过去了)——不祥之兆。在俄罗斯、德国、法国等国家,看见"黑猫"是不吉利的,在英国却把它视为"吉祥"之物,而中国则是"夜猫子进宅,无事不来",将猫头鹰视为"凶兆"。不了解这些词的民族特色就很难理解原文的真正含义。例如:

Фрося перекрестила Егорку.

译文:菲罗霞为叶戈尔画了个十字,以示祝福。(文中加了"以示祝福"以补偿原文已有的信息)

А потом началась Финская война, и полковник Баранов уехал на эту войну.

有些人把 Финская война 理解为芬兰的内战,译成"芬兰战争"就错了。事实上文中指的是 1939 年爆发的苏芬战争。因此,要译成"随后,苏芬战争爆发了,巴兰诺夫上校上了前线"。

第二节 表 达

理解之后,就要根据掌握的知识和翻译技巧把原文传达的信息用汉语表达出来。

从字面上讲,表达就是表露和传达。表达不仅要显示出事物的外在联系,也要显示出事物的内在联系。

在翻译过程中,表达作为翻译的第二过程本身就是一种翻译实践活动,是一种见诸于口或落实于笔、形成文字的翻译实践活动。译语表达越信越顺越好。这就要求我们要不受原语(即俄语)的外在形式的束缚,严格遵守汉语的语言规范,通俗点说就是要跳出来表达。表达时要注意一下几个问题:

1.联系上下文选词,不能孤立地翻译。例如:

Организму требуется и более значительный отдых, для этого заранее планируется отпуск или каникулы.(1999 年四级真题)

отпуск 和 каникулы 都表示"休假、假期",仔细推敲,前后联系,方可避免语意重复单一。此句可译为:身体需要更多的休息,为此预先要计划好如何休假。

Мы не требуем от памяти, чтобы она хранила всё, но хотим, чтобы она не теряла нужного.

Отклонения как в сторону усиленного, так и затруднённого забывания свидетельствуют о несовершенстве памяти.（2005 年考研真题）

该句中 усиленного 和 затруднённого 构成了上下文反义词,通过连接词 как...., так и... 连接,列举了两种情况:忘性加强或减弱。因此,我们在处理这句话时,要联系上面的话,所以译成:我们不要求记忆能够保存一切,但却希望它不要丢失我们需要的东西。忘性强或忘性弱的偏差都表明记忆不够完美。

2.要遵循汉语的表达习惯,不可逐词逐句地死译。

有些考生只是机械地翻译了每个词,往往不考虑汉语的特点,不符合汉语的表达习惯。例如:

Уровень нашей сегодняшней деятельности мы должны считать пройденным этапом.

有人译成"我们今天的活动水平应认为过去的阶段了"。仔细推敲,勉强可以弄清楚它的意思,但显然不是很地道的汉语,严格来说,"活动水平"怎么可能是"阶段"呢? 正确的译文是:应当承认,我们今天的工作水平还停留在过去的阶段。

Семья понимает свою ответственность перед обществом и стремится как можно лучше наладить детей. Несмотря на помощь государства и значительную роль общества в воспитании детей, семья не устраняется, а, наоборот, всё участвует в этом.(2001 年考研真题)

第一句话相对来说还好理解一些,基本上没有什么表达上的问题。可译成:家庭懂得自己对社会的责任,并尽量教育好子女。第二句话中,有人把 семья не устраняется 译成:"家并不被排除"听起来让人有点费解,经推敲,可译成:尽管在孩子教育方面有国家的帮助,社会也发挥很多的作用,但家庭并没有置身事外,相反,更加积极地参与这一过程。

第三节　翻译过程例析

我们以 1999 年大学俄语四级考试真题和 2004 年研究生入学考试翻译真题为例,向大家介绍翻译过程。

1.四级试题例析

Известно, что у человека после выполнения работы в течение определённого времени наступает утомление. Его необходимо снять или хотя бы ослабить. 61. Величина этого «определённого времени», после которого наступает утомление, зависит от множества факторов — опыта, условий работы, заинтересованности в ней и т. д.

62. Ослабить утомление, накопившееся за короткое время, помогает краткий отдых в течение работы.

Утомление за день снимают свободный вечер и ночь. И всё же полностью утомление не будет снято. 63. Организму требуется и более значительный отдых, для этого заранее планируется отпуск или каникулы.

Мы поведём разговор о разных типах отдыха: в течение рабочего дня, после рабочего дня, рабочей недели и трудового года.

64. Отдых в течение рабочего дня определяется характером труда, тем, какие органы или системы в первую очередь начинают работать.

О том, как проводить свободное время после рабочего дня — в воскресенье, во время каникул — уже немного говорилось.

65. А вообще-то точный рецепт на все случаи жизни дать очень трудно: сколько людей, столько жизненных обстоятельств.

首先,略读短文的开头和结尾,理解文章的主题思想。第一句话是个说明从句,连接词 что 是主句的谓语 известно 带出来的。这句话的意思是:一个人工作之后就会感到疲劳。大略阅读一下文章,我们可以初步推测,这篇文章的主要内容是,人在工作之后,会感到疲劳,那么就需要休息,休息时间的多寡取决于工作时间的长短,又谈了不同的休息方式。

然后,分析划线部分。

四级考试翻译的划线部分,大多是一些复句或者是其他成分的繁化形式或扩展。对划线的分析,大多是从句子成分划分开始。例如:

61 题是一个带有关联词 который 的复句,从句"恰好"位于主句的主语和谓语之间,给考生带来一点难度,但仔细分析,就会发现,从句修饰主句中主语的非一致定语 времени。主句的主语是 величина,谓语是 зависит,该词的搭配是 от кого-чего。величина 的意思是"大小、长短",与时间搭配,译成"长短"会好些。因此,该句译为:疲劳出现在一断时间之后,该时间的长短取决于很多因素——经验、工作条件、对工作的兴趣等。

62 题测试的重点是形动词。这里主动形动词 накопившееся 修饰前面的名词 утомление,谓语是 помогает,搭配是 ослабить,主语是 отдых。该句译为:工作中短暂的休息会有助于减轻在短期内所积聚的疲劳。

63 题是个无连接词从句,для этого 提示我们两句之间的关系是目的关系。第一个句子的主语是 отдых,第二个句子的主语是 отпуск или каникулы。因此,该句译为:身体需要更多的休息,为此要预先计划好如何休息。

64 题要弄清 определяться 的搭配和该词的并列补语。经分析,тем 和 характером 是并列补语,какие 与前面的 тем 相呼应,构成定语从句。所以该句译为:工作期间的休息决定于劳动的性质,决定于哪些器官或系统首先开始工作。

65题注意 рецепт 的多义现象,要联系上下文确定,该词的本义是“处方、药方”,这里引申为“方法”。另外,带 сколько ..., столько...的相应关系从句的译法也是重点。该句译为:总之,很难给出一个适应各种生活情况的确切方法,因为有多少人,就会有多少种生活情况。

2.研究生试题例析

Было время, когда человек пользовался дарами природы, не причиняя ей серьёзного ущерба.

Многим кажется, или казалось до последнего времени, что ныне человек независим от природы. Опасное заблуждение! Мы — часть природы и как часть без целого существовать не можем. (61) Некогда человек целиком зависел от природы, ныне природа попала в зависимость к человеку. Человек приобрёл такую силу, что способен, иногда сам того не подозревая, нанести биосфере в целом — и себе, разумеется, — непоправимый вред. И только научный подход к биосфере позволяет человечеству не просто сохранять её богатства, но и приумножить их.

Почему же так тревожит учёных разных стран, да и не только учёных, состояние биосферы? Основания для тревоги есть.

Вот приблизительно 10 тысяч лет назад зародилось земледелие. За 10 тысяч лет две трети лесов вырублены, словно бритвой сбриты с лица земли. Топор, пила, электропила, всесильный огонь сделали своё дело. (62) Леса — не только лёгкие нашей планеты, не только гигантские фабрики кислорода, они хранители вод и почвы. Вот почему теперь повсеместно запрещают рубить лес по берегам рек. Но современный человек, как и его предки, без древесины обойтись не может. Значит, человек будет рубить лес и впредь. Но как рубить?

В отличие от угля, газа, руды, лес — богатство возобновимое, он вырастает снова и снова. И человечество может удовлетворять свои потребности в древесине бесконечно долго, если будет соблюдать простейшее условие, вырубать не больше того, что вырастает.

Много на нашей земле разных животных и птиц, но подсчитано, что за исторический период исчезло более 100 видов млекопитающих и 136 видов птиц. Многие виды птиц, наземных животных, морских животных вот-вот перестанут существовать. (63) Учёные завели «Красную книгу», куда заносятся виды животных и растений, которые стали редкими и нуждаются в особой охране. Многие виды диких животных обязаны своим спасением заповедникам. Заповедники — это ценнейшие научные лаборатории, в которых учёные ищут способы наиболее полного, разумного использования даров природы.

Ну, а вода? Разве она менее важна? Могут ли без неё существовать живые организмы? Разве она заменима? (64) Ещё недавно всем казалось, что уж в воде-то человечество никогда не будут испытывать недостатка. А в последние годы оказалось, что многим странам, в том числе таким, где есть многоводные реки и озёра, уже не достаёт чистой пресной воды.

Хотя вода находится в постоянном движении, но она, подобно атмосфере, не избежала загрязнения. И вот результат: гибель многих рек и озёр планеты, которые прежде служили источником чистой пресной воды, гибель ценнейших пород рыб.

(65) Мы все живём на одной планете, дышим одним воздухом, пользуемся благами одного Мирового океана. Охрана природы и разумное использование её богатств стоит в ряду важнейших проблем. Это проблема глобальная, общечеловечная. Решить её можно только усилиями всех государств и народов.

首先,略读文章的开头和结尾,确定文章的主题思想。一般来说,翻译部分的题材大多是说明文或议论文。不论是哪种体裁,都要有说明对象或论述的中心,不同的作者可以用不同的方式来点题,有的开门见山,有的结尾点题。而这篇文章第一段很短,语法结构和词汇略有难度,但有三个关键词 человек, природа 和 время,我们可以说文章谈的是人和自然的关系问题,время 前面的谓语 было(过去时形式)提示我们这是以前的观点或事件,初步可以推测这是一篇讨论人和自然关系的过去、现在和未来的文章。人和自然的关系无外乎就是人和自然界中的水、森林、动植物等的关系。通过阅读以下几段的开头和文章结尾,这些内容得到了确认。有了这些背景知识对理解文章和划线部分有重要作用。

然后,分析划线部分。

划线部分大多是长句子。要想把握每个句子的中心含义,必须从基本的句子成分分析入手:要找到句子的主干部分。尤其是长句子,要将其划分成若干个意群。找到主谓语部分,也就找到了句子的主干部分、中心内容。

意群大致可分为:主语部分、谓语部分、补语部分、状语部分、定语部分。

其中除谓语部分外,其他各意群不仅可以由若干词组成,还可以由各种从句组成。例如:

61 题由两个句子组成。第一个句子是个没有连接词的并列复句,表达的内容是时间副词 некогда 和 ныне 引起的对比。第二个句子是程度从句,主句指示词是 такую,从句连接词是 что。从句谓语 способен 搭配的是动词不定式 нанести,副动词短语结构作状语,而 нанести 的接格关系是 кому-чему, что,直接补语被插入语 разумеется 分开。

62 题也有两个句子组成。第一个句子是由连接词 не только..., но и...连接的并列从句。第二个句子是语气词 вот 加上疑问副词 почему 的句型。谓语 запрещать 搭配的是动词不定式。

63题也是两个句子。第一个句子主要是带 куда 和 которые 的定语从句，它们分别修饰 книгу 和 виды。第二个句子的谓语是 обязаны，搭配特殊，чем кому，找到该词的两个搭配 своим спасением，заповедникам，句意也就清楚了。

64题第二个句子开头是语气词 а，作连接词，用来连接词、词组、句子，表并列关系，有时也称作语篇连接词。两句开头都有时间状语，分别是 недавно 和 в последние годы 构成对比关系，由此可以判断两句之间的关系是过去和现在的对比。第二个句子是带 что 的说明从句，主句谓语是 оказалось。从句部分的主体 многим странам 又由带 где 的定语从句修饰，从句谓语是 достаёт。

65题主要是一些词的搭配，例如 дышать 和 пользоваться 搭配的是第五格，而 стоять 要求第六格，考查学生词汇的使用和语法知识。глобальная 和 общечеловечная 是近义词，修饰 проблема。

最后，根据上下文理解词义，按照汉语的特点确定翻译的难点，再用汉语表达出来。例如：

61题第一个句子中的 человек 和 природа 反复出现，还有两个同根词 зависеть 和 зависимость 是难点。很多考生读到这，马上联系到哲学中的辩证关系，把该句处理成：人依赖自然，自然反作用于人类。基本上表达了该句的意思。但是我们翻译讲究要尽量忠实于原文，因此该句译为：从前人类完全听命于大自然，而现在大自然却要顺从人的意志。人类已经拥有了巨大的力量，有时连他们自己也意料不到能给整个生物圈（当然，包括人类自己）带来无法预料的危害。

62题中的 лёгкие 需要判断词义，作名词解时，意思是"肺"，作形容词解时，意思是"轻的、容易的"。根据上下文，这里只能译成"肺"。另外，根据我们掌握的汉语知识，森林（绿色植物）的光合作用是吸收二氧化碳，释放氧气，好像人的肺一样在作呼吸运动，所以再从语法关系上判断，лёгкие 只能是名词，该词是翻译的难点，自然也就是采分点。因此该句译为：森林不仅是地球的"肺"，不仅是一个大型的氧气工厂，而且是水和土壤的保护神。第二句译为：因此，世界各地都禁止砍伐沿河两岸的森林。

63题第一句中的 красная книга 是难点。красный 的义项有"红色的、美丽的、先进的、珍贵的"等。如果在学习 красный 一词适当扩展该词隐含的文化背景知识，就不难判断该词组的意思是"红皮书"。"红皮书"所包含的文化背景意义是"记载濒危或已经消亡的稀有动植物的书"。因此，该句译为：科学工作者编写了《红皮书》，其中记载了各种需要特别保护的稀有动植物种类。由于建立了自然保护区，很多种野生动物得以保存下来。

64题 испытывать недостатка 是难点，在翻译 странам ... достаёт... воды 时还要注意汉语的表达习惯。该句译为：还在不久前人们普遍认为：人类永远不会缺水。但近几年来我们看到的情况是：许多国家，其中包括拥有水量充足的江河湖泊的国家，也已经感受到清洁淡水的匮乏了。

65 题 пользоваться благами... 和 стоять в ряду... 是难点。该句译为:我们生活在同一星球,呼吸着一样的空气。利用共同的海洋资源。保护自然环境和合理利用自然资源是极其重要的问题。这是全球性的问题,全人类的问题。

通过对以上试题的分析,我们发现,表达的好坏取决于理解的深浅,取决于译者掌握翻译表达手段的多少。表达是翻译过程中决定性的一步。我们反对逐字逐句地译,要上下文联系起来遣词造句,不能孤立地翻译一个词,一个句子;不要硬套原文形式,要根据汉语的表达习惯,必要时将部分句子重新安排,或将一个句子拆成几个句子(例如 63 题),或反之,将几个句子合并成一个句子(例如 61 题)。总之,必须根据上下文反复推敲,既忠实于原文,又符合汉语语言规范,同时适当注意原文的修辞色彩。

但是,俄汉语毕竟是两种不同的语言体系,因此,语言的转化相当复杂,在翻译过程中会涉及到许多技巧,考生掌握了有关技巧,就会大大提高自己的汉译水平。

第四章　翻译技巧

历代翻译家经过二千多年的翻译实践，总结出了一整套翻译方法和翻译技巧。我们说翻译不是逐字逐句、亦步亦趋地追求语法形式的统一，但也不是刻意追求翻译技巧。在我们所传达的语义信息文字中，即内容重于形式的文字中，要严守“加词不加义，减词不减义；引申不害义；转换不换义；断句不断义；反说不背义；移位不移义”的原则。技巧的使用目的就是在理解语法形式的意义与作用的基础上，力求达到表达效果相等，使译文符合表达习惯。

第一节　转　换

转换法是通过变换词类、句子成分、句子关系、句型以达到通顺的一种翻译方法。以词类为例：概念相同的词不一定属于同一词类，而且词类的划分在俄汉语中也并非完全对应。因此，名词对名词、动词对动词的逐字对译，不仅不能准确传达作者的意图，而且会使译文晦涩。词类转换包括名词转换（译成动词、形容词、代词、副词等）、形容词转换（译成名词、动词、副词等）、动词转换（译成名词、形容词、副词等）、副词转换（译成名词、动词、形容词等）。下面我们通过实例分析各种转换问题。

(1)**Жизнь** нам дана на смелые дела.

我们活着是为了干一番豪迈的事业。（名词转换成动词）

俄语中有一些名词可以译成动词。这部分名词大多是从动词派生来的。名词和动词在翻译时可互相转译。例如：

(2)Статья **кончилась** лозунгом: «Пролетарии всех стран, соединяйтесь!»

文章的结尾是一句口号：“全世界无产者联合起来！”（动词转换成名词）

代词转换成名词是翻译中常见的方法，避免指代不清，造成误解。形容词与副词转换，大多由于俄汉语词的搭配习惯所致。例如：

(3) Теперь, если в момент, когда **её** нужно вспомнить, появляются **эмоционально** значимые стимулы, их воздействие может быть различным.(2005年考研真题)

现在如果需要回忆某一信息时，会出现一些情感刺激，其作用可能不一样（代词转换成名词，副词转换成形容词）。例如：

(4)Со страшим надо обратиться **вежливо**.

对待长者要有礼貌。(副词转换成名词)

词类转换常常会引起句子成分的变化。在具体上下文中,主语、谓语、定语、补语和状语只要不乱义就可能相互转换。例如:

(5)Лодка **движется** быстрее течения.

船速快于流速。(谓语转换成主语)

句子关系的转换包括:修饰和被修饰关系转换成并列关系,并列关系转换成修饰和被修饰关系;修饰对象改变;主动态转换成被动态,被动态转换成主动态。例如:

(6)Внимательный студент, например, может заметить, что трудный экзаменационный курс **усваивается** тогда, когда у человека появляется отношение **к нему**.(2005 年考研真题)

比如,认真的学生可以发现,要掌握难学的考试课程,就必须对课程产生兴趣。(被动态变主动态,代词转换成名词)

第二节　加　词

翻译时通常以句子为单位。然而,由于俄汉语这两种语言在句法结构、表达方式上不尽相同,所以翻译时难免会使句量增加或减少。之所以加词是因为原语(俄语)中存在着只含于语内而不形于外的潜在成分。之所以减词,是因为汉语中(译语)潜含着原语的一切成分,保全了原语中的语义。加词不加义,减词不减义的目的都是为翻译服务的。例如:

(7)В кладовой их было трое. Бородатый старик в поношенном кафтане(长衣) лежал бочком на полах, подогнув худые ноги в широких полотняных штанах.

仓库里一共关押着三个人。一个是大胡子老头,他穿着一件破长袍,下着一条肥大的麻布裤,蜷曲着两条细腿,侧身躺在地板上。

这里描写的是一个人物的外貌衣着。俄语中描写人物常常用到前置词、副词、副动词等短语结构。一个长的句子译成四个分句,分层次表达了原语的内容。又如:

(8)Хозяйка сидела за столом, **разливала** чай.

主妇坐在桌旁给大家倒茶。(给大家是通过对前缀理解而增添的词语)

(9) А в дальнейшем станет практически единственным источником улучшения материальной основы экономического развития общества.(2001 年四级真题)

该句没有主语,所以必须联系上下文,进行加词,否则就不知所云。所以该句译为:...而在将来,(在生产中利用先进的科学成就)实际上会成为改善社会经济发展物质基础的唯一源泉。

(10) Это (профсоюз) есть школа, школа управления, школа хозяйничанья, школа коммунизма.

通过逐词翻译,并没有搞清工会是什么样的学校,所以译时加了一些解释词语。可译为:工会是个学校,是学习管理的学校,是学习主持经济的学校,是学习共产主义的学校。

第三节 减 词

减词与前面讲过的加词情况正好相反。翻译时需要在译文中省略原文的个别词,否则行文就会显得啰嗦,不符合译文习惯,又会影响表达效果。之所以减词,是因为汉语中(译语)潜含着原语的一切成分,保全了原语中的语义。一句话,减词不减义。例如:

(11) Отрицательно сказывается на дальнейшем развитии художественной культуры всё ещё низкий уровень литературно-художественной критики.

该句中 Отрицательно сказывается 译成"消极地影响"略显累赘,状语不翻译出来但意义已经表达了。可译为:文艺批评的水平依然很低,影响了文艺的进一步发展。

(12) Обе резолюции в общем и целом сходятся.

该句中 в общем и целом 译成"整个来说大体上"不太妥当,两个词意义接近,不妨译成一个词。可译为:两个决议大体上是一致的。

(13) Стремительное развитие за последние 100-150 лет энергетики, промышленности, транспорта, сельского хозяйства вызывало загрязнение планеты вредными веществами. (1997 四级真题)

该句中 вызывало загрязнение 译成"引起污染"可直接译为"污染"。可译为:最近 100 到 150 年,动力、交通运输、农业经济的急速发展使有害物质污染了地球。

第四节 引 申

引申法就是引申词义以达到翻译目的。翻译切忌按字面意思来译,因为,有些句子按词面意思解释,译文就会显得生硬,令人费解。这也是很多同学的困惑所在:所有词都明白,但译过来之后却不知所云。因此,碰到这种情况要根据上下文,在深入领会原文的基础上,摆脱语法形式的束缚,适当调整,改变句子结构,把原意引申出来。例如:

(14) Пожалуйста, дорогая Линда, купить бублики, калачики, сайки.

亲爱的琳达,去买点面包来。("面包"是圆形小面包、锁形小面包和小圆白面包三词的引申)。

(15) Весна на дворе. Всё вокруг кричит о жизни.

春天到了,四周的一切都生机盎然。

这里 кричит о жизни 不应按字面意思译出,转用其他的词。

(16) Надо покончить со всем тем, что мешает выполнить задание в срок.

应该消除一切妨碍按期完成任务的因素。

该句中...тем, что... 词义比较抽象、概括,翻译时我们根据上下文引申,可译成意思比较具体的词或词组,以便确切表达原意。

(17) Большинство произведений, входящих в том, представляет доклады и речи Ленина на съездах, конференциях, собраниях и митингах.

该句中 съезд, конференция, собрания и митинги 表示各种不同会议,意思具体。翻译时,如果按照原样一致,就会违反汉语的表达习惯,因而把他们译成较为抽象的词或词组。译成:收入本卷的著作,大部分是列宁在各种会议上的报告和演说。

第五节 选 义

一词多义,一个词的具体含义,只能在上下文中才能体现出来,这里俄汉语是一样的。俄汉语中相应词的词义范围有时不尽相同,因此,翻译时,要根据上下文来判断、确定各个词的词义。例如:

(18) Стремление к познанию природы заложено в глубинах человеческого разума и составляет важнейшую часть человека. Эта деятельность человека является основой всего прогресса человечества — духовного и материального. (1995 年考研真题)

该句中的"природа"显然是"大自然"之意,但它还有另外一个意义,即"性质、特点"。可译成:对大自然认识的渴望已深入人心,已成为人们思维的重要组成部分,人们的这种思维活动是人类精神上和物质上前进的基础。

(19) Я упал, то есть, не упал, а поскользнулся.

如果译成"我跌倒了,也就是说,我并没有跌倒,而是滑倒了。"这里逻辑上说不通,跌倒了怎么又会是并没有跌倒呢? то есть 有两个截然相反的意义:"也就是说"和"确切地说",这里显然是第二个意思。

(20) К сожалению, у нас нет никакого опыта в организации таких конференций.

要注意某些名词的单复数意义的差别。该句中 опыт 单数意义是"经验",复数是"实验"。显然这里译成:遗憾的是,我们在组织这种会议方面没有任何经验。

有些俄语词是单义的,但含义比较概括,相当于汉语的一个以上的词。也就是说,当它与某个词搭配时,相当于汉语的某个词;与另外一个词搭配时,有相当于汉语的另外一

个词。翻译时,必须从相应的汉语词中选择其在特定语境中的惟一表达手段。例如:

(21)Я с завистью слушал рассказы героев войны.

我怀着羡慕的心情听战斗英雄们讲故事。

(22)Мучиться от зависти — это стыдно.

因嫉妒而苦恼是可耻的。

上述两个句子中 зависть 在俄语中是一个词义,可是相当于汉语中的两个词:"羡慕"和"嫉妒"。

第六节　反面着笔

反面着笔是指翻译时从反面着手处理原文的意思。反面着笔又叫反说。反说不背义。正话可以反说,反话可正说,不管怎么说,语义都要始终如一,不可改变。例如:

(23)Его выбор оказался удачным. Она завела порядок в доме. 试比较:

他的选择果然没有错。她把家安排得井井有条。

他果然没有看错人。她把家安排得井井有条。

这里是从反面着笔处理原文的肯定语气。

(24)Фильм имел успех у зрителей и долго не сходил с экрана. 试比较:

影片受到观众的欢迎,很久从屏幕上没有消失。

影片受到观众的欢迎,放映了很久。

这里是从反面着笔处理原文的否定语气。

(25)Не менее важным показателем подъёма технического уровня всего народного хозяйства является создание новейшей энергетической базы. 试比较:

整个国民经济技术水平提高的另一个不是较不重要的标志,是建立了现代化的能源基地。

整个国民经济技术水平提高的另一个同样重要的标志,是建立了现代化的能源基地。

这里是把直接的肯定(或否定)的语气译成间接肯定(或否定)的语气。

第七节　词的褒贬

翻译时,准确表达词义的褒贬色彩,对于把握原文作者的立场、观点、思想和感情是十分重要的。表达不当,就会造成对原文的歪曲。俄语中有些词,本身具有明显的褒贬意义,一般情况下,汉语中也有相应的词与其对应。例如:труженик(劳动者),подвиг (功勋、功绩),бюрократ(官僚主义者)等。有时原文中的词本身是中性词,但在一定的上下文中也有褒贬色彩。翻译时,需要把词的褒贬色彩表达出来。例如:

(26)Боец спас поезд, но сам погиб славной смертью.

战士救了列车,自己却光荣地牺牲了。

(27)В 1905 году во время японско-русской войны вся русская эскадра погибла в Цусимском проливе.

1905年日俄战争时,俄国舰队在对马海峡全部覆灭。

在处理词义的褒贬时,所要表达的是作者的原意,也即是作者的立场、观点、思想等,而决不能用我们译者的立场、观点、思想、感情来代替。

第八节　专有名词的译法

专有名词包括人名、地名、国名、机关团体、报刊和职务的名称。翻译专有名词一般遵循以下原则:

1.人名、地名一般音译,应遵循"名从主人"的原则。例如:

Ленин 列宁

Москва 莫斯科

Маркс 马克思

Павлов 巴甫洛夫

Кюри 居里

Энгельс 恩格斯

Герц 赫兹

Попов 波波夫

2.某些含有一定意义的地名沿用意译。例如:

Тихий океан 太平洋

Чёрное море 黑海

Северный ледовитый океан 北冰洋

3.机关团体、报刊和职务的名称一般意译。例如:

Министерство иностранных дел 外交部

Государственная дума 国家杜马

«Правда»《真理报》

«Вечерняя газета»《晚报》

4.国名一般音译,个别国名以及带前缀的地名是音译兼意译。例如:

Белоруссия 白俄罗斯

Новосибирск 新西伯利亚

Забайкальск 后贝加尔斯克

第九节　修辞问题

修辞问题是翻译时应该重视的问题。常常有这样的情况,原文句子看起来比较容易,每个词都认识,也能找到相应的汉语词,可是翻译过来以后就觉得别扭,不那么顺当。很多考生为此很伤脑筋。一个句子翻译过来之后居然不知所云,确实让人难过。其实,仔细想来,这里就是一个修辞的问题。我们说,学语法,是让我们的语言正确,而修辞则帮助我们使语言更加准确。在翻译时,我们可以采用各种方法使我们的表达更加符合汉语的语言习惯。同时在翻译时,也要考虑俄语原文的语体特点,以便选择恰当的词汇。那么我们大多采用什么修辞手段呢?

1.运用词组

Это и означает, что сохраняется движение материи.

这也就意味着,物质的运动保持不变。(试比较:在保持着)

Строительная площадка находится вблизи реки.

建筑工地位于河边。(试比较:靠近江边)

У ЭВМ тоже одно поколение сменяет другое.

电子计算机也是代代交替,不断更新。(试比较:一代取代另一代)

Важно и то, что запасы водорода на нашей планете безграничны.

重要的是,氢的储藏量在地球上是取之不尽、用之不竭的。(试比较:无限的)

2.正反合成

适当采用正反义合成词组,在表达原意上可以起到托衬加深作用。例如:

Организация строительных работ в значительной степени зависит от следующих условий.

施工组织是否得当在很大程度上取决于下列条件。

Качество сырьевых материалов, безусловно, сказывается на качестве продукции.

原料的质量好坏必然反映在产品的质量上。

Правильная постановка вопроса определит успех дела.

问题提得正确与否会决定事情的成败。

3.同词异译,异词同译

由于逻辑和修辞的需要,译法上有时一分为二,有时合二为一。例如:

С поднятием шарового тела уменьшается его скорость, следовательно, уменьшается и его кинетическая энергия.

随着球体的升高,它的速度在下降,因而,它的动能也在减少。

В эти считанные минуты аппарат набирает высоту и скорость.

在不几分钟里飞行器升高并加足了速度。

Нейтроны лишены электрического заряда, а протоны заряжены положительно.

中子不带电,而质子带正电。

В результате технического новаторства и количество продукции увеличилось, и качество её повысилось.

由于进行了技术革新,产品无论是数量,还是质量,都有了提高。

4.选词形象化

按字面翻译表意不充分,并且也平秃不顺,适当地用形象化表达词语,可使译文生动,有意境。当然这必须与语体一致,另外要有一定的度。例如:

Новое достижение в микроэлектронике открывает новые возможности развития электронной техники.

微电子学的新成就开辟了电子技术发展中可能的新天地。

Вода, то спокойная, блестящая под солнцем, то бегающая многометровыми волнами, покрывает триста шестьдесят одни миллион квадратных километров земной поверхности.

水有时平静安宁,在阳光下闪烁发光,又是奔腾汹涌,掀起万丈波涛,它覆盖着地球表面三亿六千一百万平方公里的面积。

5.叠词与叠声

运用叠词与叠声作为修辞手段,可以使语言变得生动、形象化,加强表达效果。例如:

Магнитные явления существуют всегда, когда существует электрический ток.

只要有电流,就时时刻刻都有磁现象。

Много дней и ночей провёл конструктор в лаборатории, пытаясь найти новое решение.

设计师在实验室里度过了许多个日日夜夜,试图找到新的解决办法。

6.避免雷同重字

写文章要避免修辞上的语病,在译文中同样也要避免。例如:

Стрелка компаса всегда обращена одним концом на юг, другим — на север.

罗盘的指南针总是一端指南,一端指北。(试比较:指南针的针)

Такая пластмасса содержит органические соединения.

这种塑料内包含有机化合物。(试比较:这种塑料含有有机化合物)

7.褒贬抑扬

翻译时,通过上下文对词义进行感情色彩加工,将使译文增色不少。例如:

Их новые изделия остаются некачественными, только в иной форме.

他们的新产品仍然质量不佳,只不过是改头换面而已。

Ломоносов был учёный, широко образованный, много знающий.

罗蒙诺索夫是一位饱学多才、学识渊博的学者。

Многочисленная армия современных машин подчиняется только людям, широко образованным, много знающим.

大量现代化机器只听命于受过广泛教育有学问的人。

第五章　翻译认识中的误区

1.不能改变句型

通过前面的讲述,我们不仅看到俄汉语不仅在词汇方面,而且在语法结构上存在很大的差别,也了解到为了能忠实再现原语的内容,我们还可以使用各种翻译技巧。因此,在翻译时,不改变句型结构、句子的语序等是不可能的。考试时,要保留原文句型,一方面你会浪费很多宝贵的考试时间,另一方面,译文也可能不通顺,不合逻辑,晦涩难懂。要深入去理解 ,跳出来表达。我们的目的就是通过正确理解原文,然后再用汉语表达,而不是学习俄语句型。

2.每个词都要翻译

在翻译时,很多同学总是担心漏了一个词要扣分,这种担心是多余的。评分的标准是原文的主要内容,只要原文的主要内容表达准确了就可以了,不要再考虑哪个词未译。在阅卷时,老师也不会一个词一个词地去查。

3.指代不明

俄汉语中代词的指代功能基本相同,都可以指代词组、句子或超句子统一体,或者自然段落和章节。尽管俄语代词的使用频率高于汉语,但是俄汉语两种语言的代词使用仍呈现交叉状态,汉语用代词的时候,俄语也可能用名词,反之亦然。这也是很多中国学生在学习俄语时遇到的一个难题。俄语中的名词分为阳性、阴性、中性,它们都可以用相应的第三人称代词 он, она, оно 替换,复数用 они 代替。例如:

... а в дальнейшем станет практически единственным источником улучшения материальной основы экономического развития общества.(2001 年四级真题)

……而在将来,(在生产中利用先进的科学成就)实际上会成为改善社会经济发展物质基础的惟一源泉。

Теперь, если в момент, когда её нужно вспомнить, появляются эмоционально значимые стимулы, их воздействие может быть различным.(2005 年考研真题)

现在，如果需要回忆某一信息时，会出现一些情感刺激，其作用可能不一样。

4.不进行逻辑推敲

逻辑推敲是词汇和语法理解的一种补充和检验。然而许多考生的译文却经不起逻辑推敲，只不过是字义的堆砌或凭空臆想。例如，一些考生把“Красная книга”译为“红宝书”、“血书”、“红书”、“漂亮的书”等，试想一下这样的译文与自然保护问题如何挂钩。

第六章　大学俄语四级翻译文章

Микротекст 1

1. Университет даёт две незаменимые вещи. Первое: целое представление о мире. И второе: фундаментальное образование, причём по всем направлениям науки. В общем-то всё это нераздельно. Фундаментальное образование даёт знания, захватывающие мир на всю достигнутую на сегодня глубину. 2. Обладая ими, вы можете участвовать в самых передовых исследованиях. Вы можете быть участником научно-технической революции, которая как раз и поднялась на фундаменте этих знаний.

3. Необходимость университетского образования будет всегда. Почему? Да потому, что здесь формируется фундамент любого нового знания. Он проникает всё глубже. Ни мы, ни после нас никто не сможет сказать — всё, фундамент науки построен и теперь можно вести здание только вверх. Нет! 4. Он всегда будет прорастать вниз, вглубь и всегда это будет оказывать влияние на конструкцию всего здания, вызывать в нём перестройки, служить стимулом нового роста.

Университетское образование как никогда приспособлено к нашему веку и, бесспорно, обращено в будущее.

5. Повторяю: для университетского образования характерна комплексность и глубина знания на современном уровне.

参考答案*：

1. 大学提供两种不可替代的东西。第一种是对世界的完整认识，第二种是基础教育，而且它针对所有的科研方向。
2. 拥有这些知识，你就能参与最先进的研究。你就可以成为科技革命的参与者，科技革命恰恰是在这些知识的基础上发展起来的。
3. 大学教育始终是必要的。为什么？这是因为任何新知识的基础都是在这里形成的。
4. 科学基础总是要向下、向深处发展，对整个科学大厦的结构产生影响，而且促成大厦的

* 短文中划线部分的译文，以下同。

内部改造,成为新发展的促进因素。

5. 我再重复一遍:大学教育的特点就是知识的综合性和深度达到现代水平。

Микротекст 2

Что такое город? 1. Прав школьник, ответив на уроке, что город — «промышленный, культурный и научный центр с населением свыше 30 тысяч человек». Прав, наверное, и учёный, утверждающий, что это «социально организованное пространство». Не менее права и старая истина, гласящая, что город — «это люди».

2. Но ведь сам город, его улицы, площади, переулки, оказывают на людей не меньше влияния, чем они на него. Архитектура — удивительное и, пожалуй, единственное искусство, от которого не отвернуться, не уйти. 3. Плохую книгу можно закрыть, плохую музыку не слушать, но что сделать с плохим домом, мимо которого приходиться ходить ежедневно?

Изменить маршрут?

...Проводится конкурс на лучший проект, и у города появляется творец — Главный архитектор проекта. С этого момента предприятие начинает финансировать свой будущий город. От Главного архитектора проекта зависит многое, каким быть городу. 4. Архитектор — деятель не только творческий, но и в большей степени государственный. Ибо работа его — на перспективу. 5. Она основана на стремлении всего общества к единой цели: служению человеку.

参考答案:

1. 城市是指人口超过3万的工业、文化和科学中心,学生在课堂上这样回答是正确的。
2. 但是要知道城市本身,它的街道、广场、胡同对人产生的影响并不亚于它们对城市的影响。
3. 不好的书可以合上不看,不好的音乐可以不听,但是每天必须经过的不好的楼房,拿它怎么办呢?
4. 建筑师不仅是创造性活动家,而且在很大程度上也是国务活动家。因为他的工作有利于国家的长远发展。
5. 它建立在全社会为人民服务这个共同目标的基础之上。

Микротекст 3

1. В современной жизни спорт занял такое большое место, какого он не занимал никогда раньше. 2. Он вошёл в жизнь каждого человека, хотя, может быть, сегодня и не все ещё с

этим согласятся. Даже те из нас, которые не ходят на стадионы и не смотрят спортивные передачи, находятся под влиянием спорта, так как окружающие их люди — друзья, родственники, соседи — смотрят спортивные передачи по телевизору, ходят на стадионы, ведут разговоры на эту тему.

3. Спорт стал общественным явлением, и каждый из нас так или иначе чувствует его присутствие в своей жизни.

4. Есть разные мнения о том, какой спорт нужен человеку. Многие считают, что люди должны заниматься физкультурой для себя, для своего здоровья. Нужна массовая физкультура и не нужен спорт великих спортсменов и больших рекордов. Другие считают, что без большого спорта не может быть массовой физкультуры.

5. Вопрос о том, какой спорт нужен человеку, какое место должен занимать спорт в жизни человека, как относится современный человек к спорту, имеет разные ответы, потому что у людей существуют на это разные точки зрения.

参考答案：

1. 现代生活中体育占据着前所未有的重要地位。
2. 它已走进每一个人的生活，尽管也许现在并不是所有的人都同意这一看法。
3. 体育是一种社会现象，我们每一个人在自己的生活中或多或少都能感受到它的存在。
4. 对人需要什么样的体育运动这一问题，有各种不同的看法。许多人认为，为了自己，为了自己的健康，人们应该从事体育锻炼。
5. 人需要什么样的体育运动？体育运动在人的生活中应该占据什么样的地位？现代人如何看待体育运动？这些问题有各种不同的答案，因为人们对此持有不同的观点。

Микротекст 4

1. Социальную ценность обучения родители понимают лучше, чем их дети-подростки. Чаще всего конфликты между родителями и детьми возникают из-за слабых учебных результатов. 2. Многие родители считают, отличные в школе — залог будущих успехов. Но так как развитие человека неравномерно. То из многих «плохих» учеников получаются прекрасные работники, а бывшие отличники оказываются средними специалистами.

3. Влияние семьи на учёбу подростка очень велико, но это влияние не всегда бывает благотворным. В семье, где учёба считается делом второстепенным, ребёнок особого стремления к занятиям не проявляет, потому что родители равнодушны как к его успехам, так и к его неудачам.

Чрезмерное требование и строгость родителей вызывают у подростка сопротивление. 4.

Конфликтные ситуации возникают от того, что от подростка слишком много требуют, а он не в силах справиться с такими требованиями и поэтому предпочитает вообще ничего не делать.

5. Как правило, хороших результатов в учёбе добиваются дети в тех семьях, где родители ценят учёбу, сами учатся, потому что мнение ребёнка об образовании и культуре формируется под влиянием семьи и родительского примера.

参考答案:

1.家长对学习的社会价值的理解要比他们的孩子深刻得多。家长和孩子之间常因为学习成绩不好而发生冲突。

2.许多家长认为在学校里学习成绩优异是孩子未来成功的保障。

3.家庭对孩子学习的影响很大,但这种影响并不总是有益的。

4.发生冲突的原因是家长对孩子要求得太多,而孩子无法实现这些要求,因此他们认为还是什么都不做更好。

5.通常在重视孩子学习,而且家长自己也学习的家庭里,孩子往往会取得好的学习成绩。

Микротекст 5

1. В воздухе всегда есть пыль. Когда мы дышим, пыль попадает в нос, горло и лёгкие. Если в воздухе очень много пыли, мы начинаем кашлять. Чтобы быть здоровым, надо дышать чистым, свежим воздухом. 2. Самый лучший воздух — в природе: в лесу, в горах и на полях. Это потому, что растения выделяют кислород. Вот почему полезно жить в деревне. Но и в городе надо больше времени проводить на свежем воздухе — гулять, играть, заниматься спортом...

3. Человеку приходится проводить много времени в помещении. Здесь он учится, работает, спит. Поэтому нужно заботиться, чтобы и в помещении всегда был чистый и свежий воздух. Помещение надо часто проветривать. 4. Особенно нужно проветривать комнату перед сном. Сон на свежем воздухе очень полезен для здоровья.

В жилой комнате нельзя курить, так как это вредно для здоровья.

5. Чтобы не было в комнате пыли, надо подметать пол влажным веником, не чистить в ней одежду и обувь.

参考答案:

1.空气中总是含有灰尘。当我们呼吸时,灰尘会进入我们的鼻孔、嗓子和肺部。

2.在森林、山间、田野——即在大自然中空气是最好的,这是因为植物释放氧气,所以在乡村生活更有益处。

3.人不得不在室内度过更多的时光,要在室内学习、工作、睡觉。
4.特别是睡前要使房间通风,在空气新鲜的环境中睡觉有益于健康。
5.要使房间没有灰尘,应该用湿笤帚扫地,不要在房间里刷衣服和擦鞋。

Микротекст 6

1. Появление компьютера — век в нашем развитии, которое можно сравнить лишь с такими событиями, как развитие речи, начало письменности, открытие книгопечатания. Компьютер в отличие от книг и других печатных документов, которые пассивно хранят заложенную информацию, способен активно её использовать. Он может самостоятельно получать информацию по каналам связи, перерабатывать её в новые виды и формы. 2. В действительности трудно предвидеть все реальные возможности и последствия широкого использования компьютеров, которые вооружают людей огромными дополнительными возможностями в познании мира.

3. Вступление человечества в информационную эру означает, что увеличится та часть населения, которая будет работать в сфере производства информации и информационных услуг. Слово «информация» стало одним из самых употребляемых в настоящее время. Вслед за ним получили распространение производные понятия: информационная культура, информационный работник и др. 4. Многие научные дисциплины получили направления с присоединением слова «информационный», появились информационная география, информационная медицина, информационная экономика.

5. Наука, информатика и компьютеры образовали новый единый социально-технический комплекс, появление которого вызвало резкий качественный перелом в развитии общества. Причём причиной этого перелома стали не наука, не информационный взрыв и не компьютерная революция в отдельности, а их синтез.

参考答案:

1.计算机的出现是人类发展的一个时代,它完全可以与言语的发展、文字的出现、印刷术的发明相媲美。
2.实际上很难预见计算机广泛使用所带来的一切现实可能性和后果。
3.人类进入信息时代就意味着在信息加工和信息服务领域工作的人数将会增加。
4.许多学科获得了与"信息"一词相关的方向,出现了信息地理学、信息医学、信息经济学。
5.科学、信息学和计算机形成了一个新的统一的社会技术综合体,这个综合体的出现使社会发展发生了本质上的剧变。

Микротекст 7

Самая пресная вода считается также самой чистой. Она в основном образуется при таянии ледников. 1. В такой «ледяной» воде почти нет растворённых(溶解的)солей, оказывающих неблагоприятное воздействие на организм.

В России есть озеро, которое заполнено самой пресной в мире водой, а значит, и самой чистой. Это озеро Байкал. 2. Растворённых солей в байкальской воде содержится всего 20-30 миллиграммов на литр, тогда как в одном литре обычной озерной воды их до 100 миллиграммов, а в морской — до 37 и более граммов.

Однако байкальская вода образовалась не от ледников. 3. Специалисты, которые занимаются изучением озер, утверждают, что своей исключительной чистотой Байкал главным образом обязан живым организмам, обитающим в нём.

4. Различные микроскопические растения, которых в байкальской воде насчитывается десятки тысяч, поглощают солнечный свет и выделяют в озерную воду больше десяти миллионов тонн кислорода в год и около 4 миллионов тонн органических веществ. Это, в свою очередь, создаёт основу для питания мельчайшим животным — так называемым «блуждающим животным».

Однако наличие такого количества микроскопических растений и живых организмов, которые очищают байкальскую воду, важная, но не единственная и, может быть, даже не главная причина чистоты байкальской воды. 5. Учёные предполагают, что пресная вода поступает в Байкал не только из рек, которые впадают в это озеро, но главным образом из верхней мантии Земли, с его дна.

Байкал вмещает в себя 80 процентов пресной воды нашей страны и пятую часть всей пресной воды планеты.

参考答案:

1. 在这样的“冰”水中几乎没有对机体产生不良影响的溶解盐。
2. 一升贝加尔湖水中仅含有20～30毫克溶解盐,可一升普通的湖水中却含有近100毫克溶解盐,而海水中则含有37克以上的溶解盐。
3. 从事湖泊研究工作的专家证实,贝加尔湖水非常洁净主要归功于湖中生物。
4. 贝加尔湖中数万种各类微生物吸收阳光,并且每年向湖水释放出几千万吨的氧气和四百万吨左右的有机物质。
5. 科学家们认为,进入贝加尔湖的淡水不仅仅是来自流入湖中的河流,而主要是来自地球的表层,来自湖底。

Микротекст 8

Русский язык — это язык русской нации, средство межнационального общения народов бывшего СССР. 1. Он принадлежит к числу наиболее распространённых языков мира и является одним из шести официальных и рабочих языков ООН. 2. Все эти факты свидетельствуют об интересе к русскому языку и его распространённости во всём мире.

3. Русский язык имеет длительную и сложную историю. Он возник на основе древнерусского языка, который существовал до 14 века. О роли А. С. Пушкина в истории русского литературного языка хорошо сказал писатель И. С. Тургенев в речи на открытии памятника Пушкину: «Он дал окончательную обработку нашему языку, который теперь, по своему богатству, силе, логике и красоте формы, признается даже иностранными филологами едва ли не первым после древнегреческого...»

4. История языка связана с историей народа в связи со всеобщим распространением грамотности населения, литературный язык в настоящее время стал основным средством общения русской нации в отличие от дореволюционного прошлого, когда основная масса народа говорила на местных диалектах и городском просторечии.

5. Русский язык является одним из наиболее развитых языков мира, на нём написана богатейшая литература, отражены исторический опыт великого русского народа, достижения всего человечества. Особенно большое значение русский язык приобрёл в советское время. Равноправие всех языков — одна из важнейших основ ленинской национальной политики.

参考答案:

1.俄语是世界上最普及的语言,是联合国六种官方和工作语言之一。

2.所有这些事实都可以说明人们对俄语的兴趣及其在全世界的普及程度。

3.俄语有着悠久而复杂的历史,它在 14 世纪之前的古俄语基础上产生。

4.由于开展全民普及教育,语言的历史同人民的历史联系在一起。

5.俄语是世界上最发达的语言之一,著有最丰富的文学作品,反映了伟大的俄罗斯人民的历史经验和全人类的成就。

Микротекст 9

1. Вода — самое обычное, самое распространённое вещество в природе. Вода покрывает около 3/4 поверхности Земли. Человек примерно на две трети состоит из воды. Разнообразна жизнь на нашей планете, но есть она только там, где есть вода.

При обычных условиях вода — жидкость. 2. Все мы знаем, что вода кипит при 100.

При нагревании вода превращается в пар, а при охлаждении в лёд. Плотность льда меньше плотности воды, поэтому он плавает на поверхности воды. 3. Это свойство воды играет огромную роль в жизни Земли. Даже в самую холодную зиму вода в реках и озёрах не бывает ниже 4℃. При такой температуре в воде продолжается жизнь её обитателей.

4. Речная вода и вода озёр отличаются от морской воды. Мёртвое море имеет высокую солёность. Вода этого моря значительно тяжелее обычной морской воды. Утонуть в такой тяжёлой жидкости нельзя: человеческое тело легче её.

Значение воды в жизни человека огромное. 5. Человек может прожить без пищи десять и более дней, тогда как без воды он погибает через 3-4 дня.

参考答案:

1. 水是自然界中最普通、最常见的物质。水覆盖了近 3/4 的地球表面。
2. 我们大家都知道,水在 100 度时会沸腾。遇热时会变成蒸汽,冷却时会结成冰。
3. 水的这种特性对地球上的生命起着重要的作用。甚至在最寒冷的冬天,河流、湖泊中的水也不会低于 4℃。
4. 河水和湖水与海水不同。死海的盐分很高。
5. 人没有食物能存活 10 多天,但没有水 3~4 天就会死亡。

Микротекст 10

1. Человек живёт в определённой окружающей среде. Загрязнение среды делает его больным, угрожает его жизни, грозит гибелью человечеству. Всем известны те гигантские усилия, которые предпринимаются нашим государством, отдельными странами, учёными, общественными деятелями, чтобы спасти от загрязнения воздух, водоёмы, леса, чтобы сохранить животный мир нашей планеты, спасти перелётных птиц и морских животных. 2. Человечество тратит миллиарды и миллиарды не только на то, чтобы не погибнуть, но чтобы сохранить также природу, которая даёт людям возможность эстетического(美感的)и нравственного отдыха.

3. Но экологию нельзя ограничивать только сохранением природной биологической среды. Для жизни человека не менее важна среда, созданная культурой его предков и им самим. Сохранение культурной среды — задача не менее существенная, чем сохранение окружающей природы. 4. Если природа необходима человеку для его биологической жизни, то культурная среда столь же необходима для его духовной, нравственной жизни. А между тем вопрос о нравственной экологии не только не изучается, он даже и не поставлен нашей

наукой как нечто целое и жизненно важное для человека, хотя сам факт воспитательного воздействия на человека его окружения ни у кого не вызывает ни малейшего сомнения. Убить человека биологически может несоблюдение законов экологии культурной. 5. И нет между ними пропасти, как нет чётко обозначенной границы между природой и культурой.

参考答案:

1. 人生活在一定的周围环境中,环境污染会使人生病,威胁着人的生命,给全人类带来死亡。
2. 人类花费几十亿的资金不只是为了活着,也是为了保护能给人带来美和精神享受的大自然。
3. 但是不应把生态学只局限于保护自然生物环境,人类祖先的文化和人类自身创造的环境对人的生命来说也同样重要。
4. 如果说大自然对人的生物生活是必需的话,那么文化环境对于人的精神生活、道德生活同样是必需的。
5. 因而它们之间没有鸿沟,就像自然与文化之间没有清晰的界限一样。

Микротекст 11

Мы говорим о том, чем занять свободные часы, но отдых необходим и в рабочее время.

1. Известно, что у человека после выполнения работы в течение определённого времени наступает утомление. Его необходимо снять или хотя бы ослабить, чтобы оно не перешло в болезненное состояние — переутомление. 2. Величина этого «определённого времени», после которого наступает утомление, зависит от множества факторов — опыта, возраста, условий труда, характера работы, заинтересованности в ней и т. д. и т. д.

Но всё же есть некие средние данные. 3. Так, первоклассники могут напряжённо работать в течение 25-30 минут, студент вуза может слушать лекцию полтора часа, старшеклассник может напряжённо работать над книгой 45-50 минут. Все эти данные очень приблизительны, но они позволяют нам определить общую схему отдыха.

4. Ослабить утомление, накопившееся за небольшой промежуток времени, помогает краткий отдых в течение работы.

Утомление за день снимают свободный вечер и ночь, за рабочую неделю — выходные дни. И всё же полностью утомление не будет снято. 5. Организму требуется и более значительный отдых, ему нужно отдохнуть от работы — для этого предназначен отпуск или каникулы.

参考答案:

1. 众所周知,人在完成工作后的一定时间里会出现疲劳。
2. 这个“一定时间”(即出现疲劳的时间)的长短要取决于许多因素——经验、年龄、劳动条件、工作性质、对工作的兴趣等等。
3. 比方说,一年级小学生可以注意听讲 25~30 分钟,而大学生可以注意听课一个半小时,高年级学生可以认真读书 45~50 分钟。
4. 工作期间进行短暂地休息,有助于减轻在短时间内积成的疲劳。
5. 机体需要更多地休息,它需要脱产休息——为此安排一段休假或假期。

Микротекст 12

1. Источником почти всей энергии, которой пользуется человек, является Солнце. За счёт солнечной энергии поддерживается средняя годовая температура на Земле около 15℃. Мощность солнечных лучей, падающих на всю земную поверхность, так велика, что для её замены понадобилось бы около 30 миллионов мощных электростанций.

Всюду на Земле можно найти влияние солнечных лучей. 2. Вода морей, озер и рек от тепла солнечных лучей испаряется, сгущается в облака и переносится ветром в разные места Земли, где выпадает в виде осадков. Непрерывный круговорот воды на Земле совершается за счёт энергии Солнца.

3. Вследствие неравномерно нагрева поверхности Земли лучами Солнца возникают ветры. Под действием ветров и приносимой ими влаги постепенно разрушаются огромные горные массивы.

Вся жизнь на Земле — жизнь растений и животных — зависит от Солнца. В растениях происходит превращение энергии солнечных лучей в химическую энергию. 4. Каменный уголь, являющийся пока ещё одним из основных наших источников энергии, представляет собой окаменевшие в земле остатки лесов. Значит, и в нём запасена энергия Солнца.

Энергия животных, питающихся растениями, и энергия человека — всё это преобразованная энергия солнечных лучей. 5. Лишь недавно человечество научилось использовать дополнительный источник энергии на Земле — атомную энергию, непосредственно не связанную с Солнцем.

参考答案:

1. 太阳是人利用的几乎所有能量的来源。太阳能使地球上的年平均温度保持在 15℃左右。
2. 江河、湖海的水由于太阳光照而蒸发,积聚成云并被风带到地球的不同地方,以降水的形式降落。

3.由于太阳光对地球表面的加热不均而产生风。在风以及与之俱来的水分作用下大量的山脉地带遭到侵蚀。

4.煤暂时还是我们的主要能源之一,它是森林在地下的沉化物。

5.只是不久前人类才学会使用地球上的补充性能源——原子能,它和太阳没有直接的联系。

Микротекст 13

1. Ваше собственное поведение — самая решающая вещь. Не думайте, что вы воспитываете ребёнка только тогда, когда с ним разговариваете, или приказываете ему. 2. Вы воспитываете его в каждый момент вашей жизни, даже тогда, когда вас нет дома. Как вы одеваетесь, как вы разговариваете с другими людьми и о других людях, как вы радуетесь или огорчаетесь, как вы обращаетесь с друзьями и врагами, как вы смеётесь, читаете газету, — всё это имеет для ребёнка большое значение.

3. Родительское требование к себе, родительское уважение к своей семье, родительский контроль над каждым своим шагом — вот первый и самый главный метод воспитания.

Но вы не только гражданин. Вы ещё и отец. 4. И родительское ваше дело вы должны выполнять как можно лучше, и в этом заключается корни вашего авторитета. И прежде всего вы должны знать, чем живёт, интересуется, что любит, чего не любит, чего хочет и чего не хочет ваш ребёнок. Вы должны знать, с кем он дружит, с кем играет и во что играет, что читает, как воспринимать прочитанное. Когда он учится в школе, вам должно быть известно, как он ведёт себя в классе. Это всё вы должны знать всегда, с самых малых лет вашего ребёнка.

5. И если у вас будет такое знание и такое внимание, это не пройдёт незамеченным для ваших детей. Дети любят такое знание и уважают родителей за это.

参考答案:

1.您个人的行为是最具有决定性的。不要认为只有和孩子交谈或者命令他们时才是在教育孩子。

2.在您生活中的每时每刻您都在教育孩子,甚至在您不在家的时候。

3.父母对自己的要求,对家庭的尊敬,对自己迈出的每一步的监督——这是最初的也是最主要的教育方法。

4.您应该尽可能好地履行作家长的责任,您威信的建立正在于此。

5.如果您能非常了解和关心,您的孩子不会不发现的。

Микротекст 14

У городов-гигантов всегда большие проблемы, вернее, целый комплекс проблем. 1. В таких городах нелегко, например, обеспечить людям оптимальные(最适宜的)условия труда и быта, рационально организовать работу транспорта, снабжение, охрану окружающей среды и т. п. Эти проблемы наше государство решает в комплексе по едином перспективному плану, гармонично сочетая интересы жителей и страны в целом, развитие производительных сил и охрану окружающей среды, комфорт и экономический эффект.

2. Одна из самых острых и интересных проблем, при этом возникающих: где строить в городе?

3. Ещё одна проблема, с которой градостроители сталкиваются, решая вопрос, что и где строить, — это транспорт.

В наших городах подходят и к проблеме охраны окружающей среды. Отдельными мерами этой проблемы не решить. 4. Опасность ведь представляют и промышленные предприятия, и автомобили, и бытовые отходы(废料), и система отопления зданий, и многое другое.

Благодаря широкому «зелёному строительству» уже сегодня на каждого москвича приходится около 20 квадратных метров зелёных деревьев. 5. К концу 20 века площадь зелёных деревьев намечено увеличить ещё в полтора раза.

参考答案:

1. 例如,在这样的城市很难保障给人们提供最适宜的劳动和日常生活条件,很难保障合理地组织交通、供应、环境保护等等。
2. 与此同时产生的最尖锐、最有趣的问题之一:在城市的什么地方建设。
3. 在解决建设什么和在哪建的问题时,城市的建设者还遇到一个问题——这就是交通问题。
4. 因为工业企业、汽车、日常生活垃圾、楼房的供暖系统以及其他的很多东西都具有危险性。
5. 到20世纪末绿地面积计划再增加50%。

Микротекст 15

Учёные считают, что человек живёт на Земле три миллиона лет. И всё это время он боролся с природой, покорял её. Но вот наступил двадцатый век. И неожиданно оказалось, что природу надо охранять. 1. Цивилизация изменяет природу целых стран и регионов, нарушает экологическое равновесие.

2. Быстрое развитие городов и промышленности оказывает всё большее влияние на растительный и животный мир, землю, воздух, водные ресурсы. Охрана окружающей среды — неотъемлемая часть экономической и социальной политики Советской страны. Социалистическое государство принимает эффективные меры по охране природы.

3. В последнее время резко возросло внимание государственных органов к вопросам охраны окружающей среды. Были приняты новые важные постановления, в которых определены важнейшие природоохранительные задачи, относящиеся ко всем видам деятельности людей.

4. Охрана природы — вопрос глобальный. Атмосферу, воду, органический мир нашей планеты нельзя разделить по странам. Поэтому Советский Союз активно участвует в тридцати международных организациях по охране природы. По этому вопросу нашей страной подписано более пятидесяти конвенций и соглашений. 5. Не только мы, но и будущие поколения должны иметь возможность пользоваться всем богатством прекрасной природы Земли.

参考答案:

1. 文明正在改变一系列国家和地区的自然状况,破坏生态平衡。
2. 城市和工业的迅速发展,对植物界和动物界、土壤、空气、水资源产生着越来越大的影响。
3. 最近国家机关对环境保护问题十分关注。
4. 自然保护是全球性问题。地球的大气、水、有机世界不能按国家划分。
5. 不仅我们,而且我们的后代也应该能够利用地球上美丽大自然的所有财富。

Микротекст 16

В августе 1978 года вышла в свет Красная книга СССР. 1. Это совсем особая книга, своего рода государственный документ, научная основа и программа сохранения редких и исчезающих видов животных и растений.

Процесс обеднения животного мира резко прогрессировал, когда человек начал преобразовывать природу. Сведение лесов, строительство городов, внесения в почву химических веществ и т. д. — вот самый общий список тех фактов, к которым пришлось в сжатые сроки приспосабливаться животным и растениям. Они исчезли, вымерли, и их можно найти лишь в старых книгах и в музеях. Некоторые находятся уже на грани исчезновения. 2. И, если человек не вмешается немедленно, не возьмёт на себя заботу об их спасении, им также суждена(注定)гибель. Вот тогда-то впервые и возникла мысль о Красной книге.

3. Список редких и исчезающих животных получил название Красная книга. Красный цвет — сигнал(信号)опасности.

Недавно вышло в свет второе — дополненное и уточнённое — издание Красной книги. Оно включает 1116 представителей животного и растительного мира.

4. Неоценима роль Красной книги как средства воспитания, как средства пропаганды разумного и бережного отношения к животным и растениям вообще и к редким в частности. 5. Она показывает, что не всё благополучно обстоит в мире, в котором мы живём. Уже само по себе появление Красной книги — сигнал тревоги, призыв к активному действию в защиту десятков видов животных. Крайне важно, чтобы об этом знало как можно больше людей.

参考答案:

1. 这是一本非常特别的书,它是保护稀有和濒危动植物种类的国家文件、科学基础和纲领。
2. 如果人类不立即干预,不拯救它们的话,它们也注定死亡。
3. 稀有和濒危动物的名单起名为"红皮书"。红色是危险的信号。
4. 红皮书作为教育手段、宣传理性和爱护性对待动植物,特别是稀有动植物的手段,其作用是不可估量的。
5. 它表明,我们生活的这个世界上并非一切顺利。

Микротекст 17

Большую часть времени человек проводит в семье. 1. По своему составу семьи разнообразны: есть семьи с детьми и без детей, с обоими родителями и с одним из них, объединяющие одно, два, три поколения и т. д.

Одной из основных функций семьи является воспитание ребёнка. 2. Семья понимает свою ответственность перед обществом и стремится как можно лучше наладить воспитание детей. 3. Несмотря на помощь государства и значительную роль общества в воспитании детей, семья не устраняется, а, наоборот, всё активнее участвует в этом процессе.

Размеры семьи прежде всего определяются количеством детей. 4. Для России в целом характерны семьи с одним ребёнком, которые составляют половину общей численности семей с детьми, в то время как доля семей с тремя и более детьми равна лишь 1/7.

5. Социальное и политическое равенство мужчин и женщин, рост общеобразовательного (普通教育的) и культурного уровня, развитие сферы обслуживания и государственная

помощь в воспитании подрастающего (正在成长的) поколения повлияли на самих людей, вступающих в брак, принципиально изменили их отношения между собой. Основная доля супружеских пар имеет весьма близкий или фактический равный возраст, и семья основывается на браке близких по духу и интересам людей.

参考答案:

1. 家庭的组成多种多样:有孩子的家庭和没有孩子的家庭,夫妻双方都有父母的家庭和只有一方有父母的家庭,这些家庭分别生活着一代人、两代人或三代人等等。
2. 家庭明白自己对社会的责任,努力尽可能更好地教育孩子。
3. 虽然在教育孩子方面有国家的帮助,社会也起了很大的作用,家庭没有被排除,相反,它越发积极地投身到这个过程中。
4. 俄罗斯最典型的是只有一个孩子的家庭,这占有孩子家庭的总数的一半。同时,有三个孩子或更多孩子的家庭仅占 1/7。
5. 男女在社会和政治上的平等、普通教育水平和文化水平的增长、服务业的发展以及国家对年轻一代教育的帮助影响了结婚人,原则上改变了他们之间的关系。

Микротекст 18

1. Несколько лет назад в качестве эксперимента впервые в России стали обучать иностранному языку, главным образом английскому, детей в возрасте (年龄) с 5 до 7 лет в детских садах. Такие детские сады есть в Москве, в Ленинграде и в других городах страны. 2. Детей обучают только в устной форме и обучение целиком связано с их жизнью в детском саду. Дети играют, рисуют, поют и в этих условиях одновременно обучаются иностранному языку. Дети должны научиться задать вопрос и ответить на него, попросить и ответить на просьбу, рассказать о себе, описать картину. 3. Во время обучения маленьких детей языку бывает так, что они много играют, бегают, рисуют, но мало говорят. 4. Это главная проблема, и, чтобы её устранить, педагог должен выбрать такие ситуации (情景) из жизни детей, чтобы они в естественных условиях говорили на иностранном языке. Учителя нашли 540 естественных ситуаций, в которых дети обычно активно говорят. Написано несколько книг об опыте преподавания английского языка в детских садах. На эту тему есть статьи в журнале «Иностранные языки в школе».

В некоторых странах в детских садах учат русский язык. Например, в Народной Республике Болгарии. Болгарский язык близок русскому, ведь это тоже один из славянских языков. Многие слова русского языка похожи на болгарские, и дети быстро начинают понимать по-русски. 5. Дети легко усваивают русский язык, у них обычно хорошее произношение, им легче потом заниматься в школе.

参考答案:

1. 几年前作为实验第一次俄罗斯在幼儿园里教年龄 5~7 岁的孩子学习外语,主要学英语。
2. 只教孩子口语,教学与他们在幼儿园的生活完全联系在一起。
3. 在教小孩子学习语言的时候经常是他们玩得多,跑得多,画得多,但是说得少。
4. 这是个主要的问题,为了消除这个问题,教师应该选择一些孩子生活的情景,以便孩子能在自然的条件下说外语。
5. 孩子们很容易掌握俄语,他们通常发音很好,以后他们在学校里学习会更容易些。

Микротекст 19

В Советском Союзе педагоги много думают, как лучше организовать преподавание иностранных языков. 1. Вы уже знаете, что существуют специальные школы с преподаванием на иностранном языке. Иностранный язык здесь изучают глубоко — его начинают преподавать со второго класса. Языковые группы небольшие: 8-10 человек. Некоторые предметы, например, географию и литературу преподают на иностранном языке. 2. Ученики часто проводят вечера и устраивают спектакли на иностранном языке. Выпускники таких спецшкол обычно хорошо владеют языком, который они изучали. Какие языки преподают в спецшколах? Чаще всего это английский, немецкий, французский и испанский.

3. В обычной общеобразовательной(普通教育的) школе иностранный язык изучают с четвёртого класса по десятый. Урок иностранного языка проходит тоже в небольших группах. Ежегодно для школьников проводятся городские олимпиады по иностранному языку.

В вузах продолжается изучение иностранного языка. 4. Студенты не обязательно должны заниматься тем языком, который был у них в школе. Они могут выбрать другой язык.

Иностранный язык изучают не только в школах и в вузах. 5. В стране работает много вечерних курсов иностранных языков, где изучают язык люди самых разных профессий — рабочие, инженеры, научные работники, спортсмены, журналисты. Английский, немецкий и французский языки можно изучать по телевизору. Каждую неделю идут специальные программы и фильмы на иностранных языках.

参考答案:

1. 您已经知道,有用外语教学的专门学校。
2. 学生们经常用外语举办晚会和编排戏剧。
3. 在平常的普通学校里外语从四年级学到十年级,也是小班授课。
4. 大学生不一定非得学他们在中学里学过的那门语言,他们可以选择另一种语言。
5. 在我国晚上有很多外语培训班,各行各业的人都在那里学习外语,有工人、工程师、科研人员、运动员、新闻工作者。

Микротекст 20

1. Олимпиады школьников по иностранному языку или по другим школьным предметам проводят у нас в стране часто, они бывают ежегодно во многих городах и стали для наших школьников обычным явлением.

2. А вот Первая Международная олимпиада школьников по русскому языку, которая проходила в Москве в августе 1972 года, была вообще первой в мире международной олимпиадой по иностранному языку. 3. Соревнования проходили всего 2 дня, а участники её — школьники из 16 стран — приехали в Москву на 10 дней, чтобы не только участвовать в соревновании, но и посмотреть Москву, познакомиться с людьми и поговорить по-русски. Почти все ребята были в Москве первый раз. Для них была подготовлена большая и интересная культурная программа. 4. Девиз (口号) олимпиады был действительно олимпийский — «Не важно победить, важно участвовать!» И всё-таки победа тоже принесла много радости участникам олимпиады. 5. 75 школьников из 16 стран серьёзно соревновались друг с другом, отвечали на вопросы, рассказывали то, что они знают о Советском Союзе, и в результате каждый получил награду, которую заслужил. 20 школьников получили золотые медали, 29 — серебряные и 26 участников получили бронзовые медали.

参考答案:

1. 中学生外语奥林匹克竞赛或其他中学课程的奥林匹克竞赛在我国经常举行。每年在很多城市都有这样的竞赛,对我们的中学生来说,这是很平常的现象。
2. 1972年8月在莫斯科举办的第一届国际中学生俄语奥林匹克竞赛是世界上第一届国际外语奥林匹克竞赛。
3. 比赛一共进行了两天,参赛者是来自16个国家的中学生,他们在莫斯科呆了10天,不仅参加比赛,还参观市容,结识朋友并说俄语。
4. 奥林匹克竞赛的口号的确是奥林匹克式的——重要的不是获胜,而是重在参与!

5. 来自 16 个国家的 75 名中学生认真地相互比赛，他们回答了问题，讲述了他们所知道的苏联，结果每个人都得到了应得的奖励。

Микротекст 21

В разговоре с городским жителем в Советском Союзе на тему о том, где он живёт, вы часто можете услышать фразу: «Мы живём в новом районе» или: «Мы получили квартиру в новом районе». 1. Строительство новых жилых районов во всех без исключения городах страны — это явление нашей современной жизни. 2. Никогда раньше не строили у нас столько, сколько строят сейчас. Ежегодно более одиннадцати миллионов человек переезжают в новые квартиры.

3. Строительство идёт главным образом на окраинах городов, где строят целые новые районы. С каждым годом в них переселяется всё больше и больше жителей из центра и старых районов города. Здесь удобные современные дома, хорошие условия для отдыха.

4. Обычно в новых районах много зелень, чистый воздух и значительно меньше шума. Здесь хорошо и взрослым и детям. Для детей около домов построены спортивные и детские площадки. 5. Школы обычно бывают расположены так, что детям не надо переходить улицу. В новых районах дома строят комплексами, которые называются микрорайонами. В каждом микрорайоне есть магазины, парикмахерская, почта, поликлиника, школа, детские сады — словом, всё, что надо для жизни. Конечно, это очень удобно. Большинство людей охотно переселяется жить в новые районы.

参考答案：

1. 在国内所有的城市毫无例外地进行新居民区的建设——这是我们现代生活的现象。
2. 我们以前从来没有建设过像现在这么多的居民区。
3. 建设主要在城市周边进行，在那里建设完整的新区。每年从市中心和老城区有越来越多的居民迁入新区。
4. 通常新区有很多绿地，空气清新，噪音很低。在这里大人和孩子都感觉很好。
5. 学校通常坐落在使孩子们不用穿越街道的地方。

Микротекст 22

1. Я часто думаю о том, как воспитать у детей чувство благодарности и уважения к старшим, к своим родителям, чтобы это чувство было таким же естественным, как желание дышать и говорить. Однажды в 10-м классе я сказала ребятам в самом начале урока, что сегодня мы будем писать сочинение. Но сочинения может и не быть, если ребята ответят на

простые вопросы. Сначала все обрадовались; но скоро оказалось, что радоваться было рано. 2. Я спросила, все ли ребята знают имя и отчество своих бабушек и дедушек, чем они занимались, где и кем работали, какие интересные события были в их жизни.

3. Ребята стали вспоминать, и тут оказалось, что не каждый может ответить на все эти вопросы. В классе наступила тишина: оказалось, что стыдно не знать таких вещей о близких людях. В самом деле, подумал каждый — кто же мы? Кто наши деды и прадеды? Что они были за люди? Что успели сделать на земле? Какие у них были в жизни победы и ошибки?

И тогда весь класс дружно решил, что он будет писать сочинение о своих бабушках и дедушках, но через некоторое время: к такой теме надо серьёзно подготовиться.

Ребята действительно серьёзно готовились. Спрашивали родителей, ходили к бабушкам и дедушкам, говорили об их жизни, писали письма в разные места страны, где жили их родные, разыскивали старые фотографии. 4. И когда ребята положили сочинения на мой стол, я увидела в них историю страны, историю нескольких поколений.

5. Я думаю, что именно с этого начинается уважение к старшим — с уважения к их труду, к тому, что они сделали в жизни и для жизни.

参考答案:

1. 我经常想,怎样培养孩子的感激之心和对老人、对自己父母的尊敬感,使这种感情就像想呼吸和说话一样自然。
2. 我问,是否所有的孩子都知道自己祖父母的名字和父称,是否知道他们学过什么,在哪儿工作过,从事过什么工作,在他们的一生中有过什么有趣的事情。
3. 孩子们开始回忆。原来,并不是每个孩子都能回答所有这些问题。教室里静了下来:原来,孩子们为不知道亲人的这些事情而羞愧。
4. 当孩子们把作文放到我桌子上时,我在作文中看到了国家的历史和几代人的历史。
5. 我想,正是从这开始,即尊重老人的劳动,尊重他们在生活中和为了生活所做的一切开始尊重老人。

Микротекст 23

1. В жизни современного человека город играет большую роль, поэтому люди разных профессий много думают над тем, каким должен быть современный город, чтобы человеку было в нём удобно, хорошо, интересно и радостно жить.

2. Развитие современных городов — рост их населения, жилищное строительство, развитие экономики — создаёт ряд трудностей, которые хорошо известны не только

специалистам, но и любому жителю большого города. 3. Учёные ведут спор о том, следует ли ограничивать рост больших городов или, наоборот, именно большим городам принадлежит будущее.

4. Одни утверждают, что чем крупнее город, тем он выгоднее экономически, а известные недостатки большого города связаны не с величиной города, а с недостатками в планировании и строительстве, которые можно устранить.

Другие говорят, что рост городов необходимо ограничивать, увеличиваться же должны прежде всего «средние» города, перспективно также создание совсем новых промышленных центров, рядом с которыми вырастают и совсем новые города. В больших городах (с населением более полумиллиона) производство действительно может быть более выгодно, но зато увеличиваются расходы на транспорт, благоустройство магистралей. Решить жилищную и транспортную проблему в большом городе очень трудно.

5. Одни утверждают, что для современного человека более привлекателен большой город и поэтому современный человек стремится жить в большом городе, другие говорят, что опрос(询问) жителей средних городов показывает обратную тенденцию.

参考答案:

1. 在现代人的生活中城市起着很大的作用,因此各行各业的人经常思考:现代城市应该是什么样,才会使人们感到在其中生活得方便、舒适、有趣和愉快。
2. 现代城市的发展(人口的增长、住房建设、经济的发展)会产生一系列的困难,这些困难不仅专家们很清楚,而且大城市的任何一个居民都很清楚。
3. 学者们争论,是否应该限制大城市的发展,或者正相反,未来恰恰属于大城市。
4. 一些人确信,城市越大,越有经济利益,而大城市明显的缺点并不是由于城市规模大,而是由于规划和建设中的缺陷造成的,它们是可以消除的。
5. 一些人确信,对于现代人来说,大城市更具吸引力,因此现代人都争取在大城市生活。另一些人说,对中等城市居民的问卷调查表明相反的趋势。

Микротекст 24

В репертуаре советских театров классика, русская и зарубежная, всегда занимала большое место. В последнее время интерес к классике особенно увеличился. 1. Многие новые постановки (演出) классических произведений пользуются большим успехом у зрителей, они идут по несколько сезонов (季节)подряд, о них много говорят и пишут, их показывают по телевидению. Среди русских драматургов-классиков сегодня, пожалуй, наиболее популярны четыре имени — Грибоедов, Гоголь, Островский и Чехов. В последние годы появились новые интересные постановки их пьес, становятся и также вещи, которые некоторое время были забыты, одну и ту же вещь выбирают разные театры.

2. Кроме того, интерес к классике можно объяснить ещё и тем, что современного зрителя привлекают серьёзные проблемы человеческой жизни, которые в классическом произведении обязательно есть.

Постановки классических пьес нередко вызывают горячие споры. Современный зритель хорошо знаком с классической литературой и его интересует, как поставлена в театре та или другая вещь. 3. Он охотно сравнивает разные постановки одного и того же произведения, обсуждает, какая из них более удачна.

Дело в том, что именно классические вещи многими режиссёрами ставятся совсем по-новому, нетрадиционно. Театр стремится поставить проблемы, которые волнуют современного человека, и для этого ищет новые театральные формы.

Где границы свободы театра в постановке классического произведения? 4. Одни режиссёры считают, что классику надо ставить всегда так, как будто это произведение написано не в другую эпоху, а только вчера. «Театр не музей и не учебник истории, — говорят они, — а классика потому и называется классикой, что она не знает времени». 5. Другие с этим не согласны. Они считают, что театр обязательно должен передать стиль той эпохи, когда произведение было создано, показать точные исторические детали — декорации (布景), костюмы. Если этого не будет, то Гоголь не будет Гоголем, а Островский — Островским.

参考答案:

1. 许多新上映的古典作品都深受观众欢迎,它们接连上演几个季节,人们对之进行了广泛谈论和报道,并在电视里播放这些新剧。
2. 此外,对古典作品感兴趣还可以解释为,古典作品中一定有严肃的人类生活问题,它们吸引着现代观众。
3. 现代观众乐意比较同一个作品的不同演出版本,讨论哪一个版本更成功。
4. 一些导演认为,上演的古典作品应该总是使人觉得这个作品好像不是在其他时代写的,而只是昨天完成的。
5. 另一些人不赞同这种观点。他们认为,戏剧一定要表达出作品创作那个时代的风格,展示精确的历史细节——布景、服装。

Микротекст 25

1. Многие считают, что в наше время изменился не только сам отдых, но изменилось и

наше отношение к отдыху. 2. Словари определяют отдых как состояние покоя, но большинство людей не хочет находиться во время отдыха в состоянии покоя. Люди в обычной жизни почти не занимаются физическим трудом, а малодвижный труд, который так распространён в наше время, требует высокоподвижного отдыха.

3. Человек в повседневной жизни устаёт не только от работы. Он устаёт и от того, что получает много впечатлений, много разной информации, от того, что связан с большим количеством людей. Но и отдых, как это ни странно на первый взгляд, заключается не в полном покое, не в отсутствии впечатлений. 4. Человеку нужны для отдыха другие впечатления, смена（更换）информации, смена связи с окружающей средой, смена обстановки.

Требование активного и эмоционально богатого отдыха — это требование нашего времени, оно связано с развитием общества и имеет объективный характер. Именно в этом причина интенсивного развития туризма, который наиболее полно отвечает требованиям современного отдыха. Появилась целая индустрия туризма, есть страны, в хозяйственной жизни которых туризм играет важную роль.

5. Туризм в широком смысле слова — походы по стране, поездки в другие города и страны — это новые впечатления, новая обстановка, новая информация, — это именно то, что нужно современному человеку.

参考答案：

1. 很多人认为，当代不仅休息本身发生了变化，而且人们对休息的态度也发生了变化。
2. 词典把休息定义为静止状态，但大多数人不想在休息时处于静止状态。
3. 在日常生活中人不仅因工作而疲劳。人疲劳还因为他获得了许多印象，许多各种各样的信息，还因为与许多人联系在一起。
4. 为了休息，人需要其他印象，需要更换信息、更换与周围环境的联系、更换环境。
5. 广义上旅游这个词指在国内旅行、去其他城市和国家旅行，它带来新的印象、新的环境、新的信息，这正是现代人所需要的。

Микротекст 26

Вы только начинаете своё путешествие в мастерство, в творчество, в науку, в жизнь. И мне, старику, который много искал в науке, хочется дать вам, начинающим путешественникам, несколько советов.

1. Любите трудиться! Самое большое наслаждение и удовлетворение приносит человеку труд.

Дерзайте! Беритесь за большие дела. Способности, как и мускулы, растут при тренировке. 2. Большие открытия не всякому по плечу, но кто не решается пробовать, тот ничего не откроет.

Не скрывайте своих намерений, не держите замыслы в секрете. Если ваше предложение на самом деле золотое, вы не сможете разрабатывать его в одиночку; если вы обманулись, зачем вам тратить время — вам сразу укажут ошибку...

3. Будьте принципиальны. Нам нужна истина, и только истина. Не бойтесь авторитетов. И если среди вас есть будущие геологи, которые не согласятся с Обручевым — смело выступайте против него, если у вас есть данные, опровергающие его выводы.

Но не рассчитывайте на лёгкую победу. Всё, что лежало под руками, давно уже подобрано и проверено; то, что легко приходит в голову, давно пришло в голову и обсуждалось. 4. Только на новых фактах, на новых наблюдениях можно строить новые достижения. Факты — это кирпичи, из которых слагается(形成)человеческий опыт, это ваше оружие и творчество.

Неустанно ищите факты, собирайте их в природе и в книгах, читайте хорошие учебники от доски до доски и, кроме того, книги, не входящие в программу. Изучайте свою специальность досконально, но не жалейте времени и на другую. 5. Геолог, прекрасно знающий геологию, — ценный человек, а знающий, кроме того, географию, химию или ботанику(植物学), — возможный изобретатель...

Счастливого пути вам, путешественники в третье тысячелетие!

参考答案:

1. 热爱劳动吧!劳动带给人最大的享受和满足。
2. 重大的发现并不是每个人都能做到,但不打算尝试的人什么也发现不了。
3. 要坚持原则。我们需要真理,只需要真理。不要害怕权威。
4. 只有在新的事实、新的观察之上可以创造新的成绩。事实,这是形成人类经验的基石,这是你们的武器和创造。
5. 精通地质学的地质学家是有价值的人,而此外还了解地理、化学或植物学的人,就可能成为发明家。

Микротекст 27

Иногда школьники говорят: «Мне математика не нужна, я буду учителем русского языка, или артистом, или художником». Они, конечно, не правы. 1. Кто с детских лет занимается математикой, тот развивает свой ум и внимание, воспитывает волю и настойчивость в достижении цели. Поэтому она нужна и учителю, и врачу, и артисту, и художнику.

2. С давних времён известно, что занятия математикой учат правильно и последовательно мыслить, рассуждать. Математика раскрывает человеку особый мир чисел и фигур(图形), окружающий нас.

Трудно назвать такую отрасль человеческой деятельности, где не приходилось бы группировать предметы в нужном порядке, пересчитывать, находить их размеры, форму, определять взаимное положение. Но простой счёт и измерение — это ещё не математика! 3. Математика помогает нам избегать излишних (多余的) пересчитываний, учит, как с помощью известного находить то, что раньше нам было неизвестно. В этом её огромное значение для производства, техники и науки.

4. Математика как наука никогда не останавливалась на одном месте. Жизнь, практика, развивающаяся техника и другие науки ставят перед ней всё новые задачи. Чтобы их решить, мало старых знаний, и учёным-математикам приходится изобретать новые способы, создавать новые теории. А теперь многие самые сложные математические расчёты выполняют вместо человека машины.

Те знания и навыки, которые получает школьник, конечно, только математическая азбука. 5. Но через математические знания, полученные в школе, через арифметику(算术), алгебру и геометрию (几何) лежит широкая дорога к огромным областям могучей и увлекательной математической науки.

参考答案:

1. 从童年开始学数学的人会发展自己的智力和加强注意力,培养达到目的的坚定意志和坚持不懈的顽强精神。
2. 从古时候起人们就知道,数学能教会人们正确地、合乎逻辑地思维、推理。数学为人类打开周围特殊的数字和图形世界。
3. 数学有助于我们避免多余的计算,教会我们通过已知寻找未知。
4. 数学作为一门科学从来没有停留在同一个位置上。生活、实践、不断发展的技术和其他科学为数学提出了越来越新的任务。
5. 但是通过在学校获得的数学知识,通过算术、代数和几何会有一条宽广的道路通向强大的吸引人的广阔的数学科学领域。

Микротекст 28

В истории было немало замечательных женщин-героинь, ставших славой своего народа.

Но никогда ещё гордость и слава женщин всей планеты не воплощались в одной, дотоле никому не известной девушке. Наша Валентина Терешкова стала гордостью женщин всей Земли. 1. И произошло это потому, что миллионы женщин увидели в этой простой русской девушке, в её беспримерном полёте в космос живое воплощение своих идеалов и стремлений. 2. Прежде всего — стремлений к полному и подлинному равенству, к овладению высотами знаний и техники во имя всеобщего прогресса и мира.

Полёт её в космос в числе первых — что это, удача? Счастье, лежавшее на её жизненном пути? Можно сказать — да, удача. Однако, кроме удачи, нужно ещё очень многое. 3. Прежде всего нужно отвечать требованиям, которые предъявляются к первопроходцам: иметь «космический» характер, неутомимое трудолюбие, большие знания, любознательность(求知欲), крепкое здоровье, быструю реакцию, да мало ли ещё что...

4. — Я убеждена, — говорит она, — что в будущем немало предстоит сделать и женщинам-космонавтам. Ведь человечеству ещё предстоят длительные полёты в космос, длительное пребывание там землян(地球上的人). Понадобятся и женские руки и женский ум. Но и сейчас много талантливых женщин работает в области освоения космоса — в центрах управления, в лабораториях, конструкторских бюро, на предприятиях.

5. Освоение космоса — проблема мировая. Для её решения необходима благоприятная международная обстановка, нужен всеобщий и прочный мир на земле.

参考答案:

1. 发生这一切是因为成千上万的妇女在这位普通的俄罗斯姑娘身上,在她史无前例的宇宙飞行中发现了自己的理想和追求的真实体现。
2. 首先是追求完全真正的平等,为了共同的进步与和平,力争掌握高深的知识和技术。
3. 首先需要符合对先行者提出的要求:要有“航天”性格、不知疲倦的劳动精神、丰富的知识、很强的求知欲、强健的体魄、快速的反应,还有……
4. “我坚信,”她说,“未来女宇航员面临许多事情要做。因为人类还将面临长时间的宇宙飞行,会长时间驻留在宇宙空间。”
5. 开发宇宙是世界性问题。解决这个问题需要良好的国际环境,需要地球上全面而永久的和平。

Микротекст 29

1. Н. Н. Семёнов является основоположником бывшей советской школы химической физики. Им создано множество научных трудов, воспитаны сотни учеников, многие из которых стали крупными учёными.

Н. Н. Семёнов — лауреат Нобелевской премии, член Национальной академии США, Английского Королёвского общества, Венгерской, Румынской, Индийской, Нью-Йоркской и Чехословацкой академий, почётный доктор Оксфордского, Брюссельского, Лондонского, Будапештского, Пражского и некоторых других университетов мира. Все эти высокие звания и награды говорят о признании заслуг учёного не только в бывшем Советском Союзе, но и за его пределами.

Более 60 лет самоотверженно служит он науке.

2. Широко применяя теоретические и экспериментальные методы современной физики к решению химических проблем, Николай Николаевич Семёнов развивал новое научное направление, которое и получило впоследствии название химической физики. В 1931 году эта молодая научная школа получила собственную базу: по инициативе Семёнова был организован первый в мире Институт химической физики. Николай Николаевич по сегодняшний день является его бессменным директором.

3. Н. Н. Семёнов не только талантливый учёный, теоретик, но и блестящий педагог, воспитатель научной молодёжи, умеющий передать ученикам свою преданность науке.

4. Н. Н. Семёнов уверен, что учёный в любом возрасте открывает для себя особый круг (范围) интересов, свойственный именно этому возрасту.

В апреле 1976 года Н. Н. Семёнову исполнилось 80 лет. Страна торжественно отметила юбилей замечательного учёного. 5. Н. Н. Семёнову было присвоено второе звание Героя Социалистического Труда. Он был награждён восьмым орденом Ленина — высшей правительственной наградой в бывшем СССР. На родине учёного в городе Саратове установлен его бронзовый бюст.

Свой юбилей Н. Н. Семёнов встретил в расцвете творческих сил.

参考答案:

1. Н. Н. 谢苗诺夫是前苏联化学物理学派的奠基人。他撰写了许多学术著作,培养了几百名学生,其中很多人已成为著名科学家。
2. 在广泛应用现代物理学的理论和实验方法来解决化学问题的同时,尼古拉·尼古拉耶维奇发展了新的学术方向,它后来被称为化学物理学。
3. Н. Н. 谢苗诺夫不仅是一位天才的科学家、理论家,还是一位出色的教育家,青年科学家的培养者,他善于把自己对科学的忠诚传授给学生。
4. Н. Н. 谢苗诺夫坚信,科学家在任何年龄都会为自己找到这一年龄具有的特殊的兴趣范围。
5. Н. Н. 谢苗诺夫第二次被授予社会主义劳动英雄的称号。他获得过八枚列宁勋章

——前苏联最高政府奖。

Микротекст 30

1. Чувствует ли себя человек счастливым, постигло(临到……头上) ли его несчастье, угрожает ли ему опасность — всё это и многое другое в жизни человека отражается на работе его сердца.

Часто люди говорят: «сердце замирает от страха», «сердце трепещет в груди от радости». 2. Это значит, что ритм работы сердца изменяется в зависимости от состояния человека, его переживаний.

От работы сердца зависит деятельность других органов и всего организма. 3. Если сердце справляется со своей работой, то кровь своевременно и в нужном количестве доставляет нашим органам, тканям(组织) и клеткам(细胞) кислород и питательные вещества, необходимые для них.

4. Конечно, деятельность сердца тесно связана с другими органами и находится под влиянием центральной нервной системы.

Человек может выносить большое физическое напряжение, если сердце вместе с другими органами приспосабливается к изменившимся условиям и начинает больше и быстрее накачивать кровь, обеспечивая организм необходимым количеством кислорода и питания.

Такую работу сердце может выполнить, если о нём заботиться и тренировать его.

Сердце непрерывно работает. Оно начинает работать, когда мы ещё не родились, и последним прекращает свою работу. 5. Сокращаясь, сердце придаёт движение крови, которая в течение всей жизни циркулирует(循环) в организме, не останавливаясь ни на одну секунду.

参考答案:

1. 一个人是否感到幸福,不幸是否降临到他的头上,危险是否威胁到他,这一切与人生活中的许多其他事情都会反映在他心脏的工作状况上。
2. 这意味着,心脏工作的节律会根据人的状态和感受而改变。
3. 如果心脏胜任自己的工作,那么血液会及时而适量地向我们的器官、组织和细胞提供氧气及它们需要的养分。
4. 当然,心脏的活动和其他器官有着紧密的联系并受中枢神经系统的影响。
5. 心脏收缩的时候,会使血液流动,在人的整个一生中血液都在机体里循环,一秒钟也不停留。

Микротекст 31

1. Не все знают, как надо правильно питаться, и совершают поэтому ошибки, за которые приходится расплачиваться здоровьем.

Ныне приводится несколько советов людям, занимающимся умственным трудом.

Первый и, пожалуй, самый главный — не переедайте! 2. Этот совет относится прежде всего к тем, кто не только рабочий день проводит за письменным столом, но и в свободное время предпочитает отдых за книгой, у телевизора или за шахматной доской.

Старайтесь есть больше овощей: Даже при значительном объёме они низкокалорийны. 3. Кроме того, овощи, как известно, источник витаминов(维生素), а во время интенсивной умственной работы потребность организма в них увеличивается.

Не нарушайте режим питания. 4. Не заменяйте завтрак стаканом чая или кофе, увлёкшись работой, не забывайте об обеде, не переносите ужин на поздний час, ешьте не позднее, чем за полтора-два часа до сна.

5. Не пытайтесь всякий раз восстанавливать умственную работоспособность с помощью крепкого сладкого чая.

Не увлекайтесь кофе.

参考答案:

1. 并非所有的人都知道应该如何正确地饮食,因此他们犯了错误,不得不付出健康代价。
2. 这个建议首先针对的是那些不仅整天伏案工作,而且业余时间也喜欢读书、看电视、下象棋的人。
3. 此外,众所周知,蔬菜是维生素的来源,在用脑多的时候机体对维生素的需要就会增加。
4. 不要用一杯茶或一杯咖啡来代替早餐。埋头工作时,不要忘记吃午饭。晚饭不要吃得太晚,不要晚于睡觉前一个半到两个小时。
5. 不要每次都试图用浓浓的甜茶来恢复大脑的工作能力。

Микротекст 32

1. Без транспорта невозможно развитие народного хозяйства. Транспорт обеспечивает производственные связи промышленности с сельским хозяйством, обмен продукцией между различными районами страны и её внешнюю торговлю (对外贸易). Освоению новых территорий предшествует проведение транспортных путей. Без него невозможна жизнь современных городов. Велико оборонное значение транспорта.

2. Транспорт не только обслуживает народное хозяйство, но и потребляет много электроэнергии, топлива, металла, древесины(木材).

3. Транспорт подразделяется на сухопутный (железнодорожный и автомобильный), водный (морской и речной), воздушный, трубопроводный и электронный (линии электропередачи). В Советском Союзе развиты все виды транспорта.

В СССР создана единая транспортная сеть. 4. Железнодорожный транспорт осуществляет массовые перевозки всех видов грузов и пассажиров на дальние расстояния. Морскому — принадлежит важная роль по внешней торговле, а речному — во внутренних перевозках объёмных грузов. Автомобильный — доставляет грузы непосредственно потребителям, связывая их с другими видами транспорта. Авиационные скоростные перевозки охватывают всю страну. На 160 тыс. км протянулась сеть магистральных трубопроводов.

В местах, где смыкаются несколько транспортных путей, образуются транспортные узлы. В них осуществляют перевалку грузов с одного вида транспорта на другой. 5. Наибольшее число транспортных узлов сосредоточено в Центральной России. Крупнейший транспортный узел страны — Москва.

参考答案:

1. 没有运输国民经济就不可能发展。运输可以保障工业和农业之间的生产联系,可以保障国家各地区之间的产品交换,进行对外贸易。
2. 运输不仅为国民经济服务,而且也消耗许多的电能、燃料、金属、木材。
3. 运输分为陆路运输(铁路和公路)、水路运输(海运和河运)、空中运输、管道运输和电子运输(输电线)。
4. 铁路运输实现各种货物和乘客的远距离大量运送。
5. 大量的运输枢纽主要集中在俄罗斯中部。国家最大的运输枢纽是莫斯科。

Микротекст 33

1. Авиация — наиболее дорогой вид транспорта, в то же время самый быстрый, мало зависящий от рельефа(地形) местности. 2. Ни один вид транспорта, кроме авиационного, не может в настоящее время схватить перевозками почти все районы страны. 3. Авиация незаменима в пассажирских перевозках, особенно на дальние расстояния. Среди авиационных грузов преобладают срочные и дорогие (скоропортящиеся продукты, почта, матрицы центральных газет). СССР поддерживает воздушные связи с 70 странами мира. 4. Крупнейший узел авиалинии страны — Москва, близ которой построены первоклассные(一

流的)аэропорты.

На всех магистральных линиях летают турбовинтовые и реактивные самолёты. Вводятся сверхзвуковой самолёт ТУ-144, который за два с половиной часа может доставить пассажиров из Москвы в Хабаровск, аэробус ИЛ-86 с 350 пассажирами и ряд других самолётов.

5. Авиационный транспорт применяют в сельском хозяйстве, он помогает судам вести поиски рыбы, тушить лесные пожары, выполняет роль скорой и медицинской помощи, участвует в освоении новых районов Сибири и Дальнего Востока.

参考答案:

1. 航空——这是一种最昂贵的,同时也是最快捷的运输形式,它不太依赖于地形。
2. 除航空外,现在没有任何一种能够覆盖国家所有地区的运输形式。
3. 客运,特别是远距离客运,航空是不可替代的。
4. 国内最大的航空枢纽是莫斯科,其近郊建有几个一流的航空港。
5. 航空运输可用于农业,能帮助渔船寻找鱼类,熄灭森林火灾,执行医疗急救的任务,参与西伯利亚和远东新区的开发。

Микротекст 34

1. Ни одно стихийное бедствие(自然灾难) не происходит так неожиданно, как землетрясение(地震). Своеобразной его особенностью является то, что оно разрушает в основном искусственные постройки, сделанные рукой человека.

2. Степень опасности землетрясения существенно меняется в зависимости от уровня и условий развития человеческого общества. Когда первобытный человек добывал себе пищу охотой, он не строил постоянных жилищ, поэтому землетрясения не были для него угрозой. Не страшны землетрясения и скотоводам: их переносные палатки выдерживают любую сейсмическую катастрофу. 3. Деревянные дома также устойчивы к подземным толчкам(地下的震动) и разрушаются лишь при очень сильных землетрясениях. 4. А вот здания из кирпича больше всего подвержены сейсмическим(地震的) ударам. Даже толчки средней силы разрушают стены каменных зданий, что приводит к гибели находящихся в доме людей.

Борьба с разрушающей силой землетрясений началась давно. 5. Человек столкнулся с двумя проблемами: как сделать здание таким, чтобы оно не разрушалось от подземных ударов, и как установить районы, где происходят землетрясения. Попытка ответить на эти вопросы привела к возникновению сейсмологии — науки, изучающей землетрясения и поведение искусственных сооружений при подземных ударах.

参考答案:

1. 没有一种自然灾难像地震来得这样突然。其特点主要是毁坏人工建造的建筑物。
2. 地震的危害程度实质上与人类社会的发展水平和条件息息相关。
3. 木制房屋同样具有抗震性,只有在强烈的地震时才会被毁坏。
4. 砖体楼房受地震的影响最大。甚至中级地震也能造成砖体楼房墙壁的倒塌,使房屋里的人死亡。
5. 人类遇到两个问题:怎样建造楼房才能使它不被地震摧毁,怎样确定地震区。

Микротекст 35

1. Много столетий люди изучают природу, постепенно раскрывая её тайны. Изученные явления человек использует для улучшения своей жизни и заставляет природу выполнять полезную для себя работу. Например, вода отдаёт свою энергию турбинам, соединённым с генераторами электрического тока. Эти генераторы питают электродвигатели, которые в свою очередь приводят в движение машины, изготовляющие различные предметы, необходимые для жизни человека.

2. Явления природы представляют собой изменения материи, из которой состоит вся природа. Они изучаются физикой, химией и многими другими науками.

3. Известно, что при одних явлениях вещества, из которых состоят те или иные предметы, остаются неизменными, а в других явлениях состав вещества изменяется. Первые явления стали называть физическими явлениями, а последние — химическими.

4. Все явления в природе происходят закономерно, т.е. подчиняются тем или иным законам. Открытие и изучение законов природы являются основной задачей любой науки.

Законы, применимые к большому количеству самых разнообразных физических явлений, называются основными физическими законами. Таков, например, закон инерции, применимый ко всем случаям механического движения.

5. Законы природы существуют независимо от людей, а человек лишь открывает их и использует для практических целей.

参考答案:

1. 许多世纪以来人们一直在研究大自然,并逐渐揭示了它的奥秘。人类利用研究的现象来改善自己的生活,使大自然完全有益于自己的工作。
2. 构成整个自然界的物质变化叫自然现象。物理、化学和其他许多学科都研究这些现象。

3. 众所周知,在一些现象中构成某些物体的物质是不变的,而在另一些现象中物质成分发生着变化。

4. 自然界中所有现象的发生都是有规律的,也就是说,它们服从于某些规律。发现和研究自然规律是任何一门学科的主要任务。

5. 自然规律不以人的意识而存在,人类只能发现它们,并在实践中加以利用。

Микротекст 36

Слово «атом» введено древнегреческими учёными. Разумеется, они иначе представляли себе атом, чем мы в настоящее время. 1. Вначале считали, что атомы всех веществ одинаковы и свойства веществ зависят только от их расположения в нём. 2. Затем было призвано, что каждое вещество состоит из особых атомов, которые отличаются от атомов другого вещества по форме и по размерам.

3. Много позже учёные стали различать вещества простые и сложные и в соответствии с этим и частицы простые и сложные.

Наиболее ясно эти предположения были высказаны великим русским учёным М. В. Ломоносовым, который применил атомическое учение в химии. 4. Он впервые высказал мысль о том, что свойства веществ зависят от состава и свойств невидимых частиц — атомов и молекул.

В настоящее время наукой установлено, что атомы состоят из положительно заряжённого ядра, окружённого отрицательно заряжённым частицами — электронами. При обычных химических реакциях происходят изменения только в наружной части атома. 5. Но при некоторых условиях могут изменяться и ядра атомов. При этом выделяется или поглощается огромное количество энергии.

参考答案:

1. 开始时人们认为,所有物质的原子都是一样的,物质的特性只取决于原子在物质中的排列。

2. 后来人们认识到,每个物质都是由特殊的原子构成,它们的形状和大小与其他物质的原子不同。

3. 又过了很长时间科学家开始区分单质和化合物,据此又分出简单粒子和复杂粒子。

4. 他第一次提出了这样一种想法,认为物质的特性取决于看不见的粒子,即原子和分子的组成和特性。

5. 但在某些条件下原子核也可以发生变化。与此同时会释放或吸收大量的能。

Микротекст 37

1. Язык — самое выразительное, чем человек обладает, и если он перестанет обращать внимание на свой язык, а станет думать, что он овладел им уже в достаточной мере, он станет отступать. За своим языком — устным и письменным — надо следить постоянно.

2. Самая большая ценность народа — его язык, язык, на котором он пишет, говорит, думает. Думает! Это надо понять досконально, во всей многозначности и многозначительности этого факта. Ведь это значит, что вся сознательная жизнь человека проходит через родной ему язык. Эмоции, ощущения только окрашивают то, о чём мы думаем, или подталкивают мысль в каком-то отношении, но мысли наши все формулируются языком.

3. Вернейший способ узнать человека — его умственное развитие, его моральный облик, его характер — прислушаться к тому, как он говорит.

4. Если мы обращаем внимание на манеру человека себя держать, его походку, его поведение, его лицо и по ним судим о человеке, иногда, впрочем, ошибочно, то язык человека — гораздо более точный показатель его человеческих качеств, его культуры.

5. Язык человека — это его мировоззрение и его поведение. Как говорит, так, следовательно, и думает.

参考答案:

1. 语言是人类所具有的最具表现力的东西。如果一个人不再注意自己的语言,而是认为他掌握的语言已经足够了,那么他就会开始退步。
2. 一个民族最大的财富就是它的语言,是用来写、说、思考的语言。
3. 了解一个人(了解他的智力发展、他的道德面貌、他的性格)最可靠的方法是倾听他的诉说。
4. 如果我们注意一个人的举止、步态、品行、长相,并以此来评价一个人的话,其实有时难免会出错,而一个人的语言,才是他的人品、他的修养更为精确的指标。
5. 一个人的语言体现他的世界观和他的品行。他怎样说,自然就会怎样想。

Микротекст 38

В одном из номеров «Недели» была напечатана статья, начавшая разговор о домашней библиотеке. 1. Читатели прислали 320 откликов на эту статью, активно обсуждали вопрос о роли и значении домашних библиотек, обращались за советом, как собирать библиотеку.

Пишут в редакцию люди самых разных профессий. Приведём некоторые отрывки из писем: «Многих приезжающих в нашу страну удивляет то, что у нас читают везде — в метро, в автобусе, в электричке. Это одна из характернейших черт нашей жизни».

2. «Хорошую, умную книгу интересно читать не спеша, задумываясь. Приходится часто возвращаться к уже прочитанному, делать заметки на полях, запоминать особенно важное, а иногда даже заучивать наизусть целые отрывки. Разве библиотечная книга даёт такую возможность?»

3. Почти все писавшие в редакцию согласны, что составлять личную библиотеку следует по потребностям. Но сами потребности нужно растить, развивать. Учиться читать надо так же, как учатся слушать, видеть, понимать музыку, живопись. И начинать, конечно, желательно с детства. 4. В этом отношении родители должны подавать пример детям. Отец и мать в первую очередь могут раскрыть детям глаза на огромный, увлекательный мир литературы. Но всегда ли мы, взрослые, оказываемся на высоте? О чём разговариваем дома? Часто ли спорим о книгах? Находим ли время расспросить ребёнка, нравится ли ему то, что он читает, понятно ли? 5. Вырастить сына настоящим человеком сложно, это требует духовных сил, знаний, которые нужно постоянно пополнять.

参考答案:

1. 针对这篇文章读者寄来320封反馈信,积极讨论家庭藏书的作用和意义问题,寻求怎样收藏图书的建议。
2. 一本好的、充满智慧的书读起来不要着急,应不断思考。要经常重读已经读过的内容,做书页边注,记住特别重要的内容,有时甚至要背诵整个片段。
3. 几乎所有往编辑部写信的人都同意,要按需要收集个人藏书。
4. 在这方面父母应该给孩子做出榜样。父母首先可以开阔孩子的视野,带他们步入广阔的、吸引人的文学世界。
5. 把儿子培养成一个真正的人很难,这需要精神力量,需要知识,而知识需要不断地充实。

Микротекст 39

1. В течение многих веков человек мечтал о полётах на другие планеты. Наконец пришёл день, когда мечта осуществилась. 4 октября 1957 года советские учёные запустили в космос первый искусственный спутник. С тех пор каждый год в космос поднимались спутники, космические корабли, ракеты.

Искусственные спутники можно назвать научными лабораториями в космосе. 2. Спутники собирают ценнейшую научную информацию, расширяют человеческие знания, позволяют ставить эксперименты, невозможные в условиях Земли. Успешные полёты искусственных спутников подготовили полёт человека в космос. 3. Но прежде чем послать человека в космос, нужно было решить самую главную задачу: человек должен был вернуться на Землю здоровым. Советские учёные проводили опыты на живых организмах. В 1960 году был запущен космический корабль, на котором находились собаки. Он благополучно вернулся на Землю. Наконец, 12 апреля 1961 года в 9 часов 7 минут по московскому времени мощная ракета подняла космический корабль «Восток». На борту корабля находился человек. Первым в мире космонавтом стал гражданин Советского Союза Юрий Гагарин.

Через 4 года после первого полёта в космос, в 1965 году, советский космонавт Алексей Леонов впервые в мире осуществил выход из корабля в открытый космос. В следующем году американские космонавты совершили «прогулку» по Луне.

4. Каждый год приносит новые успехи в изучении и освоении космоса. Решаются всё новые и новые технические задачи.

5. Мы живём в то время, когда человек сделал первый шаг с Земли к другим планетам. Придёт время, когда люди полетят на другие планеты, в другие миры. Космонавтика имеет безграничное будущее, и её перспективы беспредельны, как сама Вселенная.

参考答案:

1. 许多世纪以来人类一直幻想着飞往其他星球。人类理想实现的这一天终于到来了。
2. 卫星搜集最宝贵的科学信息,扩展人类的知识,使人们能够进行在地球条件下无法完成的实验。
3. 但是在把人送上太空之前需要解决最主要的任务:人必须健康地返回地球。
4. 每年在研究和开发宇宙方面都会取得新的成绩,解决越来越新的技术难题。
5. 我们生活在人类从地球向其他星球迈出第一步的时代。人类飞往其他星球,飞向其他世界的时代一定会到来。

Микротекст 40

1. О роли переводчика хорошо знает любой коммерсант, ведь из-за плохого перевода можно попасть и в глупое положение, неправильно понять партнёра или совсем потерять клиентов компании за границей.

Сам факт владения двумя языками не означает, что человек может переводить, перевод — это сложное искусство при его помощи и идиомы, не имеющие явных аналогов в разных языках, или слова имеющие множественное значение, должны быть быстро преобразованы таким образом, чтобы фраза была чёткой, точной и понятной слушателю, 2. переводчик должен не только свободно говорит на двух языках, но и уверенно писать в соответствующем стиле, а также обладать профессиональными знаниями в данной области как страна «источника», так и страна «объекта».

3. Переводчики жалуются, что зачастую их не знакомят со справочной информацией по предстоящей встрече, на которой они должны работать. Бывает мнение, что переводчик должен лишь точно перевести сказанное. 4. Выбор переводчика столь же важен, как и выбор адвоката или бухгалтера, вы хотите, чтобы переводчик работал в полную силу, тогда знакомите его со всеми данными о предстоящей встрече, обязательно поговорите с переводчиком после переговоров тексты. 5. Незаметные изменения тона, игра слов и выражений могут дать информацию, невысказанную иностранным партнёром по переговорам или не переведённую в словесной форме, поэтому, если хотите поднять престиж фирмы, приглашайте на работу высококлассного переводчика.

参考答案:

1. 任何一个商人都很清楚翻译的作用,由于一个翻译不好可使之陷入尴尬的境地,错误地理解合作伙伴的意图或者完全失去国外客户。
2. 翻译不仅仅应该流利地说两种语言,而且要胜任相应题材的文本工作,还要具有本国和对方国家相关领域的职业知识。
3. 翻译们常抱怨,他们通常不了解即将参与会谈的内容。
4. 选择翻译如同选择律师或会计师一样重要,如果您希望翻译能全力工作,就要让他熟悉将要会谈的全部资料,谈判结束后一定要和翻译谈谈文本内容。
5. 谈判时不明显的语调变化,词和词语的言外之意都能传达某种信息,也许是国外谈判伙伴没有表露的意思,也许是字里行间无法传达的内容,所以说,如果你想提高公司的威望,那就要邀请高水平的翻译来工作。

Микротекст 41

1. В больших, важных городах, где много человек и транспорта, пешеходы должны хорошо знать правила уличного движения.

2. Если вам нужно перейти на другую сторону улицы, вы должны помнить, что у нас правостороннее движение. Поэтому, сойдя с тротуара, надо посмотреть налево. 3. Убедившись в том, что близко машин нет, можно переходить улицу. Дойди до её середины, надо посмотреть направо и только потом продолжать переход.

4. На всех больших улицах, в местах перехода, установлены световые табло для пешеходов. Если транспорт остановился и переход свободен, зажигается зелёное табло со словом «Идите!». В этом случае можно спокойно переходить улицу. Если зажигается красное табло со словом «Стойте!», нужно остаться на тротуаре и ждать, пока пройдёт поток машин. Переходить улицу в этот момент опасно. Все знают это. И однако находятся пешеходы, которые с риском для жизни, перебегают улицу перед близко идущим транспортом.

5. Для удобства жителей больших городов на крупных магистралях прорыты пешеходные тоннели. Здесь пешеходы могут спокойно переходить через улицу.

参考答案:

1. 在一些重要的大城市人口和车辆众多,行人应熟知交通规则。
2. 如果您要横穿马路,就应该记住,我们这儿是右侧通行。
3. 在确信近处没有车辆时才可以过马路。走到马路中央,应该向右看看,然后才可以继续行走。
4. 在所有大的街道上,有人行道的地方都设有行人信号灯。如果绿灯亮了并有"行走"字样,车辆都会停下来,此时人行横道是畅通的,可以行走。
5. 为了保障大城市居民的行走方便,在重要的干线开辟了人行隧道,行人可以悠闲地过马路。

Микротекст 42

Молодость — это время сближения. И об этом следует помнить и друзей беречь, так как настоящая дружба очень помогает и в горе и радости. 1. В радости ведь тоже нужна помощь: помощь, чтобы ощутить счастье до глубины другим, ощутить и поделить им. Неразделенная радость — не радость. Человека портит счастье, если он переживает его один.

Поэтому берегите молодость до глубокой старости. 2. Цените всё хорошее, что приобрели в молодые годы, не растрачивайте богатств молодости. Ничего из приобретенного не проходит бесследно. Привычки, воспитанные в молодости, сохраняются на всю жизнь. Навыки в труде — тоже. Привык к работе, и работа вечно будет доставлять радость. А как это важно для человеческого счастья! Нет несчастнее человека ленивого, вечно избегающего труда, усилий... 3. Как в молодости, так и в старости, хорошие навыки молодости облегчают жизнь, дурные — усложняют её и затрудняют.

И ещё. 4. Есть русская пословица: «Береги честь смолоду». В памяти остаются все поступки, совершённые в молодости. Хорошие будут радовать, дурные не дают спать.

Такими, как все, быть не хочется — начиная жить, ты уверен в исключительности своей судьбы, в том, что твоя жизнь будет удивительна, не похожа на другие. Но как заявить о себе, чтобы все обернулись, поражённые и обрадованные твоим появлением? Как сделать, чтобы тебя заметили?

Хорошо быть молодым, но легко ли? Трудно. 5. Молодость — не преддверие жизни, а сама жизнь. Время тревог и надежд. Время выбора. Самого трудного изо всех выбрать надо себя.

参考答案:

1. 快乐时也需要帮助:这种帮助可使他人也深深地感受到幸福,并分享幸福。不能分享的快乐不是快乐。如果一个人只是独自感受幸福,那么,幸福会损害他。
2. 珍惜在青年时代得到的一切美好的东西,不要浪费青春这一财富。得到的东西就不会不留痕迹地失去。
3. 无论是在青年,还是在老年,青年时养成的好习惯会使生活感到轻松,而坏习惯会使生活变得复杂和艰难。
4. 有一个俄罗斯谚语:从小爱惜名誉。青年时所做的一切都会保留在记忆中,好的行为会使人愉快,不好的行为则使人夜不能寐。
5. 青年不是生命的初期,而是生命本身,是恐慌与希望的时代,是选择的时代,在所有的选择中最难以选择的是自己要做什么人。

Микротекст 43

1. Современный учитель — это прежде всего современный человек, идущий в ногу со временем. Он не хочет повторять старые приёмы. 2. Он знает и достаточно хорошо понимает сегодняшние проблемы молодого поколения, а иначе просто будет непреодолимый барьер между учителем и учеником. Современный учитель обязательно должен знать психологию. Без этого он не сможет понять детей.

Современный учитель должен обладать рядом профессиональных качеств, а именно: профессионализмом, добротой, демократичностью, пониманием детей. 3. Ведь учитель — это не диктатор, не царь над своими учениками, а прежде всего их друг и старший товарищ, способный передать им то хорошее и важное, что у него есть.

4. По-моему, любовь к учителю свойственна исключительно детям младших классов. Именно в этом возрасте учитель — кумир, идеал, предел мечтаний. Позже уже исчезает такое преклонение и появляется просто уважение, да и то к редкому учителю. Вообще мне

кажется, что невозможно найти такого учителя, который обладал бы всеми качествами идеального учителя. 5. Совместная работа имеет смысл, если учитель нужен ученику, если без учителя ученик не справится, если работа представляется творческим процессом. Современный учитель так поставит процесс обучения, чтобы хозяином был не только он, но и весь класс.

参考答案:

1. 当代教师首先是一个与时俱进的当代人。他不想重复过去的方式。
2. 他不但了解,而且相当清楚青年一代如今思考的问题,否则师生之间就会出现不可逾越的障碍。
3. 要知道,教师不是一个独裁者,也不是学生的统治者。教师首先应该是学生的朋友,是他们高年级的大哥哥或大姐姐,能把自己所有的一切美好的和重要的东西传授给他们。
4. 依我看,那种对教师的爱戴,完全是低年级孩子们固有的天性。正是在这个年龄,教师是偶像,是理想的化身,是梦幻的极限。
5. 如果学生需要教师,如果没有教师学生就无法胜任工作,如果是创造性的工作,那么协同工作就非常有意义。

Микротекст 44

1. Прежде чем начать поиск работы, нужно провести поиск в себе. Что вы в действительности хотите делать. 2. Иногда необходимо поставить себе ближайшую цель, которая по существу будет этапом на пути вашей конечной цели. Например, вы хотите работать анализирующим компьютерных систем, но у вас нет ещё достаточного опыта. 3. Поэтому вам, возможно, придётся для начала поработать помощником и постепенно двигаться дальше.

Вам следует учесть также вещи особые — умения и способности. Совпадают ли они с вашей формальной подготовкой или это что-то такое, что вы воспитали в себе сами? Что вы в действительности хотите делать, любите ли вы работать самостоятельно или вместе с другими? Предпочитаете ли вы быть самому себе хозяином? Какие у вас сильные и слабые стороны? Каких успехов вы добились? 4. Очень важно иметь ясное представление о себе самом, чтобы вы могли «продать» себя хозяину какого-нибудь предприятия. 5. Если вам нужна помощь в оценке своих возможностей, вы могли бы прослушать специальный курс по выбору профессии, который можно найти в школе и университете.

参考答案:

1.求职前需要先剖析自己,您究竟想要做什么。
2.有时有必要给自己确定一个近期目标,它实际上就是达到您最终目标道路上的一个阶段。
3.所以您可以首先从助手做起,然后再逐渐向前发展。
4.重要的是要对自我有一个清晰的认识,以便能把自己"推销"给某个企业的主人。
5.如果您需要有人帮助对自己的能力进行评估,您还可以去听一听有关择业的专题讲座,这样的讲座在中学或大学里都有。

Микротекст 45

1. Большую тревогу вызывает проблема охраны пресных вод и Мирового океана в целом от загрязнения токсичными (有毒的) веществами, нефтью, твёрдыми отходами и т. п. Загрязнение вод стало подлинной трагедией для народов многих стран. В ряде государств Европы уже сейчас начинает ощущаться водный голод — пресная вода продаётся в контейнерах. 2. Из-за употребления недоброкачественной воды ежегодно на планете болеют более 500 миллионов человек, из которых около 10 миллионов умирают.

3. Не менее острой и сложной стала проблема охраны атмосферы от загрязнения промышленными отходами и воспроизводства (再生) в ней кислорода. Миллионы тонн сернистого газа, окиси углерода, окислов азота, свинца, ртути, серы и других химических соединений ежегодно выбрасываются в воздушный бассейн, создавая угрозу для здоровья и жизни людей. Подсчитано, что при сохранении нынешних темпов роста производства уже к 2000 году на промышленные нужды будет расходоваться 95 процентов кислорода, выделяемого растениями.

4. В ряде мест загрязнение атмосферы достигает такой концентрации (浓度), что гибнут урожаи, деревья, травы и другая растительность. Многие города Запада уже задыхаются под покрывалом ядовитого промышленного тумана.

Происходящее в огромных масштабах загрязнение и разрушение почвенного покрова ставит человечество перед проблемой рекультивации земель. Так, в результате нерационального ведения сельского хозяйства, вырубки лесов, строительства шахт, карьеров и других видов деятельности человека 15 процентов площади всей почвы на земле уже подвержено разрушению и загрязнению. 5. Только с 1900 года на земле исчезло не менее тысячи видов растений и животных, а ещё 20 тысяч видов находится под угрозой исчезновения.

参考答案:

1.保护淡水和整个世界海洋不受有毒物质、石油、固体垃圾等污染的问题越来越让人焦虑。
2.每年全球有超过5亿人因饮用劣质水而生病,其中约有一千万人死亡。
3.保护大气不受工业垃圾污染以及大气中氧气的再生问题变得异常尖锐和复杂。
4.在许多地方,由于大气污染达到一定程度而导致庄稼、树木、青草及其他植物的死亡。
5.仅从1900年开始,已经有一千多种动植物从地球上消失了,目前还有两万种动植物濒临灭绝。

Микротекст 46

1. Наступит ли когда-нибудь такое время, когда человечество выберет один самый лучший язык из 2500 языков и этот язык станет языком планеты «Земля»? 2. Несомненно, разноязычие приносит людям множество проблем и затруднений. И было бы, наверное, неплохо выбрать один, наилучший язык. Однако человеку свойственно думать, что именно его родной язык и есть настоящий язык.

3. Язык — устойчивая черта нации, специфическая форма национальной мысли, культуры. Он, как зеркало, отражает прошлое и настоящее народа.

Да и как практически выбрать наилучший язык? 4. Ведь для каждого народа свой язык — наилучший. И вместе с языком ушли бы из жизни человечества, из мировой культуры неповторимые ценности, созданные на этом языке. Например, поэзия, которая звучит по-настоящему только на том языке, на котором создано поэтическое произведение.

Люди ни за что не захотят отказаться от своих языков. И правильно сделают! 5. О замене родного языка другим не может быть и речи по национально-психологическим, политическим, культурным соображениям. Об этом великолепно сказал замечательный поэт Расул Гамзатов: «И если завтра мой язык исчезнет, то я готов сегодня умереть».

参考答案:

1.人类从2500种语言中挑选出一种最好的语言,而且这种语言将成为"地球"语言的时刻会到来吗?
2.毫无疑问,语言不同给人们带来了许多问题和困难。也许,挑选一种最好的语言也是不错的想法。
3.语言是一个民族固有的特征,是民族思想和民族文化的特有形式。它就像一面镜子反映着一个民族的过去和现在。
4.要知道对于每一个民族来说,自己的语言就是最好的语言。也许同语言一起从人类的生活,从世界文化中消失的还有用这一语言创造的独一无二的精神财富。

5.由于民族心理、政治、文化的原因,用另一种语言来代替母语是不可行的。

Микротекст 47

Птицы живут везде, где есть растения и животные: в лесах и садах, на лугах, в степях и пустынях. 1. Есть птицы, которые большую часть жизни проводят в море. А в суровых условиях Арктики и Антарктиды видов птицы совсем немного.

Роль птиц в природе весьма значительна благодаря разнообразию их деятельности и очень высокой численности. 2. Подсчитано, что на земном шаре живёт около 100 млрд. птиц. Все они ежедневно поедают большое количество растительной и животной пищи и этим оказывают большое влияние на живую природу. Особенно велико значение птиц в регулировании численности насекомых. Птицы сами служат пищей другим животным.

Благодаря деятельности некоторых птиц, цветки растений оказываются везде. 3. Птицы считаются полезными, так как они истребляют насекомых, в первую очередь различных вредителей культурных растений.

Птицы — первые и самые надёжные помощники человека в истреблении вредных насекомых. 4. Если мы будем беречь птиц, у нас всегда будет огромная армия работников, которые не допустят поражения лесов и садов вредными насекомыми. Для того, чтобы сохранить наших крылатых помощников, нужно прежде всего не убивать их самих, а также не трогать их яйца.

На многих диких птиц разрешается охота, но законы об охране природы запрещают убивать певчих птиц. 5. Для разумного использования птиц и сохранения возможно большего их числа установлены строгие сроки охоты. В период размножения охота повсеместно запрещена.

参考答案:

1.有一些鸟类一生中的大部分时间生活在海里。在北极和南极严寒的条件下鸟的种类并不多。

2.据统计,地球上生活着大约1000亿只鸟,它们每天吃掉大量的动植物,因此对生物界有很大的影响。

3.鸟类是有益的,因为它们消灭昆虫,首先是各种农作物的害虫。

4.如果我们爱惜鸟类,我们应常备一支工作大军,它们会使森林和花园免遭虫害。

5.为了合理地利用鸟类和保护尽可能多的鸟类,规定了严格的狩猎期。在繁殖期各地严禁狩猎。

Микротекст 48

Охрана природы стала для населения земного шара одной из первоочередных задач. 1. Понятие «охрана природы» сложно, основной смысл его состоит в том, чтобы найти пути регулирования взаимоотношений человеческого общества и природы в условиях ускоряющегося научно-технического прогресса и роста народонаселения.

2. Охрана природы — это комплекс государственных и общественных мероприятий, направленных на рациональное природопользование, восстановление естественных ресурсов, предотвращение загрязнения окружающей среды. Защита природной среды — это забота о благополучии людей, о жизни нынешнего и будущего поколений. Охрана природы включает в себя предупредительные меры и меры активного воздействия на природу человека, общества.

3. Предупредительные меры состоят в создании условий для сохранения природного равновесия в том или ином районе, например, сохранение пресной воды, видов растений и животных. Такие участки и памятники природы берутся под защиту закона. Отдельные виды животных и растений, которым грозит исчезновение, берутся под охрану, заносятся в книги особо охраняемых видов.

4. Активные меры — это целенаправленные действия общества по предупреждению загрязнения атмосферы, воды, и земли, по разработке технологий, которые обеспечивают экономное расходование сырья и пресной воды.

5. В нашей стране охрана природы понимается как общенародная задача, связанная с удовлетворением культурных, социальных и экономических потребностей населения. Её главная цель состоит в том, чтобы соединять дальнейший ход развития советского общества с сохранением и восстановлением благоприятной для него природной среды.

参考答案:

1. "环境保护"这个概念很复杂。其主要意义是在科技飞速发展和人口激增的条件下寻求调节人类社会和自然环境之间相互关系的途径。
2. 环境保护要求国家和社会共同采取措施,旨在合理利用、恢复自然资源,防止环境污染。
3. 预防性措施在于创造条件来维持某一地区的自然平衡,比如,保护淡水资源和一些种类的动植物。
4. 积极性措施是指防止大气、水、土地的污染,研究保障节约使用原料和淡水技术等有明确目的的社会活动。
5. 在我国环境保护是全民的任务,它和满足居民的文化、社会、经济需求息息相关。

Микротекст 49

1. Астрономия — наука, изучающая движение, строение и развитие небесных тел и их систем. Она возникла на основе практических потребностей человека и развивалась вместе с ними. Начальные астрономические сведения были известны уже тысячи лет назад и применялись народами многих стран для измерения времени и ориентировки по странам горизонта.

2. И в наше время астрономия используется для определения точного времени и географического положения. Но этим далеко не исчерпываются её задачи.

3. Наша Земля не отделена от влияния других тел Вселенной. Например, солнечное излучение влияет на процессы в земной атмосфере и на жизнедеятельность организмов. Механизмы влияния других тел на Земле также изучает астрономия.

4. Современная астрономия тесно связана с математикой, физикой, географией и др. Используя достижения этих наук, она, в свою очередь, обогащает их, стимулирует их развитие. Астрономия изучает в космосе вещество в состояниях и масштабах, какие неосуществимы в лабораториях, и этим расширяет физическую картину мира, наши представления о материи. 5. Показывая возможность естественнонаучного объяснения возникновения и изменения Земли и других небесных тел, астрономия способствует развитию марксистской философии.

参考答案：

1. 天文学是研究天体及其系统的运行、结构和发展的科学。它是在人类实际需要的基础上产生的，并与之共同发展。
2. 现在天文学用于测定精确时间和地理方位。
3. 我们的地球无法摆脱宇宙中其他星体的影响，例如，太阳辐射影响着地球大气过程及机体的生命活动。
4. 现代天文学和数学、物理、地理等学科有着密切的关系。在利用这些学科成果的同时，天文学也在丰富这些学科，推动它们的发展。
5. 在表明自然科学能够解释地球和其他天体的出现和变化的同时，天文学也促进马克思主义哲学的发展。

Микротекст 50

Компьютеры играют важную роль и в современной экономике. 1. Известно, что запад использует сегодня огромное количество компьютеров и в своей экономике, особенно в производстве, в научных исследованиях, поиске полезных ископаемых, обеспечении безопасности на атомных станциях...

Успешно двигаться дальше без компьютера, если исходить из мировых стандартов жизни и производства, сегодня просто невозможно. 2. Можно сказать без всякого преувеличения, что именно компьютер, а не что-то другое, изменил всю жизнь современного мира.

3. Конечно, если иметь в виду то, что он обеспечил подъём развития современной техники, и в том числе себя самого — подразумеваем не только компьютер, но и электронику в самом широком смысле. Он освободил человека от труда и учёного от множества операций.

Электроника высвободила силы общества для полезного труда. Человек стал получать больше удовлетворения от своей деятельности... 4. Благодаря компьютеру в западной экономике намного увеличилась производительность труда людей, занятых в сферах производства и торговли.

5. Сегодня стало ясно: страна, которая не способна продавать свои компьютеры, не может быть конкурентоспособной на мировом рынке вообще.

参考答案：

1.众所周知,今天西方在经济中,特别是在生产、科研、探矿以及保证原子能电站的安全中大量使用计算机。

2.可以毫不夸张地说,正是计算机,而不是其他别的东西,改变了整个现代世界的生活。

3.当然,如果说它推动了现代技术的发展,其中也包括自身的发展,那么我们所指的不仅是计算机,而是广义上的电子学。

4.由于计算机在西方经济中的应用极大地提高了从事生产和贸易活动的人们的劳动生产率。

5.现在已经很明了,不能够销售自己生产的计算机的国家,就不能在全球市场上具有竞争力。

Микротекст 51

1. А каково точное значение слова «гений» и что надо сделать, чтобы им стать? Это слово используется для обозначения тех, кто обладает высочайшим интеллектом(智力、理智). Единственный способ признать гения — это узнать о том, что он совершил.

2. Гений — это не то же самое, что талант. Для того, чтобы считаться талантливым, человеку достаточно особенно хорошо выполнять какую-то определённую работу. 3. Это

означает, что он способен довольно быстро и легко приобрести соответствующие навыки. Например, человек может обладать талантом для игры на пианино, катания на коньках или рисования.

Но гений — больше, чем талант. Гений обычно даёт миру нечто такое, чего бы мы без него не получили. Правда, надо сказать, что гений обычно специализируется в какой-то одной области, например в химии, литературе, музыке или искусстве. 4. Но если общие интеллектуальные способности такого человека не имеют исключительного уровня, то он будет всего лишь талантом.

В наше время считается, что человек рождается гением. 5. Обучение и случайности обнаруживают гениев, но настоящий гений обычно обладает упорством, позволяющим ему напряжённо работать и стремиться к преодолению препятствий, которые остановили бы других людей.

参考答案:

1.那么“天才”一词含义准确是什么？应该怎样做才能成为天才呢？这个词是用来形容那些具有极高智商的人。

2.天才和才干不是一回事。要想被看作是有才干的人,只要特别好地完成某项工作就足够了。

3.这意味着他能相当快并且相当轻松地获得相应的技能。

4.但是,如果这个人总的智力水平没有过人之处,那么他只能会是一个有才干的人。

5.教育与一些偶然事件能发现天才,但真正的天才通常具有一种顽强的精神,能使他努力工作并且克服他人望而却步的障碍。

Микротекст 52

1. Без еды животные могут обходиться в течение нескольких недель, без воды — несколько дней, но без кислорода они умирают через несколько минут.

2. Кислород — это химический элемент, причём один из самых распространённых на земле. Он находится повсюду вокруг нас, составляя примерно одну пятую воздуха. Кислород соединяется практически со всем другими элементами. 3. В живых организмах он соединяется с водородом, углеродом и другими веществами, составляя в человеческом теле примерно две трети общего веса.

4. Людей с нарушениями дыхания часто помещают в кислородные камеры, где больной дышит воздухом, на сорок-шестьдесят процентов состоящим из кислорода. И так, человеку не приходится затрачивать много энергии на получение необходимого ему количества

кислорода.

5. Хотя кислород из воздуха постоянно забирается живыми существами для дыхания, его запасы тем не менее, никогда не иссякают. Растения выделяют его в процессе своего питания, тем самым пополняя наши запасы кислорода.

参考答案:

1. 没有食物动物能存活几周,没有水能存活几天,但是没有氧气几分钟后它们就会死去。
2. 氧是一种化学元素,而且是地球上最常见的元素之一。它存在于我们的周围,约占空气的五分之一。
3. 在生物体中氧气与氢、碳和其他物质化合,在人体中约占总重量的三分之二。
4. 呼吸系统受到破坏的人常被放置在氧气室内,在那儿病人呼吸的空气中氧气占百分之40~60。
5. 虽然空气中的氧气不断地被生物体用来呼吸,但它的储量永远也不会耗尽。

Микротекст 53

1. Исследования показывают, что за последние десятилетия население многих стран мира значительно подросло. Замечено, что средний показатель роста увеличивается вместе с улучшением условий жизни. В то время войны и различные стихийные бедствия отрицательно сказываются на детях, их рост уменьшается.

2. Но самыми главными причинами, из-за которых некоторые дети растут и развиваются медленнее, чем их сверстники, являются различные заболевания. Есть и особые заболевания, непосредственно влияющие на рост. Они связаны с нарушением работы желез внутренней секреции(分泌).

3. Но всё, о чём уже говорилось, связано всё-таки с объективными причинами, которые мало зависят от самого человека. А если молодой человек вполне здоров, но не удовлетворён своим низким ростом, может ли он его увеличить? Современная медицинская наука утверждает, что может. 4. И помогают в этом занятия физкультурой, но физические нагрузки(负荷、负载) лучше быть умеренными, как небольшие физические нагрузки, так и чрезмерные рост не увеличивают.

5. Так что можно со всей определённостью сказать, что любой здоровый человек, если ему ещё далеко до 20-ти, может сделать свой рост таким, какой ему нравится.

参考答案:

1. 研究表明,近几十年间世界许多国家的居民人数大大增加了。

2.但是影响一些孩子生长和比同龄孩子发育慢的最主要的原因就是各种疾病。
3.但所说的一切仍然与客观原因有关系,而客观原因与人自身关系不大。
4.体育锻炼对此会有所帮助,但是体育锻炼的强度最好要适度,过少或过多都不能长高。
5.因此,可以完全确定地说,任何一个还未满20岁的健康人都能使自己的身高达到他喜欢的高度。

Микротекст 54

1. Миллионы людей знают, что курение опасно для здоровья, тем не менее миллионы людей курят. Почему?

Специалисты из многих отраслей знания, занимавшиеся этим вопросом, считают, что процесс, благодаря которому курение становится привычкой, равно как и причины, по которым люди начинают курить, не так просто объяснить. 2. Конечно, можно указать на некоторые причины, из-за которых люди начинают курить и на причины, по которым они не могут бросить. Но дело заключается в том, что всё это не так просто.

3. Известно, что большинство людей начинают курить потому, что окружающие их люди курят. Дети видят, что их родители курят, им начинает казаться, что если они тоже начнут курить, они будут выглядеть «взрослее», а тут ещё и приятели уговаривают попробовать — и они начинают курить.

Курение входит в привычку из-за эффекта, который оказывает на курильщика(吸烟者). Испытав раз это ощущение, хочется почувствовать, его снова. 4. А потом нам начинает казаться, что мы без курения не можем обходиться, то есть должны покурить через определённый временной интервал(间隔)и в определённых ситуациях.

5. Поскольку причины, по которым люди куря, довольно сложны и проявляются по-разному у разных людей, то и нет единого для всех рецепта, помогающего бросить курить.

参考答案:

1.成千上万都知道,吸烟有害健康,但成千上万人却都在吸烟。
2.当然,可以指出人们开始吸烟并且不能戒掉的原因。
3.众所周知,大部分人开始吸烟是因为他周围的人在吸烟。
4.而后来我们就开始觉得不吸烟就受不了,也就是说,过上一段时间在某些场合就要抽根烟。
5.因为人们吸烟的原因相当复杂并且不同人的表现也不同,所以还没有帮助所有人戒烟的统一办法。

Микротекст 55

Теперь построены машины, которые помогают человеку не только в физическом, но и в умственном труде. 1. Машины производят сложные расчёты, анализируют строение вещества, учитывают книги в библиотеках, подбирают справочный материал, управляют станками и даже целыми заводами.

Подобную роль выполняют так называемые «умные» машины — быстродействующие электронные вычислительные устройства. Особое значение имеет применение математических машин в производстве. 2. Необходимо постепенно перейти от автоматизации отдельных машин к комплексной автоматизации производственных процессов во всех отраслях промышленности.

3. Подлинную революцию во многих отраслях промышленности производят совершенно необычные автоматизированные машины — «машины-инженеры». 4. Такие машины могут даже накоплять опыт, не повторяют допущенные ошибки, анализируя собственные неудачи, постепенно улучшают свою работу.

Мы смело вступаем в эру автоматики. Уже теперь можно предвидеть то время, когда вся промышленная продукция производится на заводах — автоматах, а человек — хозяин автоматических машин — лишь наблюдает за правильностью действия всех механизмов. 5. Автоматизация производства намного поднимает производительность труда, помогает сделать ещё богаче и культурнее жизнь всего нашего народа.

参考答案:

1.一些机器能进行复杂的计算,分析物质结构,清点图书馆的书籍,挑选参考资料,控制机床甚至整个工厂。

2.必须逐步由个别机器的自动化向工业各部门生产过程的综合自动化过渡。

3.非同寻常的自动化机器,即“机器工程师”在许多工业部门完全能实现真正的革命。

4.这样的机器甚至能积累经验,不会重复所犯的错误,通过分析自身的失败,逐步改善自己的工作。

5.生产自动化会极大地提高劳动生产率,有助于使我国人民的生活变得更富裕、更文明。

Микротекст 56

Есть такая пословица: «Чтобы узнать человека, надо съесть с ним пуд соли». 1. На первый взгляд пуд кажется очень большой величиной. Но оказывается, что этого количества двум людям хватит лишь на год с небольшим.

Соль — это предмет первой необходимости. С древнейших времён она ценилась очень высоко. Знаменитый итальянский путешественник XII века Марко Поло рассказывал, что в Китае изготовляли деньги из соли. 2. В средние века в некоторых странах солью платили налоги. Бывало, что из-за соли велись даже кровопролитные войны.

Соль играет важную роль в жизнедеятельности организма. 3. В теле человека содержится 300 граммов соли, запас которой расходуется и нуждается в ежедневном пополнении. Без соли обойтись трудно. Соль улучшает вкус многих продуктов. Если человек длительное время не получает соли, это может вызвать головокружение, слабость. Соль удерживает в организме воду и служит материалом, из которого в организме образуется соляная кислота. А соляная кислота улучшает процессы пищеварения. Под её воздействием уменьшается количество вредных микробов. Но и избыток соли в организме вреден. 4. Медики подсчитали, что в условиях умеренного климата здоровому человеку нужно 10-15 граммов соли в сутки, включая и ту соль, что входит в состав других продуктов питания.

О том, какую большую роль играла соль в жизни человека, говорят в России. 5. С незапамятных времён существует на Руси обычай встречать гостя «хлебом и солью», а радушного, гостеприимного хозяина так и называют «хлебосол».

参考答案:

1. 乍一看来,一普特好像数值很大,但是事实上一普特的盐只够两个人用一年多一点。
2. 在中世纪的某些国家曾用盐纳税,甚至因为盐发生过流血战争。
3. 人体内含有 300 克盐,这些盐不断消耗,并需每天补充。
4. 据医学家们统计,在温带气候条件下一个健康的人每昼夜需要 10~15 克盐,也包括其他食物成分中的那部分盐。
5. 很早的时候在罗斯就有用面包和盐迎接客人的风俗,这样人们就把热情好客的主人称为“хлебосол”。

Микротекст 57

1. Смог — ядовитая смесь дыма, тумана и пыли. С ним в большей степени знакомы обитатели мегаполисов(超级大城市)и больших промышленных городов, жители же районных центров, сел и деревень зачастую не имеют о нём понятия. Различают два типа смога: лондонский и лос-анджелесский.

2. Лондонский (зимний) смог образуется зимой в крупных промышленных центрах при неблагоприятных погодных условиях: 3. если отсутствует ветер, а более высокие слои воздуха теплее, чем воздух у самой земли. В результате дым, пыль, загрязняющие воздух

вещества (оксиды серы и углерода) не могут подняться вверх и рассеяться, они образуют противную туманную завесу(幕,帷).

4. Лос-анджелесский (летний) смог возникает в тёплое время года при тех же условиях, что и зимний, но... в солнечную погоду. Этот смог образуется при воздействии солнечной радиации на вредные вещества, содержащиеся в выбросах предприятий и выхлопных газах автомобилей. В результате такой солнечной «обработки» образуются очень вредные загрязнители.

Смог вызывает раздражение глаз, ухудшение физического состояния людей, обострение болезней органов дыхания. Возможны даже смертельные случаи. 5. Так, например, в Лондоне в 1952 году от смога за две недели погибло более 4 тысяч человек!

参考答案:

1. 烟雾就是烟、雾和灰尘混合在一起的有毒气体。
2. 冬天,伦敦的烟雾是大型工业中心区由于恶劣的天气造成的。
3. 无风的时候高空的气温比地面的气温要高。
4. 夏天洛杉机的烟雾就像冬天里伦敦的烟雾一样,出现在比较暖和的天气条件下,但是在晴天出现。
5. 例如,1952 年伦敦有四千多人死于持续两周的烟雾。

Микротекст 58

1. Автомобилей на улицах наших городов (особенно десятимиллионной столицы) и на скоростных магистралях России с каждым годом становится всё больше. А раз у вас есть автомобиль, то в дороге (и даже на стоянке) с ним всегда может случиться неприятность.

2. Хорошее знание правил дорожного движения, дисциплинированность водителей и пешеходов, техническое состояние своей «железной лошадки» помогает водителям ездить без аварий. Но на дороге, как говорится, всякое бывает. Вы точно соблюдаете все правила — кто-то другой их не очень хорошо выполняет, туман, гололед(薄冰), не замеченная вовремя яма... 3. Одним словом, у вас неприятности (будем надеяться, что не очень большие). Кто придёт на помощь, поможет отремонтировать автомобиль, компенсирует денежные потери от оставленных вами вмятин(凹陷)на крыле «автососеда»? 4. Разумеется, вовремя заключённый договор со страховой компанией!

Договор на страхование автомобиля может помочь в случае аварии, стихийного бедствия (пожара или наводнения), падения на крышу машины сосульки с крыши соседнего здания, а также угона вашего автомобиля злоумышленниками. 5. На тот случай, если по вашей вине что-то произошло с автомашиной другого человека, заключается договор о страховании гражданской ответственности.

参考答案：

1.在俄罗斯城市(特别是在拥有上千万人口的首都)的街道上以及公路快速干线上行驶的车量逐年增加。

2.司机和行人如果能够很好地了解和严格遵守交通规则,并且车况良好,就有助于司机安全行驶。

3.总之,您总会碰到一些不愉快的事情(我们只希望这些事情不太严重)。

4.当然,您最好及时与保险公司签订合同!

5.为防止因您个人过失而造成他人车辆损坏,应该签订第三者责任险合同。

Микротекст 59

1. Вы хотите застраховать своё имущество от огня или свою жизнь от несчастного случая. Для этого вам совсем не обязательно идти в страховую компанию самому. Она может прийти к вам, а точнее — прислать своё доверенное лицо, страхового агента.

2. Агент страховой — это конкретный человек, с которым каждый из нас имеет дело при заключении договора о страховании. 3. Агент — доверенное лицо, представитель страховой компании (лица юридического), выполняющее поручение или совершающее какие-то действия от её имени. Он помогает вам заполнить все необходимые документы, знакомит вас с условиями, предлагаемыми компанией, его подпись на договоре страхования имеет юридическую силу.

4. Страховыми агентами работают специально обученные для этого люди, мужчины и женщины, молодые и не очень. Страховой агент получает за свою работу агентское вознаграждение(酬金), определённый процент с каждого заключённого им с клиентом договора. 5. Чем больше клиентов, тем выше заработок у агента. Его, если говорить языком пословицы, «ноги кормят». Но главное качество агента — точно знать все правила игры и уметь объяснить их клиенту, быть с ним вежливым и доброжелательным.

参考答案：

1.您要给财产投保火险或者人身意外险。

2.保险代办人是我们可以与之签订保险合同的具体的个人。

3.代办人是受托人,是保险公司(法人)的代表,以保险公司的名义完成公司委托的各项(保险)业务。

4.保险代办人由经过专门培训的人担任,男女老少均可。
5.客户越多,代办人的收入也就越高。

Микротекст 60

1. Конечно, рост человека в определённой мере генетически запрограммирован: у низкорослых родителей редко рождаются дети-великаны. Высокие люди реже болеют и дольше живут. 2. Лишь чрезмерно высокие подвержены определённому риску, и это говорит о том, что у человеческого роста есть естественный абсолютный предел, который ещё точно не определён наукой. Но в общем и целом великанов можно считать счастливчиками. К слову, и зарабатывают они больше: учёные университета во Флориде выяснили, что разница в 2,5 см примерно равняется разнице в 700 долларов заработной платы.

Зависимость роста от условий жизни можно пронаблюдать и на примере ГДР и ФРГ. 3. После Второй мировой войны жители обоих государств росли с каждым годом, но западные немцы ощутимо быстрее. Но десять лет спустя после воссоединения обеих частей Германии разница в росте успела нивелироваться. 4. Интересные вещи наблюдаются и в других странах Европы. Победителями соревнований по росту можно по праву считать голландцев, где среднестатистический представитель мужского населения достигает 1 метра и 82 см. Южноевропейские народы успешно догоняют своих северных «конкурентов». 5. Учёные с уверенностью говорят, что и дети наших детей перерастут своих родителей.

参考答案:

1.当然,人的身高在一定程度上是由基因决定的:矮个的父母很少能生出高个的孩子。
2.只是身材特别高大的人也有一定风险,这说明人的身高存在自然极限,可是目前学术界还没有准确确定这一极限。
3.二战之后,两国的居民身高逐年增高,但是西德人增高得更快。
4.在欧洲的其他国家也发现了这些有趣的现象。
5.学者们自信地说,我们子女的孩子身高也将超过他们的父母。

Микротекст 61

Ритм пронизывает жизнь всех организмов на Земле, и организма человека в первую очередь. 1. Медики утверждают, что 50 различных физиологических процессов в нашем организме тоже подчиняются ритму, включая биение сердца, сокращение мышц, работу мозга и нервной системы. Сохранять правильный ритм жизни, чередуя время бодрствования и покоя, работы и отдыха нам помогают «биологические часы», синхронизирующие(使同

步）работу всех органов. 2. Именно они «подсказывают» время, когда нам нужно вставать и когда ложиться, когда съесть завтрак, а когда пообедать. Разумеется, биологические часы внутри каждого из нас идут по-разному. И режим дня у «совы» (猫头鹰) и «жаворонка» (百灵鸟) будет разным. Важно, чтобы этот час был по возможности одним и тем же. Всегда. 3. Наши «биологические часы» очень чутко реагируют на любой сбой ритма. Если сегодня вы решаете съесть обед в час дня, а завтра — в пять вечера, в понедельник ложитесь спать в 11 часов, а во вторник — в час ночи, то организм просто не успевает реагировать на эти изменения. 4. В результате пропадает аппетит, уходит сон и сделать вы успеваете гораздо меньше, чем ваш товарищ по парте, который соблюдает режим и не переводит постоянно стрелки своих «биологических часов». 5. Правильный режим — это и путь к успеху, и одна из разгадок долголетия.

参考答案：

1. 医生证实：人体内的50种不同的生理过程都是有节奏的，其中包括心跳、肌肉收缩和大脑神经系统的工作。
2. 正是“生物钟”提示我们什么时候该起床，什么时候该睡觉，什么时候该吃早饭和午饭。
3. 我们的“生物钟”对节奏的任何改变都有很敏感的反应。
4. 结果出现食欲减退、失眠的情况，因而您比遵守作息制度且不经常调整自己《生物钟》的同桌完成的工作要少得多。
5. 正确的作息制度是通向成功的途径和长寿的一个秘诀。

Микротекст 62

Воздух в природе не бывает без водяных паров, в нём всегда находится какое-то их количество. 1. Нет на Земле места, где была бы зарегистрирована нулевая относительная влажность. Наибольшая относительная влажность воздуха — 100 процентов — при тумане.

2. В зависимости от содержания водяного пара различают насыщенный и ненасыщенный воздух. Воздух, который больше не может вместить влагу, называется насыщенным. 3. Из этого воздуха при малейшем охлаждении выпадают атмосферные осадки в виде росы или туманов. Это происходит потому, что вода при охлаждении переходит из газообразного состояния (водяной пар) в жидкое — процесс получил название конденсация (凝结). Температура, при которой водяной пар насыщает воздух и начинается конденсация, называется точкой росы.

4. Воздух, находящийся над сухой и тёплой поверхностью, обычно содержит водяного пара меньше, чем мог бы содержать при данной температуре. Такой воздух называется

ненасыщенным. При его охлаждении не всегда выделяются атмосферные осадки.

5. Расчёт влажности воздуха имеет большое значение не только для определения погоды, но и для проведения технических мероприятий, при хранении книг и музейных картин, лечении многих болезней, орошении полей.

参考答案:

1.地球上不存在相对湿度为零的地区。

2.根据水蒸气的含量可以把空气划分为饱和及不饱和两种。

3.饱和空气稍微遇冷就会出现以露水或雾的形式降水。

4.通常,温暖干燥地区上空的空气中水蒸气含量比同温条件下的其他地区要少。

5.计算空气湿度不仅对测定天气有重大意义,而且对保存书籍和博物馆的画作、医治许多疾病以及采取怎样的技术措施进行土地灌溉都有影响。

Микротекст 63

Вода в атмосфере находится в виде пара, льда, снежинок и капель воды. 1. Содержание водяного пара в воздухе — важная характеристика погоды и климата. Чем выше температура воздуха, тем больше в нём может быть пара. Так при плюс 20℃ один кубический метр воздуха может содержать 17 граммов водяного пара, при минус 20℃ — всего один грамм.

Влажность воздуха характеризуется несколькими показателями:

а) 2. абсолютная влажность — это количество водяного пара, содержащегося в воздухе. Показатель абсолютной влажности выражается либо в 1 г/м^3, либо в единицах давления воздуха, которые показывают то давление, которое производил бы пар, если бы он один занимал объём всего воздуха, — так называемое парциальное давление. 3. В экваториальных широтах абсолютная влажность воздуха может достигать 30 г/м^3. К полюсам показатель снижается до 0,1;

б) 4. относительная влажность показывает отношение количества водяного пара, содержащегося в воздухе, к наибольшему его количеству, которое может содержаться при данной температуре. Данные выражаются в процентах. Например, относительная влажность равняется 70 процентам. Это значит, что воздух содержит 70 процентов того водяного пара, которое он может вместить при данной температуре. 5. Человек чувствует себя хорошо при относительной влажности 40-75 процентов. Отклонение от нормы вызывает ощущение дискомфорта.

参考答案：

1.空气中水蒸汽的含量是天气和气候的一个重要特征。

2.绝对湿度是指空气中水蒸气的含量。

3.赤道地区的空气绝对湿度可达到每立方米30克，而极地地区这个指数会降到0.1克。

4.相对湿度指的是空气中水蒸气的含量与同温条件下水蒸气的最高含量的比例关系。

5.在相对湿度为40~75%时人们会感觉很舒适。

Микротекст 64

Владимир Иванович Вернадский (1863-1945 гг.) — великий русский учёный. 1. Трудно перечислить все области знания, в которые он внёс свой вклад, — настолько их много. Он был выдающимся геологом, геохимиком, исследователем почв, писал о растениях, животных, человеке, времени, планете и Вселенной. 2. Исследуя историю Земли, учёный понял, что живые организмы играют более существенную роль в формировании и развитии земной коры, нежели это было принято считать. 3. До Вернадского полагали, что условия обитания влияют на организмы, а не наоборот. Тончайшая «плёнка жизни», такая маленькая в сравнении с толщами пород и масштабами не только Вселенной, но и отдельной планеты, как-то ускользала от внимания учёных. Владимир Иванович Вернадский доказал, что жизнь на планете возникла не случайно, и высказал мысль о «всегдашности» и «всеместности» жизни во Вселенной. 4. Учёный пришёл к выводу, что жизнь — такая же вечная часть космоса, как материя и энергия. 5. Он считал, что живое вещество является передаточным звеном между Землёй и космосом, ведь оно перерабатывает солнечную энергию в энергию земную (механическую, химическую и др.)

参考答案：

1.他做出过贡献的知识领域真是太多了，不胜枚举。

2.学者通过研究地球历史揭示出，有机体在地壳的形成和发展过程中所起到的作用比我们通常认为的更为重要。

3.在韦尔纳茨基之前人们认为，生存条件对机体有影响，而机体对生存环境没有影响。

4.他得出结论：生命像物质和能量一样是宇宙中永恒的组成部分。

5.他认为，生命物质是地球和宇宙联系的一个纽带，因为它可以把太阳能转化为地球上可用的能量(比如机械能、化学能等)。

Микротекст 65

1. Здоровье и долголетие человека напрямую зависят от особенностей его мозговой деятельности, считают исследователи. Судите сами. Учёные из Гарвардского университета пришли к выводу, что 2. чем выше коэффициент интеллектуального развития человека, тем меньше он будет болеть в старости и тем, следовательно, дольше проживёт.

3. Неплохой шанс стать долгожителем есть и у того, кто спит около 7 часов в сутки. Именно семи — не больше и не меньше! Такое заявление сделали медики из университета Нагои, во главе с профессором Акико Тамакоси в течение 16 лет наблюдавшие за жизнью 110 тыс. японцев. 4. Самый низкий уровень смертности зафиксирован в группе испытуемых, ежедневно уделявших сну по 6,5-7 часов. У тех, кто спал менее 4,5 часа в сутки, продолжительность жизни была примерно в 1,5 раза меньше. А у тех, кто любил поспать более чем 9,5 часа в сутки, и вовсе вдвое меньше!

5. Правда, объяснить, почему семичасовой сон продлевает людям жизнь, наука пока не может.

参考答案:

1.研究者认为,人的健康长寿直接取决于大脑活动的特点。
2.一个人的智力越发达,老年时患病的几率就越小,因此也就越长寿。
3.每昼夜保证大约7小时睡眠的人长寿的几率会更大。
4.在每天睡眠6.5~7小时的实验人群中,死亡率最低。
5.的确,目前科学暂时还无法解释:为什么七小时睡眠可以延长人的寿命。

Микротекст 66

А ведь человек на 2/3 сам состоит из воды. В теле человека весом 70 кг воды почти 50 кг. 85% воды в нашем мозге, 77% — в мускулах, в лёгких и почках — до 80%. 1. Для нормального функционирования нашему организму каждый день требуется не меньше 2,5 л воды, поступающей извне. Её можно выпить или получить из других продуктов — овощей, фруктов или мяса. В жарких странах туристов обязательно предупреждают: не выходите из отеля без бутылки с питьевой водой. 2. В жару организм теряет много влаги вместе с потом, и недостаток воды надо постоянно восполнять. 3. Если человек потеряет 20% своего веса из-за недостатка воды, он попросту умрёт.

4. Пресной воды, пригодной для питья, на Земле не так много: всего 2,5% от общего количества природных вод. Но жажда угрожает человеку даже не из-за недостатка питьевой

воды в природе. 5. Гораздо страшнее, что на Земле остаётся всё меньше и меньше чистой воды. Отходы промышленности, сточные воды ежедневно отравляют тысячи кубометров речной воды.

参考答案:

1.为了使机体保持正常机能,每天至少需要从外界获取2.5升水。

2.在炎热的天气里机体随着汗液排出大量的水分,因而应当经常补充水。

3.如果一个人由于缺水体重下降20%,那简直就要了他的命了。

4.地球上适于饮用的淡水并不多:只占天然水资源总量的2.5%。

5.更可怕的是地球上无污染的水越来越少。

Микротекст 67

1. В недалёком будущем на смену традиционным видам топлива придёт экологически чистое и неисчерпаемое — водород.

2. Водородная энергетика — это получение электрической и тепловой энергии при использовании водорода. Простейший пример: если через воду пропускать электрический ток, то она разлагается на кислород и водород. Это называется электролизом воды. Но возможно и обратное: 3. если два атома водорода соединить с атомом кислорода, получится молекула воды, образуются электроны — выделяется электрическая энергия. Так вот, в топливных элементах химический процесс фактически напрямую приводит к получению электрической энергии. 4. Коэффициент полезного действия доходит до 70 процентов. Кроме того, полностью отсутствуют какие-либо вредные выхлопы: единственным продуктом реакции является вода.

Сегодня российские учёные и их зарубежные коллеги работают над тем, чтобы сделать технологию получения энергии с помощью водорода более дешёвой и широко применяемой в самых разных сферах человеческой жизни и деятельности. 5. На топливных элементах могут работать мобильные телефоны, автомобили, электростанции, снабжающие электричеством города и посёлки. Но не только государство заинтересовано в этой работе. Финансовую помощь учёным оказывает горно-металлургическая компания «Норильский никель».

参考答案:

1.不久的将来代替传统燃料的将是环保的且取之不尽的氢。

2.氢动力就是利用氢获取电能和热能。

3.当两个氢原子与一个氧原子化合就得到一个水分子,并形成电子,就释放出电能。
4.有效系数可达到70%。
5.移动电话、汽车和给城乡供电的电站都可以利用这种燃料电池工作。

Микротекст 68

Помните, ребята, как пахнет воздух после грозы? Это запах озона. 1. Дело в том, что при электрических разрядах (молний) в атмосфере из обычного кислорода образуется небольшое количество озона. Что такое озон? 2. Это газ, состоящий из трёх атомов кислорода, его химическая формула — O_3. Чистый озон — весьма опасное вещество с резким запахом, но несколькими очень полезными свойствами. 3. Одно из них — способность уничтожать вредные бактерии. А вот ещё одно замечательное свойство озона заметно не всем.

На высоте 25-30 км есть озоновый слой с очень высокой плотностью этого газа. На такой высоте кислород превращается в озон под воздействием не молний, а ультрафиолетового излучения Солнца. 4. Этот озоновый слой оказывает нам всем большую услугу: он задерживает жёсткое ультрафиолетовое излучение, губительное для всего живого на Земли.

Человечество давно живёт под «озоновым зонтиком» и даже не задумывается о том, что он может прохудиться. А он-таки прохудился. 5. Одна озоновая дыра — над Антарктидой. Другая — над Арктикой.

参考答案:

1.原因在于大气层中发生放电(闪电)时,由普通的氧形成少量的臭氧。
2.臭氧是由三个氧原子构成的气体,它的化学分子式为O_3。
3.臭氧的一个有益的特性就是能够杀死有害的细菌。
4.这个臭氧层对我们大家有很大的帮助:它能够阻止对地球上所有生物有致命危害的强烈的紫外线辐射。
5.臭氧洞一个在南极上空,另一个在北极上空。

Микротекст 69

1. Полные ванны делятся на холодные и тёплые. Холодные ванны можно принимать только здоровым. После наполнения ванны холодной водой надо быстро раздеться и лечь в неё на 1 минуту. Вместо полного погружения тела можно сесть в ванну, быстро обмыть верхнюю часть тела, затем на один момент погрузиться до шеи, немедленно выйти из ванны

и по возможности быстрее одеться, не вытираясь. 2. В течение следующих 15 минут надо энергично двигаться.

3. Тёплая ванна наполняется водой с температурой 32-35 градусов, для пожилых людей — 35-37 градусов. Вода должна покрывать всё тело. Человек должен находиться в такой ванне 25-30 минут, после чего необходимо перейти в рядом поставленную холодную и также погрузиться в неё полностью, не окуная(浸,蘸)головы.

За неимением(由于缺乏)второй ванны нужно после выхода из тёплой ванны встать в глубокий таз или корыто и быстро (за 1 минуту) обмыть всё тело холодной водой. 4. Затем, не вытираясь, надеть сухую одежду и энергично подвигаться, пока тело не обсохнет. 5. В это время можно выполнить несколько физических упражнений, заняться какой-нибудь работой, требующей определённых физических усилий, или просто походить по квартире в быстром темпе.

参考答案:

1. 全套浴疗分为冷水浴和温水浴。只有健康人才可以洗冷水浴。
2. 在接下来的 15 分钟里应该进行大运动量的锻炼。
3. 温水浴的水温一般为 32~35 摄氏度,但对于上了年纪的人水温要加到 35~37 摄氏度。
4. 然后不必擦干身体,而且直接穿上干衣服并进行大运动量的锻炼,直到身体完全干透为止。
5. 这期间可以进行几种体力训练,可以从事需要一定体力的工作或者在房间里快步行走。

Микротекст 70

1. Железнодорожные вокзалы — настоящие ворота города, даже такого морского, как Санкт-Петербург.

Самый старый из 5 городских вокзалов — Витебский. 2. Раньше он назывался Царскосельским и был построен одновременно с первой железной дорогой России — из Петербурга в Царское село. Нынешнее здание вокзала уже третье по счёту, построенное в 1904 году. Так как сегодня у вокзала не слишком много пассажиров, то Витебский превращён в своеобразный музей: 3. у одной из платформ стоит поезд, который в 1837 году проложил путь по «чугунке» в Царское село.

С Московского вокзала начинается первая «настоящая» железнодорожная магистраль России, связавшая 150 лет назад две столицы — Москву и Санкт-Петербург. 4. Московский вокзал в Петербурге — брат-близнец Ленинградского вокзала в Москве. Когда-то и тот и другой носили одно и то же имя — Николаевский. Сейчас Московский вокзал частично перестроен. 5. Много лет «близнецов» различали по цвету: Московский вокзал был зелёным, а Ленинградский — жёлтым. Остальные 3 вокзала города создавались как пригородные. В 1857 году открылся Петергофский вокзал, переименованный позднее в Балтийский.

参考答案:

1. 火车站是一个城市的真正的大门,甚至像圣彼得堡这样的滨海城市也是如此。
2. 以前它被称作皇村站,并且与俄罗斯的第一条铁路(从彼得堡开往皇村)同时兴建。
3. 在其中一个站台上停靠着一列火车,这是1837年沿"铁轨"开往皇村的那列车。
4. 彼得堡的莫斯科车站和莫斯科的列宁格勒车站简直就是孪生兄弟。从前它们曾经拥有同一个名字——尼古拉耶夫车站。
5. 多年以来人们凭借颜色来区分两个车站:莫斯科车站是绿色的,而列宁格勒车站是黄色的。

Микротекст 71

1. Природный газ — ценнейшее полезное ископаемое, которое часто называют «голубым золотом» (а нефть — «чёрным золотом»). Он является очень сложной смесью химических соединений — углеводородов: метана, пропана, бутана и других газов. Россия и некоторые страны СНГ обладают громадными запасами природного газа. 2. Его запасы позволяют нам не только обеспечивать все нужды отечественной промышленности и жителей страны, но и снабжать газом многие страны Европы. Для этого были построены (и строятся) огромные газопроводы, где газ передаётся под давлением по трубам.

3. Природный газ — самое популярное топливо для электростанций, а также очень ценное химическое сырьё, из которого научились делать множество синтетических материалов. Когда говорят о природном газе, то, нередко, имеют в виду только тот газ, который добывают из газовых месторождений и отправляют по трубам в города, для работы на электростанциях, заводах и наших с вами кухнях. 4. Но в группу природных газов входит, кроме того, ещё и газ болотный, который образуется при разложении органических остатков.

5. А ещё бывает попутный нефтяной газ, без которого не обходится добыча нефти ни на одном месторождении. Когда-то при добыче нефти попутный газ, как правило, сжигался — люди просто не умели его использовать.

参考答案:

1. 天然气是最宝贵的矿产资源,常常被称作"蓝色金子"(石油被称作"黑金")。

2. 俄罗斯天然气的储量不仅可以保障国内工业和居民的全部需要,而且还输往欧洲的许多国家。
3. 天然气是电站最常用的燃料,也是很宝贵的化学原料,我们已经学会用它生产很多合成材料。
4. 此外,通过分解有机废物获取的沼气也属于天然气体之列。
5. 还存在伴生石油气,如果没有它任何一个油田都无法进行石油开采。

Микротекст 72

1. Сегодня многие пользуются компьютерами дома и на работе. При работе нужно соблюдать определённые правила. Основное — это, конечно, расположение самого компьютера. 2. Он должен быть расположен на расстоянии не менее 60 см от глаз пользователя или по линии зрения, можно чуть ниже (лучше градусов на 10-15). Второе, на что нужно обратить внимание, — это положение по отношению к окну. Лучше всего, чтобы дисплей был напротив источника света, который не должен отражаться на экране. 3. В случае если источник света находится сверху, то это вполне нормально, но сидеть спиной к окну медицинские специалисты не рекомендуют.

Нужно сказать о культуре работы, предпочтительнее работать с более крупным шрифтом (12-14-й размер), важно качество экрана и периодическое выполнение специальных упражнений для тренировки уставших глаз. 4. Чем компьютер современнее, тем выше его разрешающая способность и собственно защита работающего за ним человека.

Очки для работы с компьютером отличаются от очков для чтения печатных текстов тем, что 5. они должны быть рассчитаны на оптимальную зрительную работоспособность на расстоянии 60-70 см от глаз и на повышение зрительного комфорта при восприятии цветного изображения на мониторе.

参考答案:

1. 今天许多人在家和工作中都使用电脑。在使用时应该遵守一定的规则。
2. 电脑应该摆放在距离使用者眼睛或视线不少于60厘米的地方,可以稍微向下倾斜(10~15度角最佳)。
3. 如果光源从上方射下,那是完全正常的,但是医学专家不建议背对窗户而坐。
4. 电脑越现代,它的分辨率就越高,也就能更好地保护使用者的眼睛。
5. 电脑用眼镜应该在距离眼睛60~70厘米的范围内保证眼睛最佳的工作能力,并且使眼睛在观看显示器上的彩色图像时更为舒服。

Микротекст 73

Железо и его сплавы — важнейшее полезное ископаемое. Оно (как и марганец(锰), никель(镍), титан(钛)) относится к так называемым «чёрным металлам». 1. Без открытия железа и история человечества была бы совсем иной. Недаром историки и археологи даже век, следующий за веком бронзовым, называют веком железным.

2. Железо — один из самых распространённых элементов в земной коре (после кислорода, кремния и алюминия). Оно входит в состав многих горных пород, тонны железа растворены в воде морей, озер и рек, присутствуют в почве... 3. Однако, содержание его в этом случае — маленькое, и эти горные породы (как и морская вода) не могут считаться месторождениями железа. 4. Железистых минералов в Природе довольно много — более 380. Но только скопления некоторых из них представляют практический интерес.

Чистое железо в природе встречается редко. Чаще всего его можно найти в форме окислов. 5. Если вы, ребята, уже изучали химию, то знаете, что окисел — это соединение какого-нибудь элемента с кислородом. Так вот, большинство руд железа — окислы (водные или безводные).

参考答案:

1.假如没有发现铁,人类历史就可能是完全另外一种样子了。

2.铁是地壳中最普遍的元素之一,仅次于氧、硅和铝。

3.但是在这些介质中铁的含量很小,因此这些岩石就像海水一样不能称为铁矿的产地。

4.自然界中铁矿物相当多,超过 380 种。但某些铁矿物只有在一起集中才有实际意义。

5.同学们,如果你们学过化学,就懂得氧化物是指一种元素与氧的化合物。

Микротекст 74

Появляются озоновые дыры над Землёй. 1. Существуют разные научные мнения о том, кто в этом виноват. 2. Часть специалистов считает, что вины человека в образовании и расширении этих самых озоновых дыр нет. Или, во всяком случае, она ничтожна мала. Озоновые дыры существовали над нами и тогда, когда первобытные охотники или древние греки даже не подозревали об их наличии. 3. Для вредного воздействия на озоновый слой вполне достаточно испарений Мирового океана, вулканических выбросов и других природных явлений. Но некоторые учёные полагают, что, если не возникновение, то разрастание озоновых дыр происходит под влиянием поступающих в атмосферу продуктов неполного сгорания топлива сверхзвуковых самолётов и космических ракет, а также применения землянами различных аэрозолей(烟雾剂)и газов типа фреона, используемого в холодильниках.

Кто из специалистов прав — пока не ясно. 4. Думается, что преувеличение опасности тут так же вредно, как и её недооценка. Человек не может жить без благ цивилизации. 5. Не обойтись нам без самолётов, ракет, холодильников! А вот о совершенствовании техники думать необходимо. Вырастете, будете конструировать новые самолёты — вспомните о том, что вы сейчас прочитали и поставьте «заплатку» на озоновые дыры.

参考答案：

1. 关于谁是臭氧洞的罪魁祸首存在不同的学术观点。
2. 一部分专家认为,人类在臭氧洞的形成和扩大过程中没有罪过。
3. 世界海洋的蒸发、火山喷发和其他一些自然现象对臭氧层有相当大的不良影响。
4. 人们认为,夸大危险性和对危险性估计不足同样有害。
5. 如果没有飞机、火箭和冰箱,我们无法生活！因此必须要考虑改进技术。

Микротекст 75

1. С давних времён немало людей бродило по дальневосточной тайге, стараясь отыскать женьшень. Но удача ждала лишь немногих счастливчиков. Слишком уж редко встречается он в природе. 2. Недаром на восточных базарах этот корень ценился на вес золота, а порой стоил и дороже. Драгоценным он считался не случайно. Веками о нём рассказывали легенды. 3. Уверяли, что лекарством, приготовленным из «царя растений», можно излечить любую болезнь, а старикам возвратить давно прошедшую молодость. В народе бытовало поверье, что боги сделали женьшень отшельником(隐居者)не случайно: его сможет отыскать лишь тот, у кого чиста совесть, а человеку недоброму он не откроется.

Конечно, в легендах было много выдумки. Но содержалась в них и правда. 4. Лекарства из женьшеня, как потом подтвердили учёные, в самом деле обладают большой целебной силой: помогают поправиться ослабевшим людям, улучшают работу сердца, ускоряют заживление ран. Но многим ли больным сможет помочь чудо-корень, если так редко встречается? 5. Задумались учёные: «А не переселить ли женьшень на поля?» Но у «царя растений» оказался на редкость непокорный характер. Он не желал расти на грядке (苗床).

参考答案：

1.很久以前不少人在远东的原始森林里跋涉，试图寻找人参。
2.难怪这种根在东方市场上的价格可与黄金相比，有时比黄金还贵。
3.人们相信，用这种“植物之王”制成的药物包治百病，且可以使人返老还童。
4.正如后来专家们证实，人参制成的药物的确很有疗效：可帮助体弱的人恢复健康；改善心脏的机能；加速伤口的愈合。
5.科学家们曾想过：“是否可以把人参移栽到田地里呢？”

Микротекст 76

1. Уберечь город от разгула морской стихии пытались чуть ли не в течение всех 300 лет существования Санкт-Петербурга. 2. Отец героя войны 1812 года — И. М. Кутузов даже представил императрице Елизавете Петровне прожект «О проведении канала для предотвращения жителей столицы от гибельных последствий наводнения». От этого прожекта остался на память городу Екатерининский канал (ныне канал Грибоедова).

3. Проектов и предложений было сделано за три века чуть ли не столько же, сколько случилось наводнений. Но реальные работы по предупреждению этого стихийного бедствия начались лишь в 1979 году, когда приступили к строительству защитных сооружений от станции Горская на северном берегу Финского залива. Их длина — больше 25 км, а высота — 8 метров.

4. Уже в начале работ многие специалисты говорили, что это строительство приведёт к резкому ухудшению экологической обстановки в дельте Невы. Тем не менее строительство началось, но продвигалось гораздо медленней, чем рассчитывали. 5. В конце 1980-х экологическая обстановка в Невской губе резко ухудшилась, в 1989 году строительство было приостановлено.

参考答案：

1.圣彼得堡建市300年来人们一直保护城市免遭海难。
2.1812年战争的统帅И.М.库图佐夫曾经向女皇伊丽莎白·彼得罗芙娜提出一个名为“关于修建运河以防止首都居民遭受致命水灾”的方案。
3.300年来，设计方案和建议几乎与发生水灾的次数一样多。
4.在工程开始时，许多专家就提到，这项建设会导致涅瓦河三角洲生态环境的急剧恶化。
5.80年代末，涅瓦湾的生态环境急剧恶化，1989年该项工程暂时停工。

Микротекст 77

1. Явление сохранения скорости тела при отсутствии действия на него других тел

Галилей назвал инерцией. Ньютон обобщил выводы Галилея и сформулировал следующий закон:

2. всякое тело сохраняет состояние покоя или равномерного прямолинейного движения, если на него не действуют другие тела.

Этот закон механики теперь называется первым законом Ньютона, или законом инерции.

3. Вы понимаете, что длительное движение по инерции в обычных условиях наблюдать невозможно, прежде всего из-за трения. Но, как уже было сказано, с проявлениями инерции мы встречаемся постоянно. 4. Очень трудно мгновенно остановить движущийся автомобиль. Обычно после торможения(制动)машина ещё некоторое время едет. Помните об этом, и никогда не перебегайте дорогу перед движущимся транспортом!

Часто инерция бывает полезной. Именно благодаря ей мы можем ходить, кататься на коньках и лыжах, вытряхивать пыль из одежды и ковров.

Велика роль инерции и в мире небесных тел. Например, Земля, двигаясь вокруг Солнца, одновременно участвует в двух движениях: под действием тяготения она как будто падает на Солнце и в то же время по инерции стремится улететь от него. 5. Следовательно, если бы инерции не было, Земля просто упала бы на Солнце. Хорошо, что такое никогда не случится.

参考答案:

1.伽利略把一个物体在没有外力的作用下始终保持运动速度的现象称作惯性。

2.一切物体在没有外力的作用下总保持静止或匀速直线运动状态。

3.你们知道,在通常条件下不可能观察到长时间的惯性运动,首先是因为有摩擦。

4.很难在瞬间将行驶的汽车停下来。

5.因此,假如没有惯性,地球就会落到太阳上了。好在这种事情永远也不会发生。

Микротекст 78

Интернет всё больше и больше входит в нашу жизнь. 1. О «всемирной паутине» слышали даже те, кто ещё ни разу не работал на компьютере. Благодаря Интернету, можно общаться чуть ли не со всем миром, получать необходимую информацию, находить друзей и знакомых и даже покупать разные товары и услуги.

2. А раз товары и услуги продаются через Интернет, то нельзя ли этим способом страховать свою жизнь и имущество, заключая договор с компанией, не выходя из дома? Оказывается, можно! 3. На рубеже XXI века, по некоторым подсчётам, общий объём электронной коммерции в мире составил около 10 млрд. долларов, а из них примерно 250

млн. долларов (2,5%) приходится на долю страхования.

Но, как считают авторитетные специалисты, ждать особых «взлетов» в этой области пока не приходится, и особенно в России. 4. В нашей стране со всеобщей компьютеризацией дело обстоит пока неважно. А по части доверия к денежному соглашению (в том числе и страхованию), заключённому с помощью компьютерной «мыши», и вовсе плохо. 5. Люди просто боятся направлять через Интернет все необходимые для заключения договора о страховании сведения о своём имуществе.

参考答案:

1.甚至从来没有用过电脑的人都听说过“万维网”。

2.既然商品和服务可以通过因特网来销售,那么是否可以足不出户通过网络给自己生命和财产投保,与公司签订合同呢?

3.据统计,21世纪初全球电子商务总额达到了约100亿美元,其中约两亿五千万美元(占2.5%)是保险费。

4.在我国,全面计算机化的进程暂时还不是很理想。

5.人们对通过因特网发送有关签订保险合同所需的财产信息(的安全性)心存疑虑。

Микротекст 79

Тысячи мужчин и женщин, осознавая губительное влияние никотина (尼古丁) на организм, безуспешно пытаются бросить курить. 1. Поставив перед собой твёрдую цель, они тем не менее не могут её достичь, несмотря на своё искреннее желание не курить.

2. Восточная мудрость гласит: «Даже дорога в тысячу миль начинается с первого шага». Как же сделать этот самый трудный первый шаг, чтобы укрепиться в своём намерении и затем с каждым днём двигаться всё дальше и дальше? 3. В этом курящим людям помогут следующие довольно простые советы.

Выберите для себя какой-то один определённый день отказа от курения, настройтесь соответствующим образом и дайте себе накануне установку «Не курить!».

4. Удалите из поля своего действия (из дома, с рабочего стола или из вашей автомашины) все предметы, связанные с курением: спички, сигары или сигареты, пепельницы.

5. Убедительно попросите своих коллег и друзей, с которыми вы проводите свой досуг, не предлагать вам сигарет и не курить рядом с вами.

Убедите, если это возможно, тех людей, с которыми вы чаще всего находитесь в контакте, тоже бросить курить вместе с вами: вместе с единомышленниками вам будет легче идти к намеченной цели.

参考答案:

1. 烟民给自己确立了坚定的戒烟目标,尽管他们真心想戒烟,但还是戒不掉。
2. 有一句东方的格言:千里之行,始于足下。
3. 下面的几条非常简单的建议可以帮助烟民迈出戒烟的第一步。
4. 使所有与吸烟有关的物品(火柴、香烟、烟灰缸)远离您的活动场所(家里、办公桌上或者您的汽车里)。
5. 恳请同您一起共度闲暇时光的同事和朋友不要给您敬烟,不要在您面前吸烟。

Микротекст 80

Всегда ставьте перед собой цель только на один день. 1. Говорите себе, что вы бросаете курить не вообще на всю жизнь, а не притронетесь к сигарете только сегодня. Завтра скажите себе то же самое. И так далее. День за днём. 2. Этот маленький самообман просто необходим, потому что курильщику со стажем решение бросить курить навсегда, как правило, кажется нереальной задачей, а ориентированная на дальнюю перспективу цель — недостижимой.

Всякий раз, когда вам захочется закурить, постарайтесь отвлечься от этой мысли и переключите внимание на что-то другое. 3. Вы заметите, что буквально через 1-2 минуты вы настолько увлечетесь этим занятием, что забудете о своём желании закурить.

Осознайте материальное преимущество отказа от курения. Через 1,5-2 месяца, после того как вы бросите курить, вы вдруг неожиданно для себя обнаружите, что у вас в наличии появились дополнительные деньги.

4. Если вам не удалось бросить курить сегодня или в другой намеченный вами день, не отчаивайтесь и не укоряйте себя в слабоволии. Попытайтесь начать всё сначала, то есть, выбрав в очередной раз подходящий для ваших благих намерений день, твёрдо скажите себе: «Сегодня я не курю». 5. Когда-то у вас это непременно получится и, сделав первый шаг, вам захочется двигаться дальше.

参考答案:

1. 您要对自己说,您不是一辈子不想吸烟了,而只是今天不碰它了。
2. 这种自欺欺人的做法是必要的,因为对一个有很长烟龄的人来说,下决心永远戒烟是不太现实的,制订一个长远目标也是办不到的。
3. 您会发现,仅过一两分钟您就沉浸在其他的事情当中了,以至于忘记了吸烟。

4.如果在今天或某个您指定的日子没有成功戒烟,您也不要失望,不要责备自己意志薄弱。

5.在某一天您一定会成功的,因为迈出第一步之后,您就会想继续走下去。

Микротекст 81

1. Солнце — источник громадного количества тепла и света. Несмотря на то, что оно находится на значительном расстоянии от нашей планеты (149 млн. км) и до нас доходит лишь небольшая часть его излучения, этого вполне достаточно для развития жизни на Земле. 2. Если с космического корабля наблюдать Землю, то можно заметить, что Солнце всегда освещает только одну её половину, следовательно, там будет день, а на противоположной стороне в это время ночь. Земная поверхность получает тепло только днём.

Земля нагревается неравномерно. Это объясняется её шарообразной формой — угол падения солнечного луча в разных районах различен, а значит, различные участки Земли получают различное количество тепла. 3. На экваторе солнечные лучи падают отвесно, и они сильно нагревают земную поверхность. 4. Чем дальше от экватора, тем угол падения луча становится меньше, а, следовательно, и меньшее количество тепла получают эти территории. Кроме того, лучи, падающие под меньшим углом, пронизывая атмосферу, проходят в ней больший путь, вследствие чего часть их рассеивается в тропосфере(对流层) и не доходит до земной поверхности. 5. Всё это приводит к тому, что в среднем, при удалении от экватора к полюсам (к северу или к югу) температура воздуха уменьшается.

参考答案:

1.太阳是大量的热和光的源泉。

2.如果从宇宙飞船上观察地球,那么就会发现,太阳总是只照亮半个地球。

3.在赤道地区,太阳光是垂直辐射,因此会把地表晒得特别热。

4.离赤道越远,光线照射的角度就越小,因而这些地区获得的热量就越少。

5.所有这些因素导致从赤道到两极(由赤道向南或向北)平均气温逐渐降低。

Микротекст 82

1. Слово «климат» происходит от греческого «klimatos», которое буквально переводится как «наклон». Этот термин впервые был введён в научный оборот 2200 лет назад древнегреческим астрономом Гиппархом. Учёный имел в виду наклон земной поверхности к солнечным лучам, различие которого от экватора к полюсу уже тогда считалось причиной

различий погоды в низких и высоких широтах. 2. Позднее климатом назвали многолетний режим погоды, типичный для данного района Земли.

Различают макроклимат и микроклимат. Макроклимат — климат обширных территорий, или планеты в целом, климатических поясов, а также крупных регионов суши и акватории(水区)океанов и морей. Микроклимат (от греческого «micros» — маленький) — это климат небольшого участка местности. 3. Он зависит не только от параметров, определяющих макроклимат, но и от рельефа, лесных насаждений, различий в увлажнении почвы. Учёт микроклимата имеет существенное значение для сельского хозяйства, строительства городов, прокладки дорог, для любой хозяйственной деятельности человека, а также для его здоровья.

4. Многие учёные считают, что активная деятельность человека — одна из причин изменения климата Земли. Например, 5. при увеличении выброса углекислого газа в атмосферу возникает парниковый эффект и температура воздуха у поверхности земли увеличивается.

参考答案:

1.俄语单词气候来源于希腊语«klimatos»,按字面意思翻译过来是"斜面"。

2.后来人们把地球上某个地区的典型的多年形成的天气状态称作气候。

3.小气候不仅取决于测定大气候的参数,还与地形、森林植被、土壤的湿度有关。

4.许多学者认为,人类的积极活动是地球气候变化的原因之一。

5.随着排放到大气层中碳酸气体增多,就会产生温室效应,出现地表气温升高的现象。

Микротекст 83

«Красная книга» (красный цвет — сигнал опасности) — это перечень самых «горячих точек» на карте жизни. 1. Она была задумана ещё в 1948 году, когда Международный союз охраны Природы начал сбор данных о редких и исчезающих видах растений и животных. На составление перечня оказавшихся под угрозой видов растений и животных ушло почти 20 лет. 2. В 1966 году «Красная книга», наконец, увидела свет. Она постоянно переиздаётся и дополняется. Ведь, по статистике, каждую минуту на Земле исчезает один вид живых организмов. 3. Это не значит, что исчезает всем известное животное или растение, — возможно, уходит в небытие какой-нибудь микроорганизм. Но ведь и он очень важен для биологического равновесия в мире!

В Красную книгу, к примеру, занесены такие цветы, как ландыш майский, подмосковный «венерин башмачок». Туда попали многие бабочки, большое количество птиц, животные огромных размеров ... 4. Спасение этих видов — дело учёных-биологов и различных природоохранных организаций. Но без всеобщей помощи и понимания важности этой проблемы им не справиться! В «Красной книге» периодически появляются «зелёные страницы», и это радует. 5. Здесь перечисляются виды организмов, угроза исчезновения которых миновала. И в этом несомненная заслуга человечества и каждого из нас в отдельности.

参考答案:

1. 还在 1948 年就计划编撰《红皮书》,当时世界自然保护联盟已经开始搜集珍稀动植物和濒临灭绝动植物物种的资料。
2. 1966 年《红皮书》终于问世了,之后(人们)不断再版该书和扩充内容。
3. 这并不意味着我们所熟知的动物或植物正在消亡,可能是某种微生物即将消失。
4. 挽救这些物种是生物学家和自然保护组织的职责。
5. 在这些《绿页》中列出的是得到了挽救,没有灭绝的物种。

Микротекст 84

1. Медь — металл знаменитый. Вот уже несколько тысячелетий, как он поступил на службу человеку и исправно выполняет свои многочисленные обязанности. Даже одна из самых первых страниц в истории человечества — «бронзовый век» — названа так по одному из сплавов меди, чрезвычайно популярному в эпоху древних цивилизаций. 2. А сегодня основным потребителем меди и её сплавов можно считать электротехническую промышленность — телефонная и телеграфная связь, линии электропередачи, производство приборов, радио- и телевизионной аппаратуры. 3. Так получилось потому, что медь обладает очень высокой электропроводностью, просто необходимой во всех перечисленных делах.

Но нас сегодня интересует, разумеется, медь природная, входящая в виде составной части минералов в медные руды, а также встречающаяся в самородном виде. 4. В Природе известно 167 минералов меди, но лишь 14 из них интересны промышленности. 5. Богатыми у геологов считаются руды, содержащие более 2% меди, а остальные относятся к рудам среднего качества и бедным. Добывают, разумеется, и те, и другие, но если на месторождении много бедных руд, то выгодность его разработки зависит уже от их количества, условий залегания рудных тел и близости к перерабатывающим заводам.

参考答案:

1. 铜是一种了不起的金属,几千年来为人类服务,同时努力地完成许多任务。

2. 今天铜及其合金主要应用在电子工业领域。
3. 这是因为铜具有良好的导电性,而整个电子工业领域非常需要这种导电性。
4. 自然界中已知有 167 种铜矿,工业只对其中的 14 种感兴趣。
5. 地质学家把铜含量超过 2%的矿称作富矿,其余的属于中等矿和贫矿。

Микротекст 85

После посещения туалета надо мыть руки. Эту истину знает каждый. 1. Неприятности, ожидающие при несоблюдении этих элементарных гигиенических норм, всем известны. Но не каждый догадывается, что после работы на компьютере тоже надо мыть руки — не важно, домашняя это или офисная «персоналка». 2. Исследования британских специалистов открыли парадоксальные факты — клавиатуры некоторых офисных компьютеров в 400 раз грязнее общественного туалета! В скоплениях грязи между клавишами и под ними спокойно размножаются сотни видов опаснейших бактерий. 3. Опасные бактерии заводятся уже через 4 месяца после начала использования мышки или клавиатуры в домашних компьютерах. 4. Что уж говорить о компьютерах, установленных в местах, где они доступны большому количеству людей, — офисах или интернет-кафе. Каждый оставляет на приборе немного своей кожи, пота, кожного сала. К этому добавляются крошки от бутербродов плюс кофе и чай, активно проливаемые некоторыми пользователями, — всё это создаёт отличную питательную среду для бактерий и микробов, не всегда безопасных для человека. 5. Внешне клавиатура может выглядеть чистой — виной тому серый цвет, маскирующий скопления грязи. Вот так и получается, что некоторые офисы опаснее общественных уборных.

参考答案:

1. 大家都知道,不遵守这个最基本的卫生常识会带来不良后果。
2. 英国专家的研究揭示了一个惊人的事实:某些办公电脑键盘要比公共卫生间脏 400 倍。
3. 家用电脑的鼠标或键盘在使用四个月后就开始滋生有害细菌了。
4. 更不用说供很多人使用的公共场所(办公室或网吧)的电脑了。
5. 从外表上看键盘显得很清洁,这是由于灰色把沾上的脏东西隐藏起来。

Микротекст 86

Можно ли пить воду из-под крана? 1. Сразу скажем, что вода московского водопровода отвечает всем санитарным нормам, предъявляемым к питьевой воде. Вода не нанесёт ущерба Вашему здоровью. Это подтверждают и главный санитарный врач Москвы, и главный санитарный врач России.

2. Откуда же берутся слухи о том, что в Москве воду из-под крана пить нельзя? К сожалению, от недобросовестных журналистов, от продавцов аппаратов для очистки воды...

3. Но, как говорится, лучше один раз увидеть, чем сто раз услышать. В феврале 2003 г. руководитель Московского Департамента образования Любовь Петровна КЕЗИНА осматривала очень красивую новую школу, много беседовала с детьми. И вдруг спросила: «А можно ли пить воду из водопровода?». 4. Присутствующие в классе ученики-«экологи» дружно заявили: «Нет, необходимо использовать очиститель воды». И никаких обоснований в поддержку своего мнения. Мосводоканал пригласил школьных «экологов» и других желающих, в их присутствии в этой школе представители французско-российского аналитического центра «РОСА» взяли пробу воды. Результаты анализа мелким-мелким шрифтом уместились на 5 страницах. 5. Ни один из 175 показателей не вышел за пределы нормы! И собравшимся в актовом зале школьникам сообщили эти результаты.

参考答案:

1.我们可以立刻告诉大家:莫斯科的自来水完全符合饮用水的所有卫生指标。
2.关于莫斯科的自来水不能直接饮用的传闻是从何而来的呢?
3.俗话说,百闻不如一见。
4.班里的所谓重视生态的学生异口同声地说:“不能喝,必须使用净水器。”
5.175项指标中没有一项超标!

Микротекст 87

1. Водка появилась в России не так давно — в XVI в., однако успела стать не только национальным напитком, но и национальной бедой. 2. Что же такого опасного в прозрачной жидкости почти без запаха и вкуса? 40% — столько содержится в водке этилового(乙烯的) спирта. Он-то и приносит наибольший вред. Спирт обладает способностью быстро впитываться в слизистую оболочку желудка, и уже через 5-10 минут кровь человека оказывается заражённой его отравляющими парами. 3. Главное направление атаки спирта — мозг и нервная система. Именно они страдают первыми. Только сначала появляется радостное, приподнятое настроение. 4. Чем больше опьянение — тем мрачнее становится человек, тем сильнее поражается мозг. Если организм постоянно получает большие дозы отравляющего его спирта, то разрушается цепь, связывающая нервные окончания и мозг, а часть нервных клеток вообще погибает. Сам мозг перестаёт нормально функционировать:

алкоголик не способен решить элементарной задачи, у него ухудшается память, снижается внимание. 5. Не зря говорят: «Выпьешь много вина, так убавится ума».

参考答案:

1. 伏特加在俄罗斯的历史并不悠久(出现在16世纪),但是它不仅成了全民的饮料,也是全民的灾难。
2. 这种几乎无色无味的透明液体中到底含有什么有害物质呢?
3. 酒精主要侵害的是人的大脑和神经系统,正是这些器官最先受害。
4. 一个人醉酒越厉害,意识就越模糊,大脑组织受害就越严重。
5 难怪人们常说:酒喝得越多,人就越不理智。

Микротекст 88

Минералы кальций и фосфор содействуют восстановлению костной массы. 1. Отсутствие минеральных веществ может привести к гибели организма, недостаток их ведёт к различным заболеваниям.

2. Минеральные вещества активно участвуют в жизнедеятельности организма, в нормализации функций важнейших его систем. Известна их роль в кроветворении (железо, медь, кобальт, марганец, никель), а также участие в формировании и восстановлении тканей организма, особенно костной, где основную роль играют кальций и фосфор. Помимо костеобразования, кальций участвует в процессах свертывания крови, в работе мышцы сердца. Источник кальция — молоко и молочные продукты, особенно творог. В сутки человеку требуется 1 г кальция.

Железо участвует в процессе кроветворения, содержится в гемоглобине(血红蛋白) крови. 3. Недостаток железа приводит к анемии (малокровию), снижению окислительных процессов. Суточная норма — 15 мг. 4. Много его содержится в печени, мозгах, яичных желтках, меньше — в овощах и фруктах, но из них железо легко усваивается.

Йод активно участвует в функции щитовидной железы. 5. В местах, где почва и пищевые продукты бедны йодом, для обогащения пищевого рациона этим микроэлементом в магазинах продаётся йодированная соль. Много йода в рыбьем жире, морской капусте, морских водорослях, морской воде.

参考答案:

1. 没有矿物质会导致机体死亡,而不足可以引发各种疾病。
2. 矿物质积极参与机体的生命活动,保证机体最重要的系统发挥正常功能。

3. 缺铁导致贫血和减缓氧化过程。
4. 肝脏、脑髓和蛋黄含铁较多，蔬菜和水果含铁虽然较少，但是易于吸收。
5. 在一些土壤和食物缺乏碘的地区，为了给饮食中补充这种微量元素，商店出售碘盐。

Микротекст 89

Люди с древних времён стремились предсказывать погоду. 1. Они наблюдали за движением и формой облаков, их плотностью и цветом, следили за поведением животных, запоминали приметы.

Позже были изобретены различные приборы, с помощью которых началось научное изучение природных явлений. 2. Когда появился электрический телеграф, появилась возможность обмениваться сообщениями о погоде в различных, удалённых друг от друга районах. Наблюдения, сделанные в разных местах, можно было теперь быстро оценивать и обобщать в центре. 3. Сегодня к службе прогнозирования погоды подключены компьютеры. Прежде людей интересовала будущая погода потому, что от неё зависели виды на урожай, безопасность плаваний по морям и океанам, сегодня это и безопасность полётов самолётов, и движение транспорта, и много других видов человеческой деятельности.

4. Данные о погоде России собираются с метеорологических станций, искусственных спутников Земли, кораблей погоды и геофизических ракет. Они скапливаются в Гидрометцентре, расположенном в Москве. По этим данным составляют синоптические (天气的) карты и прогностические карты. Карты составляются дважды в день для различных районов страны и планеты.

5. Научные предсказания погоды требуют большого количества информации, глубоких знаний и использования самой современной техники.

参考答案：

1. 他们观察云的运动和形态，云层的密度和颜色，关注动物的习性变化，记录下他们的特征。
2. 出现电报之后，相距非常遥远的各个地区交流天气信息就有了可能。
3. 目前，天气预报中心已经实现与计算机连接。
4. 俄罗斯天气信息数据来自于气象站、人造地球卫星、气象飞船和地球物理火箭。
5. 科学地预报天气需要捕捉大量信息、掌握精深的知识和应用最现代的技术。

Микротекст 90

1. Сила ветра, сила трения, сила сопротивления, выталкивающая сила — это примеры

различных сил, изучаемых в механике.

2. Сила возникает, если одно тело действует на другое. Например, человек везёт тележку — он действует на неё с некоторой силой. Лист, оторвавшись от ветки дерева, под действием силы притяжения летит вниз; подует ветер — другая сила поднимает лист вверх. Вес тела — это тоже сила.

3. В результате действия силы тело может изменить не только скорость и направление своего движения, но и форму.

Много ли сил в природе? На первый взгляд, да. 4. Но на самом деле в механике, например, выделяют всего три силы: силу всемирного тяготения, силу упругости и силу трения.

С силой всемирного тяготения вы познакомились в статье «Гравитация». Её частный случай — сила тяжести. Это сила, с которой тело притягивается к Земле или какому-нибудь другому небесному телу. 5. Сила тяжести удерживает нас на Земле, не даёт атмосфере улетучиться, заставляет течь реки и т. д.

参考答案:

1.风力、摩擦力、阻力、推力——这些都是力学研究的各种类型的力。

2.当一个物体作用于另一个物体时就会产生力。

3.由于力的作用,物体不仅可以改变其运动的速度和方向,还可以改变其形状。

4.但是事实上,力学中只能划分出三种力:万有引力、弹力和摩擦力。

5.重力可以使我们在地球上站稳,使大气层不至于飞走,使河流流淌等等。

Микротекст 91

1. Сила упругости возникает, когда предмет растягивают, сжимают, крутят — в общем, стараются как-то изменить его форму. Тело деформируется. Деформация — изменение формы и объема тела под действием сил.

2. Сила трения возникает при движении одного тела по поверхности другого. Одна из причин возникновения этой силы — шероховатость поверхности соприкасающихся тел. Сила трения покоя удерживает вбитый гвоздь, не даёт развязаться банту и даже помогает нам ходить.

Сила — физическая величина. 3. Она измеряется в ньютонах. Если положить на ладонь стограммовую гирю, она будет давить с силой 1 ньютон (1Н). Теперь вы понимаете, что 1 ньютон — небольшая сила.

4. Сила всегда направлена в какую-нибудь сторону. Например, сила трения — против

движения тела, сила тяжести — к центру Земли, а сила упругости — против приложенной нагрузки.

На чертеже силу изображают в виде стрелки (вектора). Чем больше сила, тем больше длина вектора. Вектор силы направлен в ту сторону, куда действует сила.

5. Кроме механических существуют и другие силы, с которыми вы познакомитесь, изучая, например, электрические и магнитные явления.

参考答案:

1.当物体被拉伸、压缩和拧转,即人们努力使其改变形状时,就会产生弹力。
2.一个物体在另一个物体表面运动时就会产生摩擦力。
3.力用牛顿测量。如果在手掌上放一百克重的砝码,那么砝码对手的作用力就是一牛顿。
4.力总是有一定的作用方向。
5.除了机械力,还有其他类型的力,比如在研究电现象和电磁现象时,我们将对其有所了解。

Микротекст 92

А дно морей и океанов разве не так же богато, как омываемые ими архипелаги(群岛) и континенты? Можно предположить, что в чём-то даже намного богаче! 1. О том, что в морской воде растворена вся таблица Менделеева, вы, конечно, слышали. Но дно морское очень богато и полезными ископаемыми. Это месторождения нефти, газа, каменного угля, серы и др. Есть на морском дне и громадные россыпные месторождения олова, золота и других металлов. 2. Некоторые из них, расположенные в прибрежной, относительно мелководной зоне уже служат людям.

3. Особый интерес сейчас к морским месторождениям нефти и газа. Разрабатывать их стали давно (первая скважина, пробуренная с плавающей в море платформы, появилась в 1932 году в Советском Союзе, на Апшеронском полуострове). 4. Но сегодня разведчики и нефтедобытчики всё дальше уходят в море, работая с огромных плавучих платформ и специальных судов. Стоят такие работы не очень дёшево, но цель оправдывает средства! Со дна сегодня добывается такое количество нефти, которое сопоставимо со всей мировой добычей ещё 30-40 лет назад.

5. Изучением строения дна морей и океанов, поиском там полезных ископаемых занимается специальная наука — морская геология. Её данные оказываются нужны не только разведчикам и разработчикам недр, но и специалистам-океанологам, морскому флоту и даже рыбакам.

参考答案：

1. 当然您已经听说过，海水含有门捷列夫元素周期表中的所有元素。
2. 在相对较浅的沿岸水域，其中一些矿物已经开始为人类服务。
3. 现在人们对海洋中的石油和天然气特别感兴趣。
4. 但是，今天由于借助大型海上平台和专业化船只，海上石油勘探和开采离岸边越来越远了。
5. 海洋地质学是研究海底结构、探寻海底矿藏的专门学科。

Микротекст 93

1. Сутки — это единица времени, равная обороту Земли вокруг своей оси. Сутки делятся на тёмное и светлое время, на день и ночь. 2. Когда Земля в своём вращательном движении поворачивается к Солнцу той частью, где находится наша страна, мы наблюдаем его восход. Место восхода мы называем востоком, место заката — западом.

3. Для жителей Северного полушария движение Солнца происходит слева направо, а для жителей Южного полушария — справа налево.

В полдень Солнце достигает самого высокого положения над горизонтом, астрономы называют его верхней кульминацией. 4. Поэтому полдень и несколько часов вслед за ним — самое тёплое время дня. Затем Солнце начинает спускаться всё ниже и ниже, пока не скроется за линией горизонта. С этого момента начинается ночь.

5. Мы привыкли к тому, что день и ночь постоянно чередуются, как и восходы и закаты Солнца. Но так происходит не везде. На географическом полюсе суточный путь Солнца параллелен горизонту. Появившись на небе в день весеннего равноденствия, оно описывает на небе круги, но не заходит за горизонт. Это явление природы называется полярный день.

参考答案：

1. 昼夜——这是一个时间单位，其长度等于地球自转一周。
2. 当地球自转时，我们国家所处的位置朝向太阳，我们就可看到日出。
3. 对于北半球的居民来说，太阳是从左向右运动，而对于南半球的居民来说则是自右向左。
4. 因此正午及之后的几个小时是一天中最热的时间。
5. 我们已经习惯了昼夜的更替，就像日出和日落一样。

Микротекст 94

Человек — самый важный житель Земли. 1. Его взаимоотношения с окружающим миром идут по двум направлениям: во-первых, человечество приспосабливается к данным ему судьбой условиям, во-вторых, пытается перекраивать(完全重制)её в соответствии со своими требованиями. Именно в этом наша главная несхожесть со всем остальным живым миром планеты.

Давно уже нет такого уголка планеты, где не ступала бы нога человека. 2. Происходит это не только от природной любознательности людей или потому что им тесно в рамках привычных территорий. Хотя и в этом есть правда жизни: с помощью современных средств передвижения человек может добраться куда угодно — необитаемых островов практически не осталось! 3. Дело ещё и в том, что человек очень легко приспосабливается почти к любым условиям жизни, существующим на планете. Люди «встречаются» на географических широтах, где диапазон годовых температур достигает чуть ли не 120 градусов Цельсия! 4. Да и людей на планете с каждым годом, десятилетием всё больше. 5. А это, в свою очередь, усиливает давление человека на окружающую среду, постепенно выводит экологическую систему планеты из состояния равновесия.

参考答案:

1.人类和周围世界的相互关系朝着两个方向发展。

2.这不仅仅是出于人们天生的好奇心,或者是因为他们在熟悉的土地上感觉憋得慌。

3.问题还在于,人类很容易适应地球上存在的任何生活条件。

4.地球上的人口数在逐年增加。

5.(人口的增长)首先加大人对环境的压力,逐渐使生态系统失去平衡。

Микротекст 95

Если вы увидите фотографию геолога с собакой, то не удивитесь. 1. Всем известно, что собака — старый друг человека. Она сопровождает его уже тысячи лет. Естественно, что и в дальних экспедициях ей находится место: сторожить палатку, помогать в охоте, тянуть вместе с другими собаками по заснеженной тундре нагруженные нарты...

2. А знаете ли вы, что собака может быть лучшим поисковиком полезных ископаемых, чем сам геолог? Эти животные обладают острым чутьём. Они буквально «живут по запахам». 3. Обученные различать запахи некоторых рудных минералов, собаки уже никогда их не забывают: они смогут найти руду даже под слоем почвы и снега! Хорошо

известен эксперимент, устроенный лет сорок назад финскими геологами. 4. Они заставили собаку Лари соревноваться в поисках медной руды с настоящим геологом. И человеку, и собаке выделили одинаковую площадь, где было много древних валунов с медным оруденением, дали одинаковое время и собака вышла победителем! 5. Лари нашла 1300 образцов медной руды, а геолог — только 270. Впечатляет?

参考答案:

1. 众所周知,狗是人类的老朋友。它已经陪伴我们几千年了。
2. 您是否知道,狗可能是比地质队员更好的找矿者?
3. 经过训练的狗能分辨出不同矿物的气味,并且永远也不会忘记:它们甚至能够找到土壤和积雪下面的矿藏。
4. 他们让名叫拉里的狗和真正的地质队员进行找铜矿的比赛。
5. 结果拉里找到了1300种铜矿石样本,而地质队员只找到270种。

Микротекст 96

1. Экология — фундаментальная наука о Природе, изучающая взаимоотношения организмов между собой и с окружающей средой. Это наука комплексная, находящаяся на стыке многих других наук (биологии, медицины, геологии и горного дела, географии, физики, химии и др.). Поэтому нам не обойтись без «экскурсов» в эти научные дисциплины.

2. Экология связана как с научной теорией, так и с практикой повседневной жизни каждого человека. Часто, говоря об экологии, люди подразумевают лишь охрану окружающей среды, воздействие этой среды на человека и воздействие человека на неё. 3. Но охрана окружающей среды — только часть (может быть, наиболее важная для нас) тех проблем и задач, которые стоят перед экологией.

Термин экология впервые введён в научный обиход немецким биологом Э. Геккелем, который в 1866 году писал, что «экология — это познание экономики природы, одновременное исследование взаимоотношений всего живого». 4. Вообще-то понятие «экология» существовало ещё у древних греков. Правда, они вкладывали в него не совсем тот смысл, какой вкладываем мы с вами. Они называли экосом любое место пребывания человека: дом, горное пастбище, город, олимпийский стадион...

Первый учебник по экологии вышел в свет в 1927 году. 5. Сегодня выпускается множество книг, учебников и других популярных изданий по экологии.

参考答案:

1.生态学是一门关于自然界的基础学科,它研究有机体之间以及有机体与周围环境之间的相互关系。

2.生态学不仅与科学理论,而且与每个人的日常生活实践有着紧密联系。

3.但是保护周围环境只是生态学面临的众多课题之一(对于我们来说,这个问题也许是最重要的)。

4.总之,"生态学"这个概念在古希腊时代就已经有了。

5.今天出版了许多关于生态学的书籍、教科书和其他普及读物。

Микротекст 97

1. Наиболее яркое электрическое атмосферное явление — гроза. На земном шаре одновременно происходит до 1800 гроз. В умеренных широтах грозы в среднем бывают 10-15 раз в год, у экватора на суше от 80 до 160 дней в году грозовые, над океаном грозы случаются реже, а в Арктике — одна в несколько лет.

2. Грозы обычно возникают в тот момент, когда происходит перемещение холодных воздушных масс, вытесняющих тёплые. Во время грозы между облаками или между облаками и земной поверхностью возникают электрические разряды большой мощности — молнии. 3. В этот момент в облаках происходит трение молекул, в результате чего появляется электрическое напряжение. Температура молнии достигает 30000°С. Она так сильно разогревает окружающий воздух, что он стремительно расширяется и с грохотом одолевает звуковой барьер. 4. Грозам обычно сопутствуют ливневые осадки, град, но бывают грозы и без дождей.

5. Иногда при грозе появляются так называемые шаровые молнии. Они плывут над землёй с потоком воздуха. Природа их ещё окончательно не выяснена.

Самое богатое грозами место на Земле находится в Тихом океане вблизи Японских островов.

参考答案:

1.雷雨是最明显的大气电现象。

2.冷气团移来时,气温将下降,常出现雷雨天气。

3.这时云层中发生分子摩擦,于是就产生了电压。

4.雷雨通常伴有滂沱大雨、冰雹,但是也有干打雷不下雨的时候。

5.有时雷雨会出现所谓的球形闪电。

Микротекст 98

1. Всё, что движется, движется благодаря энергии. Любая работа совершается тоже благодаря энергии. Поэтому не случайно говорят, что энергия — это способность тела совершать работу.

Энергия бывает разных видов: механическая, тепловая, электрическая, химическая, ядерная.

2. Она, подобно сказочным персонажам, может превратиться из одного вида в другой. Например, механическая энергия движущегося автомобиля превращается в тепловую энергию при его торможении. 3. Люди специально придумали приборы, превращающие электрическую энергию в другие виды. Например, в электролампочке электрическая энергия превращается в тепловую и световую, в электрочайнике — в тепловую, в электродвигателе — в механическую.

4. Энергия не возникает из ничего и не исчезает бесследно, она только превращается из одного вида в другой. В этом заключается один из основных законов природы — закон сохранения и превращения энергии.

На Земле первоисточник любой энергии — Солнце. Поясним это простым примером. Сжигая уголь, мы не задумываемся, откуда взялся сам уголь. 5. А ведь это топливо возникло когда-то из деревьев, которые появились на Земле и выросли благодаря Солнцу. По цепочке «Солнце — дерево — уголь» энергия Солнца передалась углю.

参考答案:

1. 所有运动的物体都是靠能量才能运动,完成任何工作也是依靠能量。
2. 能量就像童话中的人物一样,可以从一种形式变成另外一种形式。
3. 人们已经发明了专门仪器把电能转化为其他能量。
4. 能量既不是由任何东西生成,也不能消失得无影无踪,它只能从一种形式转化成另一种形式。
5. 煤炭这种燃料是过去某个时期由树木生成的,而树木在地球上出现和生长又依靠太阳。

Микротекст 99

1. Государственный Русский музей — крупнейшее в мире собрание русского изобразительного искусства. Он открылся 7 марта 1898 года и стал первым в России государственным музеем русского искусства. Коллекции Русского музея насчитывают около 400 000 экспонатов. 2. В них представлены произведения всех основных направлений и школ

отечественного изобразительного искусства, все его виды и жанры с X по XX век. Ежегодно в стенах музея проходит около 30 временных выставок, ко многим из них издаются каталоги, альбомы, буклеты.

3. Музей размещается в четырёх зданиях, расположенных в историческом центре Санкт-Петербурга. Это — Строгановский и Мраморный дворцы, Михайловский (Инженерный) замок и главное здание музея — Михайловский дворец с корпусом Бенуа.

4. Государственный Русский музей (ГРМ) — это и крупнейший научно-исследовательский центр, среди сотрудников которого — известные учёные-искусствоведы, доктора и кандидаты наук. Широка и многообразна работа культурно-просветительской части музея. 5. Более 20 лет ГРМ является научно-методическим центром всех художественных музеев России.

Программа развития и реконструкции ГРМ является важной частью программы восстановления исторического центра Санкт-Петербурга к 300-летию города.

参考答案:

1. 俄罗斯国家博物馆是世界上最大的俄罗斯造型艺术品收藏中心。
2. 其中陈列的是公元五世纪到二十世纪国内造型艺术所有主要流派的作品,包括各种艺术形式和风格。
3. 博物馆位于圣彼得堡历史中心的四幢大楼里。
4. 俄罗斯国家博物馆也是最大的科研中心,中心的工作人员有著名的艺术理论家、博士和副博士。
5. 二十多年来俄罗斯国家博物馆成为俄罗斯所有艺术博物馆的科研教学中心。

Микротекст 100

Мысль непосредственно выражается в языке. 1. При помощи языка люди обмениваются мыслями друг с другом, через язык мысль одного человека становится действительной для другого.

Различие мышления и языка очевидно. Язык материален. 2. А мышление же идеально, оно является отображением действительности в умах людей, и само по себе его нельзя видеть, слышать, осязать(触摸). Языковые знаки, как правило, не похожи на обозначенные ими предметы.

3. Мысль же, будучи образами, «копиями» действительности, имеет определённое сходство по содержанию с явлениями внешнего мира. 4. Но это различие мышления и языка содержится в рамках их удивительного единства, они дополняют друг друга. Язык

является материальной оболочкой мысли, мышление же придает языку смысл.

5. Язык, будучи материальной оболочкой мысли, закрепляет достижения мышления, является средством хранения и передачи информации. Мышление, со своей стороны, развиваясь и обогащаясь, стимулирует последующее совершенствование языка.

参考答案:

1.借助语言的帮助人们互相交流思想,通过语言一个人的思想对另一个人来说就能成为现实。

2.而思维是意识的,它是现实在人脑中的反映,它本身看不到,听不见,触摸不到。

3.思想作为现实反映的形式,其内容与外部世界现象有一定的相似性。

4.但是思维和语言处在同一个统一体中,它们相互区别,相互补充。

5.语言是思维的物质外壳,它巩固思维的成果,是保存和传递信息的手段。

第七章　研究生入学俄语考试翻译文章

Текст 1

1. У проблемы одарённости длительная история. Но, несмотря на это, до сих пор существуют различные точки зрения как на содержание понятия «одарённость», так и на вопрос о роли биологического или социального фактора в становлении одарённого человека.

Одну из первых проблем начал изучать Б. М. Теплов. При определении понятия одарённости он исходил из трёх признаков: индивидуально-психологические способности, которые отличают одного человека от другого; индивидуальные способности — это те, которые позволяют успешно выполнять вид деятельности; способности не сводятся к тем знаниям, навыкам, которые уже выработаны у данного человека.

2. Одарённость по Б. М. Теплову — синтетическое проявление способностей. В психолого-педагогической литературе она определяется как такое сочетание способностей, которое обеспечивает человеку значительный успех в какой-либо деятельности. Профессор педагогики М. А. Галагузова даёт определение одарённости как единству интеллектуальных и специальных способностей, определяющих высокие возможности человека в той или иной деятельности. Одарённость проявляется в высоком уровне умственного развития и склонности к творческой деятельности.

3. Н. С. Лейтес выделяет три группы особенностей одарённых: способность к чувству ритма — необходимо для занятий музыкой и танцем; способность к запоминанию; способность к рисованию — человек быстро охватывает пропорции(比例)предмета. Способности бывают специальные — язык, техника, искусство и общие — умственные. Способности — это индивидуально-психологические особенности, которые имеют отношение к успешности выполнения одной или нескольких видов деятельности.

Можно привести и классификацию способностей: познавательные, коммуникативные, педагогические, психологические и другие.

Одарённость бывает общая и специфическая. 4. Общая одарённость представляет собой большую сферу способностей, которые лежат в основе успешного освоения, а затем и успехов во многих видах деятельности. От специфической же одарённости зависит успех человека в каком-либо конкретном виде деятельности.

Существует возрастная последовательность проявления одарённости. Как правило, раньше она проявляется в области музыки, рисования, позже — в интеллектуальной сфере. Говоря о возрастных предпосылках творчества, следует отметить, что дети с ранним умственным подъёмом изобретательны, в занятиях забегают вперёд, проявляют творчество. Возрастной формализм познания может сочетаться с вольной игрой воображения, готовностью к неожиданным мыслям и творческим попыткам. Это находит своё выражение в интересных и серьёзных внешкольных делах. Иногда такие дети придумывают новые виды умственных занятий, подробно планируют небывалые путешествия. Но не только в умственных играх выступает творческая установка у детей. Если уж их привлекает какая-нибудь область науки, то они могут начать сочинять целые диссертации, как бы стремясь объединить переполняющие их знания. Увлечённость такими писаниями приобретает уже форму серьёзного занятия с элементами творчества. Эти дети практически не различают игру и реальность.

5. Творческие возможности зависят не только от свойств ума, но и от определённых черт характера. Показано значение для творчества таких качеств, как умственная самостоятельность, смелость мысли, готовность к волевому решению. Ребёнок — субъект творчества. Существуют благоприятные периоды, когда ребёнок воспринимает всё окружающее. Одарённые дети способны заниматься сразу несколькими делами, очень любопытны, у них развито чувство справедливости, они — большие фантазёры, больше понимают, больше видят, слышат и чувствуют, чем другие, могут одновременно следить за несколькими явлениями, интересы их разнообразны, хотя по физическим характеристикам они, как правило, не отличаются от других детей.

参考答案*：

1.对天赋问题的研究由来已久。但尽管如此,直到现在无论是对天赋概念的含义,还是对其形成过程中生理因素或者社会因素的作用都存在着不同的观点。

2.Б. М.捷普洛夫认为天赋是能力的综合表现。在心理教育书籍中天赋被定义为能力的结合,这种结合能保证在某项活动中取得巨大的成功。

3.Н. С.莱特斯把有天赋的人的能力分为三类:从事音乐和舞蹈必须的乐感能力,记忆能力,快速感知物体比例的绘画能力。

4.一般天赋是指多方面的能力,它是顺利掌握技能,进而在各项工作中取得成功的基础。

* 短文中划线部分的译文,以下同。

一个人在某项具体工作中能否成功取决于他特有的天赋。

5. 创造能力不仅取决于智力特征，而且取决于一定的性格特点。有独立的思想、大胆的想法、灵活解决问题的准备对创造才有意义。

Текст 2

Атмосфера — это воздушная оболочка Земли, своеобразный «кокон»（茧），окутывающий нашу планету. Слово «атмосфера» происходит от греческих слов «atmos» — пар и «sphaira» — шар. 1. Почти вся масса атмосферы сосредоточена в её нижних 80 км, верхняя граница доходит до высоты 2-3 тысячи км над Землей. Атмосфера состоит из воздуха, состав которого меняется с высотой и от места к месту.

В 1774 году французский учёный Антуан Лавуазье исследовал основные части воздуха и установил присутствие в нём кислорода и азота. Позже выяснилось, что воздух — это смесь газов, состоящая из азота, кислорода, инертных газов, аргона（氩）, углекислого газа, паров воды и примесей.

Нижний слой атмосферы называется тропосферой（对流层）. Он нагревается от земли, которая в свою очередь нагревается от Солнца. Наиболее прогретый слой атмосферы прилегает к земле. 2. С высотой температура воздуха понижается в среднем на 0,6°C на каждые 100 м. Толщина тропосферы различна: над экватором она равна 17 км, а над полярными широтами — 8-9 км.

Над тропосферой располагается стратосфера（平流层）— она доходит до высоты 50-55 км. Стратосфера сходна по газовому составу с тропосферой, но почти не содержит водяного пара и поэтому в ней не образуются облака, и всегда ясно. 3. В стратосфере есть тонкий слой озона — озоновый экран, который защищает людей от избыточных ультрафиолетовых лучей, большая доза которых губительна для организма. Газ озон（по-гречески «пахнущий»）представляет собой разновидность кислорода и имеет резкий запах свежести.

Ещё выше — термосфера. При сложных химических реакциях в этих слоях атмосферы выделяются ионы（невидимые электрические частицы）, поэтому верхнюю часть атмосферы ещё называют ионосферой. Это очень разреженная и высоко электропроводная среда, она отражает короткие радиоволны. Только благодаря ионосфере возможна дальняя радиосвязь. В ионосфере образуются полярные сияния и происходят магнитные бури.

4. Атмосфера играет очень большую роль в природе и жизни человека, ведь, благодаря ей поверхность Земли не нагревается слишком сильно днём и не остывает ночью — мы не страдаем от изнуряющей жары в светлое время суток и не замерзаем от холода в тёмное время. Кроме того, «чудо-кокон» предохраняет Землю от метеоритов, большая часть

которых сгорает в атмосфере и не долетает до поверхности планеты. Всем живым существам для дыхания необходим кислород, содержащийся в атмосфере.

5. Человечество заинтересовалось воздушным океаном давно, но только 300-400 лет назад были изобретены первые приборы для изучения атмосферы: термометр, с помощью которого определяют температуру воздуха; барометр — для измерения давления; флюгер(测风器), указывающий направление ветра; осадкометр(降雨量计), определяющий количество выпавших осадков, и анемометр(风速表), измеряющий скорость перемещения воздушных потоков.

参考答案:

1.大气层几乎所有的质量都集中在其下部离地面80公里处,最高处离地面有2000~3000公里。大气层由空气组成,其成分随高度而改变并且它可以由一处向另一处移动。

2.气温随高度的增加而降低,平均每升高100米下降0,6℃。对流层的厚度是不同的:在赤道上方是17千米,而在极地只有8~9千米。

3.在平流层有一个薄薄的臭氧层——臭氧屏蔽,它保护人们免受过多的紫外线的辐射,大量的紫外线对机体是有危害的。臭氧(希腊语是"散发的"意思)是氧气的变体,新鲜的臭氧气味刺鼻。

4.大气层在自然界和人们的生活中起着很大的作用。因为有大气层地球表面白天不至于太热,夜晚不那么寒冷——这样我们就不会因为白天过分的炎热而难受,也不会因为夜晚的寒冷而痛苦。

5.很久以前人类就对大气海洋产生了兴趣,但是只在300~400年前才发明了最早用于大气研究的仪器:测量空气温度的温度计;测量气压的气压计。

Текст 3

1. На вопрос, что является главной национальной чертой сирийцев(叙利亚人), тот, кто хотя бы раз побывал в этой стране, ответит: жизнерадостность и доброжелательность. Даже последний уборщик мусора здесь старается быть довольным жизнью. Порой кажется, что хорошее настроение чуть ли не самоцель сирийцев. Большинство сирийцев подсознательно стремится к душевному комфорту, несмотря ни на какие невзгоды.

Можно, например, видеть автомашины, оставленные так, что они чуть ли не перегораживают проезжую часть загруженной улицы, но водителю так ближе дойти до магазина. В то же время сирийцы за рулём гораздо чаще уступают дорогу женщине или просто прохожему (даже если тот переходит улицу, где не положено), чем в наших городах. А иные торговцы, узнав, что у вас при расплате не достаёт денег, отдадут товар и так, сказав, что деньги могут подождать, и вы их можете принести, когда будет удобно.

2. Бытовой язык сирийца изобилует вопросами о здоровье, настроении, детях, наполнен пожеланиями всяческих благ. Вступительная часть разговора ежедневно видящих друг друга местных жителей напомнила бы англичанину встречу родных братьев после многолетней разлуки.

3. Общеизвестно гостеприимство сирийцев. Гостя здесь обязательно угощают как минимум чаем, а также кофе или другими освежающими напитками. От угощения отказываться не принято, поскольку отказ может обидеть хозяина. Сирийцы любят ходить в гости и любят сами принимать гостей.

Нарядно и весело проходит сирийская свадьба. В мусульманской (穆斯林的) среде торжество отмечается отдельно в доме невесты, куда съезжаются подруги и родственницы, и в доме жениха, собирающего мужскую часть гостей. Веселье сопровождается песнями, танцами. Лишь по завершении веселья невесту привозят в дом жениха. Примечательно, что модные современные ритмы не вытеснили у местной молодёжи любовь к традиционной музыке, под которую она с удовольствием поёт и танцует в минуты развлечений.

Благополучие сирийского общества зиждется (以……为根据) на семье. 4. Вся жизнь сирийца пронизана родственными отношениями. К браку относятся как к одному из главных дел в жизни человека. Поэтому, во избежание скоропалительных (仓卒的) решений, общество выработало целый комплекс «защиты от неудачи». Во-первых, решение жениться с пристрастием (偏爱) обсуждается родственниками будущих супругов. Во-вторых, желание жениться юноша обязан подкрепить определённым уровнем материального достатка. Жених должен заранее подумать о жилье для будущей семьи, преподнести невесте достойные подарки (прежде всего золотые украшения), убедить родственников будущей супруги в том, что у него достанет возможности содержать семью. Как правило, молодые люди начинают серьёзно подумывать о женитьбе после 30 лет, девушки же выходят замуж довольно рано, как только найдётся подходящая партия. Молодые, готовясь к свадьбе, отдают себе отчёт в том, что брак не проверка характеров, а событие, определяющее всю их последующую жизнь. 5. Развод у арабов — явление намного более редкое и болезненное, чем у европейцев, хотя мусульманский развод организационно оформлен очень просто — муж три раза говорит «талактик» (я с тобой развёлся).

参考答案：

1. 叙利亚人的主要民族特点是什么？对这一问题，哪怕只去过一次叙利亚的人都会回答：乐观、友善。在叙利亚甚至是最低等的清洁工也在努力成为对生活满意的人。有时会觉得，好心情差不多是叙利亚人生活的目的本身。

2. 叙利亚人常谈论健康、心情、孩子等问题，话题中充满了各种幸福的愿望。两个本地人每天见面的开场白交谈会使英国人想起分离多年的亲兄弟会面的情景。

3. 叙利亚人的好客是人所共知的。这里至少用茶以及咖啡或其他清爽的饮品来款待客人。通常不要拒绝主人的款待，不然会使主人难堪。

4. 叙利亚人的整个生活中都渗透着亲情，对待婚姻就像对待生活中一件重要的事情。因此，为了避免做出仓卒的决定，社会制定了一整套的《保障措施》。

5. 与欧洲人相比，阿拉伯人离婚是及其少见的、不正常的现象，尽管穆斯林离婚的手续很简单——只要丈夫说三遍“我要和你离婚”即可。

Текст 4

1. Часто маленькому ребёнку взрослые советуют: ешь морковку — подрастёшь. Действительно, некоторые продукты способствуют росту, как и любая физкультура. Но только у здоровых людей. Одни будут есть морковку и вырастут на 4 см больше, а другие — ешь не ешь... И диета(规定的饮食), и специальные упражнения могут лишь немного скорректировать(纠正) данные человека от природы размеры. Маловероятно, что у низкорослых родителей будут высокие дети. Реализует заложенную генами программу гормон(激素)роста. Когда его вырабатывается слишком мало, возникает состояние, которое на медицинском языке называется недостаточностью по гормону роста. 2. Если таких детей не лечить, то, как правило, женщины вырастают не выше 130 см, а мужчины — не выше 140 см. Обычно подобные нарушения в физическом развитии ребёнка становятся заметны уже к 4-5 годам, в ряде случаев — и в более раннем возрасте.

До 3 лет малыши растут очень интенсивно. За первый год в среднем вырастают на 25 см (плюс-минус 2-3 см). С года до двух — на 12 см. С двух до трёх — на 10 см. После 3 лет прибавки роста сокращаются до 5-7 см в год. Однако 4 см в год — это минимум для любого здорового ребёнка старше 3 лет, даже если у него невысокие родители.

Скорость роста — очень точный критерий для диагностики дефицита гормонов роста. Но это заболевание нужно отличать от так называемой конституциональной задержки роста. 3. К примеру, если папа вырос после 17-18 лет, то велика вероятность, что и сын вырастет поздно. Есть дети, которые, наоборот, рано вырастают и останавливаются. Это хорошо видно уже в школе. Темпы роста и временной масштаб, как правило, тоже наследуются.

4. Маленький рост бывает не только при недостатке гормона роста, но и при некоторых других состояниях. Поэтому важно правильно поставить диагноз. Сегодня успешно лечится именно дефицит гормона роста. Лечение дорогое. Используется заместительная терапия(代

替疗法）：мы замещаем то, чего нет. Нет гормона роста — даём его извне в виде ежедневных подкожных инъекций（注射）. Разработаны дозы и способы введения. И организм растёт так, как если бы он сам вырабатывал этот гормон. 5. Ребёнок, которого начали лечить в 4-6 лет (или хотя бы до 10 лет), вырастает до нормального роста. Однако необходимость назначения гормонов роста может определить только врач по результатам проведённых исследований.

参考答案:

1. 大人常对小孩说:吃胡萝卜能长高。的确,一些食物像从事任何体育锻炼一样有助于生长,但这只对健康的人而言。一些人吃胡萝卜能长高 4 厘米以上,而另一些人却毫无效果。
2. 如果不对这样的孩子进行治疗,通常女孩的身高不会超过 130 公分,男孩不会高于 140 公分。在儿童身体发育中,类似的危害通常在 4~5 岁之前就很明显,在很多情况下也可能会更早。
3. 例如,如果爸爸是在 17~18 岁开始长个,那么他的儿子晚长的概率很大。有的孩子正相反,早长然后就不长了。这在中学里很常见。长个的速度和长个的年龄段也常常遗传。
4. 个子矮并不只是因为生长激素不足,还有其他情况。所以,确诊非常重要。今天已经能成功地治疗生长激素匮乏的问题了。
5. 在 4~6 岁(或者哪怕在 10 岁前)开始治疗的孩子都能长到正常的身高。但是医生只能根据研究的结果来确定是否必须补充生长激素。

Текст 5

1. По данным ВОЗ, в мире ежегодно умирает около 5 миллионов человек от причин, непосредственно связанных с табакокурением. Табачный дым является одним из главных канцерогенов（致癌物）человека, одна треть всех случаев смерти от раковых заболеваний связана с курением.

Особенно печально то, что отчётливо прослеживается стремление молодёжи к атрибуту «взрослой и успешной» жизни — сигарете. Отмечается раннее начало регулярного курения. 2. В старших классах курят 50% мальчиков и 40% девочек. Особенно заметно увеличение распространения курения среди молодых женщин. Так, в возрастной группе 20-29 лет процент курящих женщин в 10 раз больше, чем в возрасте старше 60 лет.

Все эти цифры, возможно, многих не заставят сразу же бросить сигарету, ведь известно, что курение табака является сильной привычкой, а также формой наркотической зависимости. Но также достоверно доказано, что бросить курить возможно, и миллионам людей удалось это сделать. В Великобритании число курящих за последние 10-15 лет сократилось примерно на 10 млн. человек. А это означает, что каждый день курить бросает почти 2000 человек!

3. По данным ВОЗ, знания людей о риске курения для здоровья в лучшем случае оказываются частичными, и ту реальную, иногда просто смертельную опасность, которую представляет выкуренная сигарета, многие курильщики просто не осознают. Слова о том, что табакокурение несёт с собой высокую вероятность болезней и преждевременную смертность, так и остаются словами, а развесёлый курильщик, пошутив про лошадь, которая умирает от никотина, прикуривает очередную сигаретку.

Однако эпидемиологическими исследованиями доказано, что курение относится к основным и независимым факторам риска заболеваемости и смертности населения от хронических (慢性的) неинфекционных (非传染的) заболеваний. Курение табака может вызвать разные тяжёлые болезни. Постоянное и длительное курение табака приводит к преждевременному старению. Нарушение питания тканей кислородом, спазм (痉挛) мелких сосудов делают внешность курильщиков характерной, а изменение слизистых оболочек (粘膜) дыхательных путей влияет на голос.

В России курят много, мы уверенно лидируем среди стран, в которых табакокурение очень распространено, причём и среди мужчин, и среди женщин. 4. В настоящее время в стране курят 65% мужчин и свыше 30% женщин. Задумайтесь над тем, что официально подтвержденные цифры свидетельствуют о том, что 42% преждевременной смерти мужчин в возрасте 35-69 лет связано с курением.

5. Никто не даст вам избавленья: «ни Бог, ни царь и ни герой», никакие врачи не смогут помочь вам без вашей решимости бросить курить. Специалисты могут лишь ограничить ввоз и продажу табака с запредельным количеством вредных веществ. Так, в Российской Федерации запрещены производство, импорт, оптовая (批发) торговля и розничная (零售) продажа табачных изделий с содержанием вредных веществ.

参考答案:

1. 据世界卫生组织统计,全世界每年约有500万人的死因缘于吸烟。烟雾是人的主要致癌物之一,因癌症死亡的1/3都与吸烟有关。
2. 在高年级有50%的男孩和40%的女孩在吸烟。年轻妇女吸烟人数的增加尤为明显,例如,20~29岁吸烟妇女的比例是60岁以上妇女的10倍。
3. 世界卫生组织资料表明,人们对吸烟危害健康的了解并不充分。许多吸烟者根本没有意识到吸烟带来的恶果,有时甚至有致命的危险。

4.现在我国有65%的男人和30%多的女人在吸烟。请思考一下官方证实的数字,它说明有42%的35~69岁的男人过早死亡都与吸烟有关。

5.无论是上帝、沙皇,还是英雄都不能拯救你。如果你没有决心,任何医生都不能帮助你戒烟。专家们只能限制含有过量有害物质的香烟进口和销售。

Текст 6

1. Мы заботимся о своём здоровье, применяем всевозможные диеты, пытаемся заниматься спортом, но при этом забываем, что в основе очень многих процессов, происходящих в организме, лежат химические реакции, которые идут не без помощи обычной воды. Сегодня с уверенностью можно перефразировать поговорку: «Мы есть то, что мы едим» на «Мы есть то, что мы пьем». По данным Всемирной организации здравоохранения (ВОЗ), 80% всех заболеваний в мире связано с употреблением некачественной воды.

2. Специалисты считают, что всем людям, а особенно детям, рекомендуется выпивать 1-1,5 л сырой питьевой воды в сутки для снятия усталости. Кипяченая вода, соки, молоко и другие напитки не могут заменить эту потребность организма, хотя многие люди недооценивают значение воды для своего здоровья.

Для примера можно сказать, что около 70% массы тела взрослого человека, по существу, является практически водой, а мозг — просто на 90% состоит из воды. Тело ребёнка при весе около 40 кг содержит около 34 кг воды. Удивительно, но потеря всего лишь 200 мл жидкости уже вызывает чувство жажды, а испарение 14-15% воды из тела человека — обезвоживание(脱水)и смерть.

3. Если для стиральной машины необходима технически чистая вода, то для человека нужна вода определённого минерального состава. Загрязнения, отравляющие воду, могут вызвать острые заболевания. Проблемами воды и изучением их с разных сторон занимаются многие учёные и даже целые институты.

А вообще, какие качества и свойства должны быть у хорошей воды? Качественной принято считать воду, которая не содержит бактерий, тяжёлых металлов и других вредных примесей. Мы, потребители, привыкли оценивать питьевую воду, полагаясь на вкус, цвет и запах. 4. Но эти критерии так субъективны, недаром в народе говорят: «На вкус и цвет товарищей нет». Хотя сегодня в этом вопросе не до шуток, ведь присутствие в воде тяжёлых металлов или радиоактивности мы никогда не определим на вкус.

Значение воды огромно. Лауреат Нобелевской премии физиолог Альберт Сент-Дьерды как-то сказал: «Тот, кто научится управлять водой, будет управлять миром». А слово «врач» в давние времена переводилось как «специалист по водолечению». Сегодня мы берём воду для своих нужд в основном из водопровода, и там она быстро теряет многие свои замечательные свойства. Многие радуются уже тогда, когда у них в чайнике не остаётся накипи(水垢). Но на самом деле совсем не очевидно, что вода, не оставляющая осадка, полезна.

5. Несмотря на контроль за качеством воды, подаваемой в водопроводную сеть, оно может быть различным даже в соседних домах. Наибольшую опасность представляют вредоносные микроорганизмы — бактерии и вирусы, которые попадают в водопроводные трубы извне. Кроме них в водопроводной воде могут присутствовать продукты их жизнедеятельности — токсины（毒素）. Ещё одна проблема — ионы(离子)тяжёлых металлов, они очень опасны для здоровья, к тому же способны накапливаться в организме и дать о себе знать по прошествии многих лет и даже отразиться на будущем поколении.

参考答案:

1.我们关心自己的健康,采用各种规定的饮食,想办法体育锻炼,但我们却常常忘记了借助普通水进行的化学反应是机体中许多过程得以进行的基础。

2.专家们建议所有人,尤其是孩子们一昼夜要饮用1~1,5升的饮用生水,用于消除疲劳。开水、饮料、牛奶和其他饮品不能代替机体的这种需求,尽管许多人还没有完全意识到水对身体健康的意义。

3.如果说洗衣机需要的是清洁的工业用水,那么人体就需要含有一定的矿物成分的水。污染的水能引起各种严重的疾病。

4.但这个标准很主观,难怪俗话说:“穿衣戴帽,各有所好”。虽然今天很严肃地对待这个问题,但是要知道,我们凭口感是不能确定水中含有重金属和放射性物质的。

5.尽管对自来水的质量进行了监控,但相邻住户的水也可能有所不同。一些有害的微生物——从外部进入水管的细菌和病毒是最危险的。

Текст 7

1. Туризм является особой разновидностью отдыха, который возникает и развивается в процессе роста у людей возможности переезжать из одних мест в другие. Он удовлетворяет естественное стремление людей к не только пассивному, но и активному отдыху, который связан с личным знакомством со знаменитыми памятниками природы, истории и культуры, с обычаями и традициями разных народов.

Туристами называют людей, которые с целью отдыха временно переезжают за пределы их обычных мест проживания. Таким образом, при определении туризма используют три критерия:

— изменение места пребывания. Нельзя, например, считать туристами лиц, ежедневно совершающих поездки между домом и местом работы или учёбы, так как эти поездки не выходят за пределы их обычной среды;

— кратковременность пребывания в новом месте. 2. Это не должно быть местом постоянного или длительного проживания. За критерий оценки длительности пребывания принято, что приезжающий должен находиться в посещаемом им месте сутки и более, но менее 12 месяцев подряд. Тот, кто живёт (или планирует жить) один год и более в определённом месте, считается постоянным жителем и поэтому не может называться туристом;

— отдых как цель переезда. Целью поездки не должна быть трудовая или любая иная деятельность, оплачиваемая из какого-либо источника в посещаемом месте. Любое лицо, переезжающее на новое место для работы, оплачиваемой из любого источника в этом новом месте, считается уже не туристом, а мигрантом(移居者). Это относится не только к международному туризму, но и к туризму в пределах одной страны.

3. Часто понятие «туризм» понимают в более широком смысле слова, включая в него временные выезды за рубеж не только ради отдыха, но и с деловыми целями (на научные конференции, для встреч с коллегами по бизнесу и т. д.). Однако «деловой туризм» имеет многие принципиальные отличия от обычного и должен рассматриваться, скорее, как форма деловых коммуникаций.

Туристический бизнес становится возможным при формировании массового спроса и предложения на рынке туристических услуг.

Спрос на туристические услуги формируется за счёт трёх факторов.

Во-первых, потребность в организации индустрии досуга растёт по мере повышения благосостояния, поскольку полноценный отдых (часто с элементами спорта) становится важной частью жизни обеспеченных людей. По мере развития «общества всеобщего благосостояния» туризм стал доступен представителям не только высшего, но и многочисленного среднего класса.

Во-вторых, между условиями жизни в разных районах есть существенные различия с точки зрения возможности для отдыха. С одной стороны, важную роль играют различия в погодных условиях: работать можно и при холодном климате, но отдыхать лучше при тёплой погоде. 4. С другой стороны, те люди, которые любят активный отдых, стремятся совместить отсутствие физического труда с получением новых знаний и впечатлений в наиболее приятной форме — путём личного осмотра различных достопримечательностей. Поэтому большой популярностью пользуются турпоездки, например, в те районы и страны, где сохранились старинные памятники архитектуры.

В-третьих, туристические поездки (особенно, на дальние расстояния) становятся возможными лишь при удешевлении транспортных расходов и при минимизации(减低到最低限度)затрат на оформление документов, связанных с выездом в другой регион.

Таким образом, после Второй мировой войны сложились предпосылки(前提)для формирования уже не элитарного(经过精选的)и стихийного(自发的), как ранее, а массового и организованного туризма. 5. Желающие полноценно отдохнуть представители среднего класса нуждались в специалистах, которые помогли бы им организовать оформление виз, переезд к местам возможного отдыха и сам отдых. Высокий спрос на туристические услуги породил и их высокое предложение.

参考答案:

1. 旅游是休息的一种特有方式,它是从一个地方到另一个地方的人数增长过程中出现和发展起来的。它既能满足人们对消极休息,也能满足人们对积极休息的自然渴望。
2. 这不应该是固定的或者长期居住的地方。外来旅游的人在他参观的地方停留一昼夜或更多的时间,但连续不超过 12 个月,通常不被认为是长期停留。
3. 通常人们对"旅游"这一概念有更广义的理解,其中包括不只为了休息而是公务性(参加科研会议,同商业伙伴会晤等等)的临时出国。
4. 另一方面,那些喜欢积极休息的人渴望不费力地获取新的知识、新的观感,以最令人高兴的方式,即通过亲自参观各种名胜古迹的方式进行。
5. 希望充分休息的中产阶级代表需要专家帮助他们办理签证,安排他们到达可能休息的地方,组织他们休息。这样对旅游服务高需求的同时也出现了高报价。

Текст 8

1. Каково влияние богатства на человеческую жизнь? Делает ли оно людей более счастливыми или здоровыми? Многочисленные исследования показывают, что между доходами и благополучием нет прямой связи. Однако это не верно в отношении самых бедных и самых богатых: чёткая связь между доходами и благополучием наблюдается у тех, чьи годовые доходы ниже $ 15.000 и выше $ 100.000. Эти данные подтверждаются исследованием 49 американцев, зарабатывающих более $ 10 миллионов в год; они чувствуют себя счастливыми 77% времени, тогда как у представителей контрольной группы ощущение счастья длится примерно 62% времени.

Однако существуют также исключения из общего правила. Множество бедных людей совершенно счастливы и удовлетворены своей судьбой. Они ничего не делают для того, чтобы изменить своё положение. 2. Это объясняется адаптацией(适应)и выученной беспомощностью, вызванной долгим опытом бессилия что-либо изменить в своей ситуации. С другой стороны, богатые тоже плачут, что неудивительно, поскольку помимо денег есть другие, более важные источники счастья.

Интересные исследования были проведены среди людей, выигравших в различные лотереи(抽彩). 3. Большинство из тех, кто выиграл крупные суммы, почувствовали себя не намного счастливее, так как люди очень быстро привыкают к новым условиям, и их удовлетворенность жизни возвращается к исходному уровню. К тому же многие из победителей лотерей столкнулись с серьёзными проблемами: 70% из них бросили работу и лишились удовлетворения от своего труда и общения с коллегами; некоторые переехали в более комфортабельные дома и столкнулись там со снобизмом(假斯文)и презрением соседей; некоторые поссорились со своими близкими и друзьями, которые надеялись разделить с ними выигрыш. У многих возникли проблемы в определении собственной идентичности(一致): только 28% уверенно назвали социальный класс, к которому они принадлежат.

Почему же влияние богатства на благополучие столь незначительно? Один из ответов состоит в том, что существуют другие, более существенные источники счастья. Австралийские исследователи выделили несколько факторов (досуг, семья, работа, друзья, здоровье), имеющих положительную корреляцию с удовлетворённостью жизни и отрицательную — с показателями тревожности и депрессии.

4. Наиболее важный источник счастья — досуг — относительно слабо связан с наличием денег. Большинство видов досуга почти бесплатны — общение с друзьями, прогулки, хобби, публичные библиотеки и занятия спортом, телевидение и радио. Некоторые формы досуга требуют денег — особенно путешествия, ужины в ресторанах, посещение театров, некоторые виды спорта. 5. Социальные отношения — семья и друзья — приносят подлинное удовлетворение только в том случае, когда дружба и любовь не покупаются за деньги. Работа является одним из главных источников денег для большинства, но этим не исчерпывается приносимое ею удовлетворение. Исследования внутренней мотивации(动机) трудовой деятельности показывают, что люди ценят в своей работе возможность добиваться успеха, совершенствовать свои навыки и способности, сотрудничать с коллегами, помогать людям, улучшать существующее положение дел.

参考答案：

1. 财富对人的生活有什么样的影响？它能使人们的生活变得更幸福或更健康吗？许多研究表明收入和幸福之间没有直接的联系。
2. 这是因为他们已经适应了，而且无法改变现实。这是他们无力改变自身境况的长期经验造成的。另一方面，富人也有哭泣的时候，这没有什么奇怪的，因为除了钱以外，还有其他更重要的幸福源泉。
3. 大部分中大奖的人并没感到自己更幸福，因为人们很快适应了新的生活条件，他们对生活的满意度又回到了起始。
4. 最重要的幸福源泉就是休闲，与它是否有钱的关系不大。大部分的休闲方式几乎都是不需要花费的，例如和朋友交往，散步，业余爱好，去公共图书馆，从事体育锻炼，看电视和听收音机。
5. 只有当友谊和爱情不是用金钱换来时，社会关系（家庭和朋友）才能带来真正的满足。工作是大多数人工资的主要来源之一，但工作带来的满足感却不能用金钱来衡量。

Текст 9

1. От застенчивости страдают в основном те, у которых неуверенность в себе. Человек подобного типа больше всего в жизни боится неуспеха: лучше ничего не делать, чем делать плохо. И очень сложно для него сделать выбор. Разнообразие не радует, а напрягает его: при множестве вариантов он не уверен, что сможет сделать оптимальный（最佳的）выбор. Происходит это от того, что им свойственно изначально подвергать всё сомнению, в том числе и свои собственные слова и поступки, особенно когда на выбор мало времени. Вот и тушуется（胆怯、发慌）перед собеседником... 2. Вопреки устоявшемуся мнению, у него нет страха сказать незнакомому человеку «Здравствуйте» — он просто никак не может выбрать, с какой интонацией произнести это слово в каждой отдельной ситуации. Причём особенно остро проявляется застенчивость именно в новой компании, где опять придётся попадать в тяжёлую ситуацию выбора в дефиците времени.

Но оказывается, и это ещё не всё. 3. Да, сомневающиеся люди постоянно хотят выбрать лучший вариант действия; да, у застенчивых людей такое желание доходит до крайности. Но оказывается, что у всех застенчивых людей есть свой, личный контролёр, под чьим влиянием они так или иначе находятся. Это или родитель, или тот же учитель, или старший товарищ（подруга）... И значимость этой — такой уверенной во всём — личности в жизни несчастного застенчивого, которого постоянно раздирают（撕碎）мнения, настолько высока, что он постоянно словно бы чувствует рядом присутствие своего «экзаменатора»... А поскольку «экзаменатор» в итоге всегда ставит неудовлетворительную оценку, выбор любого варианта действия становится сущей мукой: что бы человек ни сделал, «экзаменатор» всегда недоволен... 4. И даже когда говорят, что застенчивость связана с боязнью получить отказ, это лишь частный случай такой ситуации: человек боится получить лишнее подтверждение того, что он действительно никуда не годится и не может ничего добиться... Именно поэтому застенчивые люди так переживают любые свои промахи (错误), даже случайные и от них не зависящие.

Каждому застенчивому человеку следует прежде всего понять, что его контролёр никогда не одобрит его действия. Потому что для такого экзаменатора самое важное в подобном общении — унижать своего слабого друга, ученика, ребёнка. Зачем? Может быть, для того, чтобы подняться в собственных глазах за счёт чужого унижения. А также, чтобы застенчивый друг однажды не поднялся выше его уровня — как же он тогда будет им командовать? А бедный застенчивый и не знает, что на самом деле его влиятельный старший товарищ на самом деле ничем его не лучше. 5. Но присутствие в жизни человека постоянной несовпадающей оценки, даваемой значимым человеком, постепенно развивает у бедного человека самый настоящий комплекс неудачника, и соответственно, усиление проявлений застенчивости. И такой человек действительно начинает думать, что из него на самом деле ничего не получится... А на самом деле ему просто нужно выйти из-под ненужного давления.

参考答案:

1. 因为腼腆而感到痛苦的人主要是那些对自己缺乏信心的人。在生活中这种类型的人最怕失败:宁可什么都不做也比做不好强。这种人很难做出选择。
2. 出乎意料,他不怕对陌生人说"您好",他只是不能选择在每个场合用什么语调说出这个词。
3. 是的,犹豫不决的人一直想选择一个最好的做事方式。是的,腼腆的人的这种愿望到达了极限。但原来,他们所有腼腆的人都有自己个人的监管人,并受其的影响。
4. 甚至有人把腼腆和害怕得到拒绝联系在一起,这只是那种境况下常有的情形。因为人都害怕得到不必要的证据,说他做什么都不合适,干什么一无所获。
5. 但是在一个人的生活中,对他意义重大的人不断地给予他不相符的评价,就会渐渐地使这个可怜的人成为一个真正的失败者,相应腼腆表现得更为严重。

Текст 10

Никотиновая зависимость, или попросту курение, — самая распространённая на земле: в общей сложности курит каждый второй житель нашей планеты. Но давайте, прежде чем говорить о вреде курения, поговорим о том, а какое именно удовольствие получает курильщик от сигареты? Конечно, прежде всего — это химическое воздействие никотина на головной мозг. Никотин является по своей химической природе стимулирующим средством, подстегивающим (促使) работу мозга и вызывающим лёгкую эйфорию (精神愉快). 1. Поэтому многим кажется, что сигарета улучшает мыслительный процесс. Но если человек в качестве доказательства интенсивности своей интеллектуальной деятельности показывает полную пепельницу, то вероятно, вскоре он вообще не сможет думать без сигареты — мозг откажется работать самостоятельно... 2. Кстати, в итоге никотин даёт не просветление, а помутнение мозгов. И те люди, которые курят на рабочем месте «ради улучшения процесса мышления», на самом деле, скорее всего, работают немного из-под палки.

Однако процесс курения удовлетворяет ещё некоторые другие потребности. Курение во многом носит характер ритуала (礼节) — в частности, позволяет выдерживать паузу между словом и действием, между вопросом и ответом и т. п. А так как подавляющее большинство курильщиков относятся к так называемому непосредственному типу личности, для которых реакция обязательно должна следовать без промедления, то им просто необходимо чем-то заполнять паузу, чтобы хоть минутку подумать. Особенно когда они чем-то взволнованы. И чтобы выгадать хоть минутку, они закуривают.

3. Часто женщины закуривают, чтобы похудеть — никотин, как наркотик стимулирующей группы, увеличивает «расходную часть» обмена веществ, одновременно снижая аппетит. Но курение — не лучший способ похудеть.

Когда закуривает подросток (любого пола), это наверняка стремление доказать всем, что он уже взрослый. Но если ребёнок с малых лет в доме считается личностью, если его уважают и с ним считаются, то он вряд ли станет курить. А те дети, с которыми взрослые нянчатся до седых волос, практически всегда начинают курить, и очень рано: чтобы показать своим домашним, что пора бы перестать их воспитывать...

4. Курение может быть и элементом моды, и способом ухода от действительности (особенно когда человек чувствует в чём-то свою беспомощность), и даже некоторым способом выражения признательности — многие закуривают, именно подражая своим любимым людям, или тем, от кого они материально зависимы, или своим кумирам...

И наконец, успокоительный эффект сигареты на самом деле обусловлен лишь фактом того, что эта сигарета находится у вас во рту.

5. Однако смешно упрекать курильщиков за то, что они не прислушиваются к лозунгам «о вреде табака». Потому что все эти призывы не учитывают особенности личности потребителя сигарет. Иными словами, призывы рассчитаны на одних, а сигареты — на

другихъ.

«Выкуренная сигарета укорачивает(缩短)жизнь на две минуты». Да любой курильщик скажет вам, что от одной сигареты он получает гораздо больше удовольствия, чем от двух лишних минут жизни без табака. Ему такая жизнь покажется пыткой. С его точки зрения, пусть лучше он проживёт на пару лет меньше, чем откажется от сигарет!

参考答案:

1.因此许多人觉得吸烟能改善思维过程。但是如果有人向你展示满满的烟灰缸来证实自己紧张的脑力工作时,那么大概很快他离开香烟就不能思考——大脑拒绝独立工作。
2.顺便说一下,实际上尼古丁并不能让头脑清醒,而只能让头脑糊涂。那些在工作地点“为了改善思维过程”而吸烟的人事实上多半是被迫干活。
3.妇女们常常吸烟来减肥——尼古丁是一种刺激型麻醉剂,能增加新陈代谢的“排泄物”,同时降低食欲。但是吸烟不是最好的减肥方法。
4.吸烟可能是一种时尚,是脱离现实(特别是当人感到无助时)的一种方法,甚至是某种表达感激的方法——许多人吸烟正是模仿自己喜爱的人或是模仿他们物质上依赖的人或是他们崇拜的人。
5.但是谴责吸烟者不认真对待“香烟有害”的口号是很可笑的,因为所有的这些号召没有考虑到香烟需求者的个人特点。换句话说,号召是一回事,而香烟是另一回事。

Текст 11

1. Начальная школа обучает детей с 6 до 12 лет. Государственный план включает предметы, аналогичные плану российской начальной школы. Оканчивая шестой класс, юные японцы, освоив в совершенстве фонематическую азбуку, получают лишь базовые знания иероглифического письма. К концу занятий в начальной школе они «набирают» около 1 тысячи иероглифов (для сравнения: чтобы свободно читать газету, их надо знать не менее 1,8 тыс.). Веяние(思潮)времени: уроки экологии начинаются уже в начальной школе.

В среднюю школу первой ступени дети переходят после выпускных экзаменов в начальной школе. Здесь занятия рассчитаны на школьников 12-15 лет и продолжаются 3 года. В средней школе первой ступени уже есть предметы обязательные и факультативные (иностранный язык, технология, домоводство, дополнительные занятия музыкой, физкультурой, искусствами). «Багаж» иероглифов достигает уже 2 тысяч. На этом завершается обязательное образование. Дальнейшие ступени — для тех, кто может и хочет этого.

Средняя школа второй ступени для 15-18-летних, в ней учатся также 3 года, для поступления необходимо сдать вступительный экзамен. Как правило, барьер（障碍）преодолевают около 94% выпускников обязательной школы. Обучение платное, хотя и не очень обременительное（繁重的）для семейного бюджета. 2. Можно выбрать по желанию общеобразовательное или специализированное отделение. В первом, в свою очередь, есть потоки — для тех, кто подумывает о вузе, и для тех, кто хочет ограничиться средним образованием. Специализированные отделения характерны больше для провинции и села. В зависимости от местных условий они могут иметь свой профиль: технологический, сельского хозяйства, морского промысла, коммерческий, домоводства. Кроме того, есть（их сравнительно немного）школы вечерние и заочные.

Профтехобразование（职业技术教育）осуществляется школами нескольких типов. 3. Есть 5-летние технические колледжи с 20 специальностями инженерного профиля, большинство из них государственные, с большим вступительным конкурсом, доступной платой и трудоустройством после окончания. С 1976 г. действуют школы специальной подготовки, принадлежащие крупным фирмам и компаниям, а значит, их учащимся по окончании обеспечено трудоустройство.

Высшее образование выпускники полной средней школы могут получить в университетах и институтах. Учатся 4 года（на медицинских факультетах — 6 лет）. Это в основном заведения частные, и стоимость обучения в них весьма высока. С 1950 г. функционируют также краткосрочные вузы（частные и платные）, где на базе средней школы учатся 2-3 года. Для потенциального чиновника средней руки этого вполне достаточно. 4. Этот вид обучения предпочитают и многие девушки, свыше 90% студенток, — будущие квалифицированные домоправительницы, воспитатели детских садов и учителя начальных классов. Преподавателей же для старшей школы готовят пединституты и специальные факультеты университетов.

Желающие после окончания вуза поступают на 2-3-годичные курсы докторантуры, где при успешном исходе получают учёную степень.

5. Это основной контур системы образования в Японии, рассчитанный（если продвигаться без задержек）почти на четверть века, начиная с трёхлетнего возраста. Хотя японцы настойчиво ищут возможности внедрения в своей стране системы «Век живи — век учись».

参考答案：

1. 日本小学教授的是6～12岁的儿童，国家的课程计划与俄罗斯小学的计划相类似。六年级毕业的时候，小学生完全掌握了字母的发音，获得了日语书写的基本知识。

2.可以按志愿选择普通教育或专业化教育。同样,前者主要是打算读大学的人和只想读完中学的人;后者的特点适于外县和乡村。

3.有五年制的中等技术专科学校,设有20个工科专业,多数学校都是国立的,入学竞争激烈,费用低,毕业后可安置就业。

4.90%以上的女大学生更喜欢这种教育方式,她们是未来的业务熟练的女管家,是幼儿园的教育者,是小学的教师。师范学校和一些大学专门的系培养中学教师。

5.这是一个从3岁开始,持续差不多25年(如果不耽搁的话)的日本教育体系的基本轮廓。尽管日本人正执着地寻求在国内实行"活到老,学到老"体系的可能性。

Текст 12

1. Все объекты природы обладают свойством отражения объективной действительности. Общее свойство объектов — это отражение. В то же время более сложные объекты обладают более сложными формами отражения. Самой сложной формой отражения действительности объектами природы в настоящий момент развития природы является человеческое сознание.

Человеческое сознание как одна из форм отражения возникает в процессе усложнения (复杂化) связей объектов живой природы с миром, с предметами и объектами природы, в том числе и с другими живыми объектами. Так, если даже самые развитые животные изменяют природу лишь фактом своего существования и своей жизнедеятельностью, то человек воздействует на природу целенаправленно (有目的地). 2. В процессе труда постепенно возникло умение целенаправленного воздействия на природу. Именно в процессе труда человек научился создавать орудия труда, а вместе с этим и другие не существующие в природе предметы. Это умение является результатом развития форм отражения действительности живыми объектами.

В отличие от животных, человек умеет отражать мир обобщённо, то есть отражать не только конкретный предмет, но и свойства отдельно от предмета, абстрагировать свойства предметов от конкретных предметов. Человек может выделять среди этих свойств главные, существенные. Он делает это при помощи мозга, где и хранятся обобщённые образы предметов и их свойств. В мозгу обобщённые образы связаны, ассоциированы между собой. 3. Сами образы и их связи развиваются, так как развивается отражение мира человеком. В результате такого развития человек приобретает способность строить такие связи образов, которые он не встречал в отражаемых предметах. Мышление — это процесс возникновения и развития абстрактных образов объектов, свойств и отношений предметов и явлений объективного мира, в том числе и тех, которые человек не отражал непосредственно или не мог отражать непосредственно, а также развитие связей между данными образами в сознании человека. Результат процесса мышления — мысль. Если такое отражение является правильным, то есть соответствует объективным свойствам явлений, то человек может предвидеть явления будущего, ставить цели, строить планы, создавать новые объекты и т. д. 4. Знание — правильное отражение мира человеком. Но в отражении мира человеком могут быть и ошибки, так как мир бесконечен и человек познаёт его постепенно. Человек проверяет правильность своих знаний в процессе практики. И новые знания человек также получает в процессе практики.

Человеческое сознание и мышление, так же как и практическая деятельность, существуют как результат неразрывной связи людей между собой. Во-первых, труд как главное условие возникновения и существования сознания имеет коллективный характер. В процессе труда люди передают друг другу знания и опыт, то есть закреплённые результаты отражения мира человекам. 5. Для этого сформировался язык. Знания и опыт передаются как от одних людей к другим, так и от одного поколения и другому. При этом они развиваются, а вместе с этим развивается и сознание.

В результате всех этих процессов образовалось человечество как единство, как единая система — уникальное явление, которое обладает своими свойствами. Таким образом, сознание имеет социальный, общественный характер.

参考答案:

1. 自然界的所有物体都具有反映客观现实的属性,物体的共有属性就是反映。同时越复杂的物体拥有越复杂的反映形式。
2. 在劳动过程中人逐渐能够有目的地影响大自然。正是在劳动过程中,人学会了制造劳动工具,同时也学会了制造自然界中不存在的其他物体。
3. 形象本身以及形象之间的联系不断发展,这是因为人对世界的反映在不断发展。这种发展的结果就是能够建立那种在所反映的事物中未遇见的形象之间的联系。
4. 知识是人对世界的正确反映,但在人对世界的反映中也可能有错误,因为世界是无限的,人的认识却是逐渐的。人在实践过程中检验自己知识的正确性,并且人还在实践过程中获得新知识。
5. 为此形成了语言。知识和经验既可以从一些人传给另一些人,也可以由一代传给下一代。在这种条件下知识和经验得到不断发展,与此同时意识也在不断发展。

Текст 13

1. Режим дня — это продуманный и согласованный с нормами физиологии труда распорядок труда и отдыха. Правильный режим дня — это правильная организация и

наиболее целесообразное распределение во времени сна, питания, труда, отдыха, личной гигиены. Режим воспитывает организованность, целенаправленность действий, приучает к самодисциплине(自律).

Соблюдение чёткого распорядка дня — необходимое условие для плодотворной учёбы, разумного использования времени. Рекомендовать единый для всех студентов распорядок дня невозможно. Каждый должен составить его для себя с учётом своих возможностей, характера и формы учебных занятий, условий жизни. Однако есть требования, которые должны быть обязательно учтены. Режим дня должен включать в себя время на труд умственный и физический, а также на питание и отдых.

2. Физиологической нормой для занятий учебным трудом является 10-11 часов в сутки. Занятия в одно и то же время развивают у студентов чувство времени и умение работать в определённом режиме. Организованный труд в значительной степени снижает нервное напряжение, увеличивает производительность.

Очень важными являются вопросы отдыха и переключения интересов студента. Утомившись от одного вида умственного труда, например, чтения, человек может перейти к другому, например, к письму. В результате смены деятельности человек отдыхает.

3. Одним из важнейших моментов в реализации бюджета времени является необходимость точного и чёткого соблюдения распорядка дня. Можно рекомендовать примерный вариант распределения суточного времени студента. Учебные занятия планируются по 4-6 часов. Самостоятельной работе по выполнению домашних и других видов внеаудиторных занятий отводится 3,5-4 часа. На общественные поручения можно отвести 1,5 часа, питание, самообслуживание и переезды на транспорте — 3 часа, другие виды работы — 0, 5 часа, на сон 7-8 часов.

При составлении правильного, физиологически обоснованного режима дня следует прежде всего определить в нём время для самостоятельной учебной работы. Определив период самой продуктивной работы, важно затем распределить самостоятельную работу по фазам работоспособности. 4. В связи с этим будет наиболее целесообразным в качестве первых учебных предметов для самостоятельной подготовки выполнять задания средней трудности, затем — самые трудные, а под конец — самые лёгкие. Следует помнить, что самыми продуктивными днями недели являются среда и четверг. Воскресенье должно стать днём активного физического труда или отдыха.

Важное значение в повышении продуктивности учебного труда студента имеет и организация рабочего места. Так, на письменном столе должно лежать всё необходимое для работы, дополнительные материалы, справочная литература.

5. В научно обоснованном, рациональном распорядке дня заложены немалые возможности успешной учёбы, сохранения бодрости духа и тела, хорошего самочувствия. В сознательном использовании бюджета времени — серьёзный фактор волевого самовоспитания.

参考答案:

1. 作息制度这是经过深思熟虑并与劳动生理学的定额相一致的劳动和休息的日程安排。正确的作息制度就是正确组织和最合理地安排睡眠、饮食、劳动、休息以及整理个人卫生的时间。
2. 学习的生理定额是一昼夜10~11小时,同时学习可以培养大学生的时间感和按照一定制度工作的能力。
3. 实现时间安排的一个最重要因素就是必须准确遵守日程安排。可以推出一个大学生一昼夜时间安排的范例。
4. 因此,最初的自学课程最合理的安排是先完成中等难度的习题,然后是最难的,最后是最容易的。应当记住,星期三和星期四是一周中效率最高的日子。
5. 科学合理地安排作息时间就有可能顺利学习,并且保持旺盛的精力和体力以及良好的自我感觉。有意识地利用时间是自我意志修养的一个重要因素。

Текст 14

Уважительно относиться к знаниям и высоко ценить образование всегда было в традициях России. 1. Общественный статус специалиста-выпускника высшего учебного заведения во все времена был высоким, поскольку эта категория людей обычно отличалась не только глубокими профессиональными знаниями, но и прочной гуманитарной базой.

Эту традицию пытается сохранить современная высшая школа. 2. Однако кризис общества, возникший в результате смены государственно-политического и социально-экономического строя, затормозил развитие высшего образования. В течение нескольких лет наблюдалось снижение его ценности среди молодёжи. Если в 1987 году об учёбе в вузе мечтал 41 процент выпускников школ, то в 1992 году только 28 процентов. Многие предпочитали ринуться в бизнес, стараясь заработать, и не очень задумывались о будущем.

Однако страна должна развиваться. Научно-техническая, экономическая, социальная и политическая жизнь постоянно усложняется, и, чтобы быть готовым к изменениям, нужны специалисты высокой квалификации. Без высшего образования, не говоря уже о среднем, успеха добиться невозможно. Как говорят, настоящие деньги зарабатываются головой; умной, образованной головой. Молодёжь это почувствовала и поняла. Число мечтающих об учёбе в университете или институте уже в 1995 году составило 35 процентов и продолжают увеличиваться. Возрос конкурс при поступлении. Причём в региональные высшие учебные заведения он даже выше, чем в московские. Жизнь в провинции дешевле, да и местные вузы лучше знают потребности рынка труда. Значит, легче найти работу по специальности.

3. Что приводит молодёжь на студенческую скамью? В минувшие годы — стремление получить профессию, иметь возможность заниматься интересной, содержательной работой. Или — как случилось весьма часто — просто получить диплом об окончании высшего учебного заведения.

Сейчас, судя по социологическим опросам, — стать высокообразованным человеком (58 процентов), добиться успеха в жизни (54 процентов), сделать карьеру (37 процентов), получить определённый социальный статус (20 процентов). Занимавший ранее первое место мотив получения профессии переместился на второе место (41 процент), хотя им руководствуется достаточно большое число работы за рубежом. В ней заинтересованы 18 процентов поступающих в вузы.

Позитивный(正面的)момент: понимание необходимости качественного образования. 4. Иными словами, нынешний студент не хочет иметь диплом ради диплома. Ему нужны глубокие и прочные знания, которые обеспечат конкурентоспособность на рынке труда, путь к личному благосостоянию и одновременно станут вкладом в развитие страны. Однако когда дело доходит до получения работы, выпускники не отбрасывают такие факторы, как связи и поддержка влиятельных лиц.

Во имя чего намерены заниматься профессиональной деятельностью сегодняшние студенты? 5. В отличие от идеалов представителей старших поколений, учившихся в 60-80-е годы, когда советская мораль стремилась поставить государственные интересы выше потребностей человека, сейчас на первое место выступили мотивы зарплаты и стремления реализовать себя.

В следующем десятилетии творческая работа занимала в оценках довольно высокое место, но её оплату будущие специалисты начали ценить больше. 1993 год показал: удельный вес ориентированных на высокую зарплату возрос до 92 процентов. На вопрос Института социально-экономических проблем «Что такое подходящая работа?» ответы в своём большинстве подтвердили вывод о том, что требование хорошей оплаты остаётся ведущим.

参考答案:

1. 无论在任何时候高校毕业生的社会地位都是很高的,因为这一类人的特点通常是不仅具有深厚的职业知识,而且拥有坚实的人文科学基础。

2. 但是由于国家政治制度和社会经济制度的变化引起的社会危机阻碍了高等教育的发展。看得出,几年内高等教育的价值在青年人中已经降低了。

3. 是什么促使青年人去上大学?在过去的年代是希望得到好的职业,有机会从事感兴趣的、充实的工作。或者经常只是为了想得到大学毕业文凭。

4. 换句话说,现在的大学生不想为了得证而得证。他们需要深厚和牢固的知识,保障他们在劳动市场的竞争力,保障他们奔向个人幸福之路,同时为国家的发展做出贡献。

5. 与60~80年代的老一辈大学生的思想观念不同,那时苏联的道德观是国家的利益高于个人的需求,而现在最主要的是工资待遇和实现自我的渴望。

Текст 15

Театральное искусство насчитывает трёхтысячелетнюю историю, и за всё это время никто не покушался на существование сцены. 1. Театр развивался, приобретал новые формы, совершенствовался, рождал новые эстетические концепции(观念), занимал всё более и более значительное место в жизни общества. Ничто, оказалось, не предвещало беды. Но в 1895 году в Париже братья Люмьер показали удивлённым зрителям первый сеанс кинематографа. Фотография ожила, приобрела движение. 2. На основе технического изображения очень скоро стало рождаться новое великое искусство — кино. Оно со стремительностью пожара распространялось по миру, захватывая воображение всё новых и новых миллионов людей. Театр по сравнению с кино теперь казался старомодным, безнадёжно устаревшим зрелищем, неспособным приблизиться к кино, которое на первый взгляд обладало перед ним неоспоримыми преимуществами. Речь шла не только о доступности кино по сравнению с театром, речь шла о более серьёзном — о том, что кинематограф как искусство реальности и жизненного правдоподобия, рождает новую природу реализма, которой театру никогда не овладеть. Проходили годы, рос кинематограф, приобрёл сначала звук, потом цвет и даже объём. Раздавались всё новые и новые пророчества о близком конце театра, но театр не только не умирал, но даже приобрёл новых поклонников.

Родилось телевидение и вошло теперь в каждый дом. Казалось бы, теперь-то театру не выжить в неравной борьбе, ибо за телевидением — такие преимущества, которые не доступны сцене. 3. Не выходя из дома, не выпуская из рук стакана с чаем, можно посмотреть и фильм, и спектакль, побывать с клубом путешественников в недоступных местах планеты и узнать из программы «Время» самые важные новости.

Однако театр опять устоял и не только не сдал своих позиций, но даже как бы помолодел и приобрёл новые силы. Подойдите к любому из театров, и вы увидите толпу зрителей, собравшихся в надежде на «лишний билетик». Почитайте театральные рецензии и обзоры, и вы увидите, что критики отмечают необычайное тематическое разнообразие театра, его актуальность в постановке важных общественных проблем. 4. Обратите также внимание на то, что любимые вами артисты, искусством которых вы восхищаетесь в кино и в телевидении, в своём подавляющем большинстве(绝大多数)профессионально родились в театре и связей с ним порывать не хотят.

В чём тут дело, почему театр оказался таким стойким? Важно ответить на эти вопросы, чтобы понять эстетическую природу театрального искусства.

Отразить всё огромное многообразие реальной действительности не под силу ни одному виду искусства отдельно, а потому человечество изобрело различные виды художественного творчества. 5. Обработка камня родила скульптуру, строительство породило архитектуру, письменность привела к рождению литературы, ритуальные(仪式的)действа, обряды(典礼), рассчитанные на массовое воздействие на людей, дали музыку и театр.

参考答案:

1. 戏剧发展了,获得了新的形式,完善了,产生了新的审美观,在社会生活中占据了越来越重要的位置。
2. 在影像技术的基础上很快产生了新的伟大艺术——电影。它迅速遍及世界,吸引了越来越多的观众的兴趣。
3. 不用走出家门,不用放下手中的茶杯,就可以看电影,看戏剧,跟随旅行者俱乐部去地球上不能去的地方,从《时代》节目中了解最重要的新闻。
4. 还应注意:您对您喜爱的演员在电影和电视里的表演艺术大加赞赏,但他们绝大多数是戏剧演员,并不想中断与戏剧的联系。
5. 加工石头产生了雕塑,建筑产生了建筑学,文字产生了文学,大规模的仪式和典礼产生了音乐和戏剧。

Текст 16

В наше время стало очень распространённым явлением отвечать на вопросы анкеты, брать и давать интервью и вообще интересоваться мнением широкого круга людей по самым разным вопросам. Нередко эти вопросы касаются мнения людей о литературе, о прочитанных книгах, о писателях. 1. И вот среди наиболее любимых авторов, которых называют и молодые люди в возрасте(年龄) восемнадцати-двадцати лет, и люди среднего возраста — сорока-сорока пяти лет, и люди совсем пожилые, мы часто встречаем на первом месте одно дорогое нам имя — имя Александра Сергеевича Пушкина.

2. Он жил и писал в начале 19 века — казалось бы, так далеко от нас, от нашего

времени, но его поэзия(诗歌), его произведения оказались лучшими из того, что создано во всей богатой русской литературе.

3. То, что писал А. С. Пушкин — не просто талантливые литературные произведения. Эти произведения гениальны, их создал национальный русский гений, и наверное, поэтому каждый из нас открывает для себя всё новое и новое в его творчестве в разные периоды своей жизни, в разном возрасте.

Мы знакомимся с Пушкиным ещё в детстве, слушаем его сказки, учим его стихи и уже в детстве начинаем его любить. Но понимать по-настоящему и глубоко силу его гения, его мысли мы начинаем позднее, когда становимся старше. Александр Твардовский, известный советский поэт, сказал об этом так: «Если Пушкин приходит к нам с детства, то мы по-настоящему приходим к нему только с годами».

4. Прекрасный язык, глубокие мысли, любовь к свободе и к своему народу, блестящая форма его произведений, необыкновенная личность и судьба поэта и ещё многое и многое другое — это и есть для нас Пушкин. «Он входит в нашу жизнь в самом начале её и уже не покидает нас до конца». (А.Твардовский)

Если говорить об истории русской литературы, то творчество А. С. Пушкина — это целая эпоха. Это начало того реализма в русской литературе, без которого не было бы Гоголя и Достоевского, Блока и Маяковского.

«Многому я учусь у Пушкина, он мой отец, и у него надо многому учиться» — говорил великий русский писатель Лев Николаевич Толстой.

Каждый год в июне, в день рождения поэта, у нас в стране проводится Всесоюзный Пушкинский праздник поэзии. Это праздник действительно всенародной любви к поэту. В селе Михайловском около усадьбы, где жил поэт, на огромной поляне собираются тысячи и тысячи людей — любители поэзии, почти из всех советских республик, зарубежные гости. На этот праздник не присылают пригласительных билетов, его нет в календарях, но люди помнят о нём и ждут его.

5. А если вы 6 июня окажетесь в Москве около памятника Пушкину, то вы увидите, как подходят и подходят к нему люди, чтобы положить какой-нибудь цветок к памятнику поэту.

参考答案:

1. 无论是18～20岁的年轻人,40～45岁的中年人,还是上了年纪的人,在他们说出最喜爱的作家中,我们经常看到排在第一位的是一个我们感到十分亲切的名字——亚历山大·谢尔盖耶维奇·普希金。

2. 他生活和创作在19世纪初,仿佛,他离我们,离我们这个时代太远了,但他的诗歌,他的作品是丰富的俄罗斯文学作品中最好的。
3. 普希金的作品不只是完美的文学作品。这些作品是天才的创造,是俄罗斯民族天才的创作,大概,正是这个原因我们每个人在自己一生中的不同时期,在不同的年龄都会在他的创作中发现更新的东西。
4. 他的作品——优美的语言、深刻的思想、对自由和人民的热爱、华丽的形式,诗人的不平凡的个性与命运,还有许多许多其他的东西——对我们来说,这就是普希金。
5. 如果6月6日您在莫斯科普希金纪念碑附近,就会看到,人们不断涌向诗人的纪念碑献花。

Текст 17

Сейчас нередко можно услышать, что в наш век научно-технического прогресса изменилось отношение к чтению художественной литературы. Пожалуй, самыми распространёнными можно считать два мнения. 1. Первое, что художественная литература потеряла своё прежнее большое влияние на людей; что, хотя люди фактически читают гораздо больше, чем раньше, художественной литературы они стали читать гораздо меньше. Изменился и характер литературы, которую люди сейчас преимущественно читают. 2. Говорят, что если молодёжь в первую половину века, даже ещё в сороковых-пятидесятых годах читала главным образом серьёзную литературу — романы и повести великих английских, французских, русских и других писателей, то современная молодёжь далеко уже не в такой мере теперь читает классику. Говорят, что её увлекают в основном фантастические повести и детективная литература. Действительно, этих произведений пишется сейчас довольно много и, надо сказать, есть авторы, которые пишут эти вещи талантливо, и читаются эти произведения с интересом. Считают даже, что эти вещи в какой-то степени заменили роман, что их читают вместо романов, и это стало целым литературным явлением, которое нельзя игнорировать.

3. Второе, довольно распространённое мнение заключается в том, что большинство людей явно предпочитает не читать, а слушать, а ещё лучше — слушать и смотреть. Это относится и к людям образованным, которые привыкли с детства читать и любят книгу. Не секрет, что сейчас люди с гораздо большим интересом и энтузиазмом обсуждают многосерийный телевизионный фильм, чем только что опубликованную книгу. 4. Если предложить современному человеку посмотреть фильм или прочитать книгу на ту же тему, то он скорее выберет фильм — и интересней, и требует меньше времени, которого так мало у современного человека. Всё это, может быть, и так. Но нельзя не заметить и другой

стороны этого явления. Многосерийные телевизионные фильмы часто представляют собой экранизацию какого-то знаменитого литературного произведения, и хорошо сделанный телефильм очень часто вызывает интерес к самому роману, заставляет зрителей взять его в руки и прочитать впервые или перечитать ещё раз. 5. И нет сомнения в том, что прочитанные книги оказали гораздо большее влияние, чем телевизионные фильмы, даже и очень хорошие; что впечатление от пьесы или фильма по телевизору никогда не будет таким, как от хорошей книги. Наверное, поэтому настоящие произведения художественной литературы живут долго, многие годы и даже столетия.

参考答案:

1. 第一种观点是:文学书籍失去了原先对人们的巨大影响。尽管人们实际上读的书比过去多了许多,但是文学书籍人们却读得少而又少。
2. 据说,如果本世纪上半叶,甚至四五十年代的青年人还在主要读严肃文学——英国、法国、俄国和其他国家伟大作家的小说的话,那么当代青年读古典作品已远非如此。
3. 第二种相当普遍的观点是:大多数人更喜欢的不是读,而是听,最好是能听和看。这也包括从小就习惯读书、热爱读书的有文化的人。
4. 如果建议当代人看电影或是阅读同名小说,那么他们多半会选择电影——又有趣,花费时间又少,因为当代人的时间太少了。
5. 毫无疑问,读过的书比看过的电视片——甚至是很好看的电视片有更大的影响;从剧本或电视片中获得的印象从来不会像从一本好书里获得的印象那样深。

Текст 18

1. Мировое пространство с находящимися в нём небесными телами и наша Земля представляют собой единую вселенную, в которой происходят процессы, обусловленными законами природы.

Вопреки наивным религиозным представлениям о сотворении мира материалистическая наука утверждает, что вселенная бесконечна во времени и пространстве. Она не имеет ни начала, ни конца, она существует вечно. Бесконечность и вечность вселенной, неисчерпаемое многообразие форм существования материи, связанное с постепенными или внезапными переходами материи из одних состояний в другие, составляют основу правильного материалистического представления о вселенной.

С ростом мощности телескопов астрономы всё глубже и глубже проникают во вселенную и нигде не находят её конца. 2. Нельзя себе представить, что в каком-нибудь месте вселенная кончается; немедленно возникает вопрос: а что же находится за этим местом дальше? По таким же соображениям очевидно, что вселенная бесконечна и во времени.

3. Наша Земля входит, наряду с другими планетами, в состав солнечной системы, солнце находится в центре этой системы, и Земля обращается вокруг Солнца, делая полный оборот за один год. Одновременно Земля вращается вокруг своей оси(轴), делая полный оборот в течение одних суток. Благодаря обращению Земли вокруг Солнца и наклону земной оси происходит смена времён года, а благодаря вращению Земли — смена дня и ночи.

При обращении вокруг Солнца Земли движется со скоростью около 30 км в секунду, или более 100 тыс. км в час. Но мы не замечаем этого движения, потому что движется вся Земля в целом вместе с окружающей её атмосферой.

По нашим обычным представлениям, скорость этого движения весьма велика. Если мы вспомним, что диаметр Земли составляет 12757 км, то окажется, что Земля проходит величину своего диаметра в течение 7 минут. Если мы теперь сравним эту скорость со скоростями обычных окружающих нас предметов, учитывая их размеры, то скорость движения Земли никто не назовёт большой. Мы получим верное представление о движении Земли, если назовём его медленным и величественным.

Кроме нашей Земли, в состав солнечной системы входит 8 больших и много тысяч малых планет, которые так же обращаются вокруг Солнца, каждая в течение своего определённого времени. Все планеты, подобно Земле, возвращаются и вокруг осей.

4. Из этих больших планет одни больше Земли приблизительно раз в 10, другие меньше раза в 2. Первые четыре планеты покрыты твёрдой корой.

Другие планеты состоят почти целиком из газов, которые, вследствие очень низкой температуры, находятся в состоянии, близком к их сжижению. В число этих газов входят метан и аммиак. Эти газы то сжижаются в жидкость, то жидкость вскипает и опять превращается в газы, поэтому видимая нами поверхность этих планет представляет собой картину бурных и иногда очень быстрых изменений. В недрах этих планет должны существовать небольшие твёрдые ядра.

Малые планеты обращаются вокруг Солнца главным образом в пространстве между Марсом（火星）и Юпитером（木星）. Наибольшие из них имеют в своём поперечнике несколько сотен километров, и самые маленькие из известных нам всего около 1 километра. 5. Без сомнения, должно существовать огромное множество ещё более малых планеток. Планеты собственного света не имеют, а светят отражённым солнечным светом.

参考答案:

1. 世界空间及位于其中的天体和地球构成了统一的宇宙。宇宙中发生的过程受自然规律的制约。

2. 无法想象,宇宙的尽头会在什么地方,随之立刻就会产生一个问题:这个地方后面更远的地方是什么?根据这个设想很明显:宇宙在时间上也是无限的。

3. 地球和其他行星一起构成了太阳系。太阳是这个系统的中心,地球围绕太阳旋转,一年转一圈。同时,地球围绕地轴自转,一昼夜转一圈。

4. 这些大的行星中,有的行星比地球大10倍,有的只是它的1/2。头4个行星的外表是硬壳。

5. 毫无疑问,还应存在大量的小行星。这些行星本身不发光,它们反射太阳光。

Текст 19

Множество разнообразных предметов окружало человека с первых шагов его сознательной жизни. Десятки деревьев, сотни трав, тысячи камней разных форм и размеров привлекали его внимание. Изготовление орудий, добывание пищи, выделка одежды, постройка жилища — вся трудовая деятельность сталкивала первобытного человека с незнакомыми, странными, загадочными предметами. В этих столкновениях приобретались первые сведения об окружающем мире.

Очень рано появилась у первобытного человека необходимость считать предметы.

1. Задачи, возникавшие перед человеком в процессе трудовой деятельности, привели к необходимости не только считать, но и измерять предметы. Люди должны были научиться определять размеры пашен, лугов, жилищ. Поэтому вслед за арифметикой появились геометрия и алгебра. Постепенно математика развивалась и совершенствовалась. Уже четыре тысячи лет назад люди умели определять площади земельных участков любой формы, а затем математика дошла и до вычисления объёмов тел.

Математика — наука о числах, размерах, геометрических фигурах.

Различные природные вещества вовлекал человек в круг своей деятельности, всё более глубоко проникал он и в свойства этих природных веществ.

2. Практическая деятельность первобытного человека(原始人)постепенно накапливала первоначальные сведения о свойствах тел, что готовило почву для зарождения физики — науки, которая занимается систематическим изучением этих свойств.

Физика впервые нашла общие качества у далёких, внешне непохожих один на другой предметов.

Когда потребности развивающегося человеческого общества заставили науку интересоваться не только размерами и числом тел, но и их свойствами, появилась физика.

3. Когда же физика дошла до изучения превращений веществ и жизнь заставила

практически применять эти превращения, появилась наука о превращениях веществ — химия.

Первобытные люди в борьбе за существование научились добывать огонь и пользоваться им, изготовлять каменные оружия. Несколько тысячелетий тому назад уже появилось гончарное производство, а позднее люди стали получать металлы из руд. Так, за 3000 лет до новой эры китайцы, используя дерево и древесный уголь в качестве топлива, плавили и очищали металлы.

В период расцвета греческой культуры, около 600 — 100 гг. до н.э., появились первые химические теории. Аристотель предположил, что всё в мире состоит из четырёх элементов: земли, воздуха, огня и воды. Демокрит считал, что вся материя состоит из атомов. Однако развитие современной химии началось лишь через много столетий.

4. Главная задача химии — выяснение связи между строением молекулы и свойствами вещества. При этом под свойствами понимают не только цвет, запах, вкус и так далее, но и способность превращаться в другие вещества.

5. Химия имеет большое значение для понимания многих явлений, происходящих на Земле. Без развития химии естественные ресурсы остались бы неиспользованными. Строительство зданий, создание разнообразных машин были бы невозможны без металлов, выплавляемых из руд. Бумага, резина, бензин, автомобильное топливо и тысячи других веществ, окружающих нас в повседневной жизни — всё это создано химиками.

参考答案:

1. 人类在劳动过程中遇到的难题使他们不仅要学会数数,而且还要学会测量物体。
2. 原始人在实践活动中逐渐积累了有关物体特性的最初信息,这为物理学的产生奠定了基础。物理学是系统研究这些特性的科学。
3. 当物理学开始研究物质转化和生活迫使人们实际应用这些转化时,于是产生了有关物质转化的学科——化学。
4. 化学的主要任务是阐明分子结构和物质特性之间的联系。这时物质特性不仅是指颜色、气味、口味等等,而且还指转换成其他物质的能力。
5. 化学对于理解地球上发生的很多现象具有重大意义。没有化学的发展自然资源就不会被利用。

Текст 20

Если бы спросить всех школьников, какой предмет нравится им больше других, то вряд ли большинство из них назовёт математику. Обычно её скорее уважают, чем любят. У нас в стране научные знания пользуются большим почётом, но, конечно, и среди наших школьников есть такие, которые тяготятся изучением математики. 1. По-видимому, дело объясняется здесь не только тем, что её изучение многим нелегко даётся и требует упорства и труда, но также и тем, что некоторые вопросы школьной математики иногда кажутся недостаточно интересными и даже порой скучными. Однако азбука и грамматика какого-либо языка часто также не очень интересны, а между тем только через их изучение лежит путь ко всей литературе с её увлекательными сказками, рассказами, повестями, романами и стихами. Подобно этому, через те простейшие, азбучные положения математики, которые изучаются в школе, лежит столбовая дорога к современной математике — огромной, почти необозримой по своему богатству области человеческого знания, которая находит с каждым годом всё больше и больше применений.

2. Иногда приходится слышать мнение, что в математике в основном всё уже известно, что времена открытий в этой науке давно прошли, а теперь остаётся только изучать теоремы, названные именами учёных прошлых веков, и применять их к решению разных задач. Но в действительности это далеко не так. Даже более того, именно сейчас математика переживает период чрезвычайно бурного развития, несмотря на то, что родилась она много тысячелетий назад. 3. Новые математические открытия в наши дни делаются буквально ежедневно во всех частях света. Такое бурное развитие математики тесно связано с тем, что теория и практика выдвигают всё новые и новые задачи, которые математики должны решать. И вот, когда старых знаний не хватает, приходится изобретать новые пути, находить новые средства, создавать новые методы. Ныне математика применяется не только в астрономии, механике, физике, химии и технике, где она применялась и раньше, но также в биологии, некоторых отраслях общественных наук и даже в языкознании, особенно большое поле для её применения открылось в связи с созданием быстродействующих электронных вычислительных машин. Они предсказывают погоду, вычисляют орбиты искусственных спутников, переводят научные тексты с одного языка на другой.

Невозможно проследить здесь, хотя бы и бегло, успехи математики за последние столетия. 4. Можно сказать, что современная математика достигла такой степени развития и так богата содержанием, что одному человеку, даже самому учёному, нельзя охватить её всю и приходится специализироваться в какой-либо определённой её области.

5. Надо заметить, что современная математика состоит не только из «алгебры» и «геометрии», как школьный курс; сейчас насчитывается несколько десятков различных областей математики, каждая из которых имеет своё особое содержание, свои методы и области применения.

参考答案：

1. 看来，事情不仅仅是因为研究数学对许多人来说很难，它需要顽强的精神和不懈的努力，还因为中学数学中的某些问题有时不够有趣，甚至很是枯燥的。
2. 有时可以听到这样一种观点，认为数学基本上一切都解决了，在这门学科中做出发现的时代已经早就过去了，现在只能研究用前几个世纪科学家的名字命名的定理，并应用这些定理来解答各种习题。
3. 目前在世界各地新的数学发现简直每天都有，与数学的蓬勃发展紧密相关的是，理论和实践不断提出数学家应该解决的崭新课题。
4. 可以说，现代数学发展到如此程度，内容如此丰富，以至于一个人，甚至是科学家本人都无法掌握它全部的知识，而不得不在它的某个领域进行专门的研究。
5. 应当指出，现代数学并不像中学教程那样只由代数和几何构成。现在数学有几十个不同的领域，每一个领域都有自己独特的内容，有自己的研究方法和应用领域。

Текст 21

Физика!... Это слово хорошо знакомо каждому. Однако трудно определить в нескольких словах, что изучает физика. 1. Когда речь идёт о других науках о природе, это как будто проще. Вот, например, астрономия изучает различные небесные тела. Биология — это наука о живом мире. География изучает поверхность земли, геология — её недра, и т. д.

А физика?

Найти ответы на эти и многие другие вопросы — значит показать, каким общим законам природы подчиняется изучаемое нами явление.

2. Задача физики и состоит в том, чтобы находить общие физические законы. Без знания этих законов, без умения применять их для предсказывания ещё не открытых явлений человек не смог бы сделаться хозяином природы.

Основы физики как науки были впервые заложены в работах итальянского учёного 17 в. Галилео Галилея, которого можно назвать основоположником физики.

Галилей был первым мыслителем, который ясно понял, что закономерности поведения физических тел следует устанавливать путём изучения природы на основе опытов.

3. Опыт лежит в основе физики, но это не значит, что он — единственный способ познания физической истины. По мере накопления опытных фактов возникает потребность в их рассмотрении с единой, общей точки зрения.

Для огромного класса физических явлений общие законы природы уже в основном установлены.

Наряду с более или менее полно изученными областями, существуют разделы физики, в которых идёт интенсивная исследовательская работа, где ещё не ясны общие законы природы. Это относится прежде всего к молекулярной, атомной и ядерной физике.

Открытие новых физических явлений и законов оказывает большое влияние на жизнь человека. Это можно проиллюстрировать бесчисленным количеством примеров.

Возьмём, например, вопрос о влиянии атомной физики на современную технику. Исследование законов движения электронов в вакууме привело к созданию электронной лампы и телевизионной трубки. Изучение законов электропроводности привело к открытию замечательных свойств полупроводников.

4. В течение двадцати лет физики занимались изучением строения атомного ядра. При этом учёные считали, что эти исследования имеют только теоретический интерес и не могут привести к важным практическим результатам.

Однако перед второй мировой войной было открыто деление ядра урана, и началась эра овладения внутриядерной энергией.

5. В настоящее время с большим увлечением физики работают, в частности, над исследованием элементарных частиц и применением физики к вопросам биологии.

参考答案:

1. 谈论有关自然界的其他学科好像是更简单些。例如,天文学研究各种天体,生物学是关于生物界的科学,地理学研究地球表面,地质学研究地球内部等等。
2. 物理学的任务还在于寻找物理的普遍规律。不了解这些规律,不会应用这些规律来揭示还没有发现的现象,人类就不会成为大自然的主人。
3. 实验是物理学的基础,但这并不意味着它是认识物理真理的唯一方法。随着实验事实的积累就会需要统一、共同的观点对它们进行研究。
4. 20年来物理学家研究了原子核的结构。当时科学家们认为,这项研究只有理论意义,不会有重要的实践结果。
5. 现在物理学家正在兴致勃勃工作,他们工作的内容包括,研究基本粒子和应用物理学解决生物学问题。

Текст 22

1. В народном хозяйстве химии принадлежит ведущая роль. Нет ни одной отрасли народного хозяйства, где бы не использовались химические продукты или методы химической переработки.

Химия производит для народного хозяйства кислоты, щёлочи, соли. Эти вещества широко применяются в чёрной и цветной металлургии, нефтяной и топливной промышленности, в производстве удобрений и многих других областях техники и сельского хозяйства.

В современной технике для многих целей требуются особо чистые вещества, например, некоторые редкие металлы и их соединения. 2. Они применяются в производстве радио и телевизионной аппаратуры, точных измерительных приборов, в атомной технике. В изучении этих веществ, способов их получения и очистки активное участие принимает химия.

Особенное значение приобретает сейчас производство новых материалов. Современная техника требует материалов твёрдых и прочных, но в то же время лёгких, устойчивых против коррозии, способных выдерживать высокие и низкие температуры. При всех этих качествах они должны быть дешёвыми и доступными для производства. Таким требованиям не удовлетворяют ни металлы, ни древесина, ни камень.

3. Новые материалы дала нам химия. К ним относятся пластические массы (塑料). Сейчас нет ни одной отрасли народного хозяйства, где бы не применялись пластмассы.

Из пластмасс делают детали машин и станков, трубы, речные и морские суда, части самолётов, кузова автомобилей, мебель, посуду, обувь, предметы домашнего обихода. Эти вещества необходимы и для создания искусственных спутников Земли, ракет и космических кораблей. В технике они заменяют цветные металлы.

Из чего же можно получать эти удивительные материалы?

Сырьём для их производства служит каменный уголь, нефть, природный газ, поваренная соль, а также отходы древесины и сельскохозяйственного производства.

Огромно значение химии в сельском хозяйстве. Около 20 сортов различных минеральных удобрений производится на химических заводах для наших полей. Кроме того, химическая промышленность производит для сельского хозяйства средства борьбы с вредителями и болезнями растений, химические средства для уничтожения сорняков, вещества, ускоряющие рост растений. Химизация сельского хозяйства — важнейшее средство дальнейшего повышения урожайности.

Химия тесно связана со всеми отраслями промышленности. В топливной промышленности она помогает перерабатывать топливо: получать газ, бензин и другие виды горючих веществ из каменного угля и нефти; в металлургической — в основе процессов выплавки металлов лежат химические реакции. То же можно сказать и о других отраслях промышленности — пищевой, бумажной и т. д. 4. Химия активно способствует дальнейшему развитию всех областей народного хозяйства. Она соревнуется с природой и одерживает в этом соревновании решительную победу. 5. Искусственно полученные химические материалы лучше природных. Химики получили много таких веществ, которых в природе нет. К ним относятся пластмассы, волокна, многие лекарственные вещества и т. д.

参考答案:

1. 化学在国民经济中起着主导作用。在国民经济中没有一个领域不使用化学产品或化学加工的方法。
2. 它们被用于生产无线电、电视、精密测量仪器,被用于原子技术。化学积极参与研究这些物质,研究获取和净化它们的方法。
3. 化学给我们提供了新的材料,其中包括塑料。现在国民经济中,没有一个领域不使用塑料。
4. 化学积极促进国民经济各个领域的进一步发展。它与自然竞赛并在这场竞赛中取得决定性的胜利。
5. 人工获取的化学材料好于天然材料。化学家得到了许多大自然没有的物质。

Текст 23

1. Говорят, что современный человек появился на Земле 40 тысяч лет назад. Как это мало, если вспомнить, что сама жизнь на Земле появилась более 3 миллиардов лет назад. Но как много сумел создать человек за свою короткую историю!

Трудна и тяжела была жизнь человека в его первые «минуты». Вокруг — тёмные дикие леса, быстрые реки, страшные звери, молнии и ураганы.

Удивительно, как этот слабый человек смог победить в борьбе с холодом и голодом, не имея ни зубов волка, ни силы тигра, ни быстроты оленя, не имея даже тёплой «шубы». Как у медведя. 2. Да, человек был слаб, но природа дала ему разум, и был он не один, а вместе со своей семьёй, со своим народом. И этот слабый, но разумный человек научился добывать огонь — и ему стало тепло, сделал лук и стрелы — и стал сильнее, придумал колесо — и стал быстрее всех. И вот уже сами дикие звери сделались его друзьями и помощниками. Сначала мир вокруг человека казался ему бесконечным и огромным. Но вот он вышел из леса и увидел другие места и другие народы. Так началась история человечества.

Человек строит заводы и фабрики, придумывает тысячи машин, он уже летит к звездам. Человек может и умеет всё.

3. И всё время природа давала человеку — своему самому прекрасному сыну — всё, что

ему было нужно: и чистую воду, и воздух, и лес, и железо, и золото. И человек стал очень сильным, таким сильным, что назвал себя царем природы. Казалось, так будет всегда.

Но был человек царем не очень добрым и, как каждый царь, больше любил брать и совсем не умел отдавать. И что же получилось?

Сейчас, в конце 20 века, природа да и сама жизнь просят спасти её от человека, просят помочь ей. Всё меньше становится зелёных лесов, чистого воздуха, голубой воды. Природных богатств: каменного угля, железа, нефти осталось теперь на какое-то очень короткое время. В городе всё заняли автомобили, в небе — самолёты и ракеты, в море — танкеры с нефтью.

4. Но это ещё не самое страшное. Человек в своём желании быть сильнее сделал для себя столько оружия, что им можно в несколько секунд убить всё живое не Земле. «Быть или не быть?» — этот знаменитый вопрос шекспировского Гамлета стоит сейчас уже перед всем человечеством.

Неужели человек не найдёт выхода?

Должен найти! И наше время показывает, что новая история человечества уже начинается. Поднявшись в космос и увидев оттуда Землю, наконец, понял, что наша Земля — маленький голубой шарик, несущий жизнь в бесконечном холодном космосе. 5. Сейчас пришло такое время, когда каждый человек на Земле должен чувствовать ответственность за всё, что он делает. Только думая друг о друге, только все вместе люди спасут жизнь, смогут победить засуху и голод, полететь на другие планеты.

Люди Земли! Дайте друг другу руки, и тогда вы сможете вернуть красоту матери — природе и построить такой мир, о котором всегда мечтали лучшие сыны человечества.

参考答案:

1. 据说,现代人是在4万年前出现在地球上的。如果回忆一下,地球上的生命已有30多亿年了,那么4万年的时间就显得太短了。但是人类在自己短短的历史中创造了多少东西啊!
2. 是的,人很弱小,但是大自然赋予他智慧,而且他不是一个人,他是同自己的家庭在一起,同自己的人民在一起。
3. 一直以来大自然给了人类——自己最优秀的儿子所需要的一切:清洁的水、空气、森林、铁、金子。于是人类变得非常强大,强大到称自己为大自然的主宰。
4. 但这还不是最可怕的。在想变得更强大的愿望下人类为自己制造了很多武器,这些武器可以在几秒钟内杀死地球上的所有生物。

5. 现在已经到了地球上每个人都应该感到对自己所做的一切负责任的时候了。只有想到对方,只有人类一起拯救生命,人类才能够战胜干旱和饥饿,才能飞到其他星球。

Текст 24

1. Что бы я хотел пожелать молодёжи моей родины, посвятившей себя науке?

Прежде всего — последовательности. Об этом важнейшем условии плодотворной(有成效的) научной работы я никогда не могу говорить без волнения. Последовательность, последовательность и последовательность. С самого начала работы приучите себя к строгой последовательности в накоплении знаний.

2. Изучите азы науки, прежде чем пытаться взойти на её вершины. Никогда не беритесь за последующее, не усвоив предыдущего. Никогда не пытайтесь прикрыть недостатки своих знаний хотя бы самыми смелыми догадками и гипотезами.

Приучите себя к сдержанности и терпению. Научитесь делать чёрную работу в науке. Изучайте, сопоставляйте, накопляйте факты!

3. Но, изучая, экспериментируя, наблюдая, старайтесь не оставаться у поверхности фактов. Не превращайтесь в архивариусов(档案保管员)фактов. Пытайтесь проникнуть в тайну их возникновения. Настойчиво ищите законы, ими управляющие.

Второе — это скромность. Никогда не думайте, что вы уже всё знаете. И как бы высоко ни оценивали вас, всегда имейте мужество сказать себе: я невежда.

4. Не давайте гордыне(骄傲)овладеть вами. Из-за неё вы будете упорствовать там, где нужно согласиться, из-за неё вы откажетесь от полезного совета и дружеской помощи, из-за неё вы утратите меру объективности.

В том коллективе, которым мне приходится руководить, всё делает атмосфера. Мы все впряжены в одно общее дело, и каждый двигает его по мере своих сил и возможностей. У нас зачастую и не разберёшь, что «моё» и что «твоё». Но от этого наше общее дело только выигрывает.

Третье — это страсть. 5. Помните, что наука требует от человека всей его жизни. И если бы у вас было две жизни, то и их бы не хватило вам. Большого напряжения и великой страсти требует наука от человека.

Будьте страстны в вашей работе и в ваших исканиях!

Наша Родина открывает большие просторы перед учёными, и нужно отдать должное — науку щедро вводят в жизнь в нашей стране...До последней степени щедро!

Что ж говорить о положении молодого учёного у нас? Здесь ведь всё ясно и так. Ему много даётся, но с него многое спросится. И для молодёжи, как и для нас, вопрос чести —

оправдать те большие упования, которые возлагает на науку наша Родина.

参考答案:

1. 什么是我对献身科学的我们祖国青年们的希望呢?
   首先是循序渐进。我无论在任何时候都不能不心情激动地谈到成效卓著的科学工作所应具备的这种最重要的条件。
2. 你们在想要攀登到科学顶峰之前,应先通晓科学的基础知识。如未掌握前面的东西,就永远不要着手做后面的东西。永远不要企图掩饰自己知识上的缺陷,哪怕是用最大胆的推测和假设来掩饰。
3. 但是在研究、实验和观察的时候,要力求不停留在事实的表面上。切勿变成事实的保管人。要洞悉事实发生的底蕴。要坚持不懈地寻求那些支配事实的规律。
4. 切勿让骄傲支配了你们。由于骄傲,你们会在应该同意的场合固执起来,由于骄傲,你们会拒绝有益的劝告和友好的帮助,而且由于骄傲,你们会失掉了客观的标准。
5. 切记,科学是需要人的毕生精力的。假定你们能有两次生命,这对你们说来也还是不够的。科学是需要人的高度紧张和很大的热情的。

Текст 25

1. Вода — одно из самых удивительных веществ на Земле. Ей наша планета обязана возникновением и развитием жизни. Если Земля, по выражению К. Э. Циолковского — колыбель человечества, то колыбель жизни на Земле, безусловно, океан.

2. Наукой установлено, что именно в воде возникли первые живые существа на нашей планете. Это были маленькие одноклеточные(单细胞的) белковые комочки, плавающие по воле волн в океане. Они и стали началом, истоками жизни, от них идёт процесс биологической эволюции, приведший к появлению высокоорганизованных существ, в том числе и Человека Разумного.

3. Итак, на первых порах развитие животных и растений было связано только с океаном. Океан дал им жизнь. Океан вместе с тем подверг их суровым испытаниям.

Итак, жизнь возникла в воде. В доказательство того, что все мы обязаны своим существованием нашей всеобщей материи — воде, мы носим её в своих телах. Наша кровь, в которой растворено более тридцати разных минеральных веществ, по своему неорганическому составу настолько близка морской воде, что мы, пожалуй, не можем теперь больше называть последнюю просто водой.

Интересные данные приводит Реймон Фюрон в своей книге «Проблема воды на земном шаре». Он пишет, что взрослый человек на 65-70% состоит из воды.

Вода играет большую роль в развитии, росте и физиологических функциях живого организма. Как же она распределена в организме человека? Прежде всего вода входит в состав всех его органов и тканей: в сердце, лёгких, почках её около 80%, в костях — в среднем 30%, в зубной эмали — 0,3%. Много её и в биологических жидкостях организма — слюне, желудочном соке, моче — 95-99%, крови — 83%.

4. Вода играет исключительно важную роль в жизненных процессах не только как обязательная составная часть всех клеток и тканей(组织) тела, но и как среда, в которой протекают все химические превращения, связанные с жизнедеятельностью организма.

5. Вода играет ответственную роль и в регуляции(调节)температуры нашего тела. Значение воды столь велико, что исключение её организма может привести к смерти уже через несколько дней.

参考答案:

1. 水是地球上最令人惊奇的物质之一。地球上生命的出现和发展应归功于水。照 К.Э.齐奥尔科夫斯基的说法,如果地球是人类的摇篮,那么地球上生命的摇篮无疑就是海洋。
2. 科学证实,正是在水中出现了地球上最早的生命。这是漂浮在海洋上的体型微小的单细胞、蛋白质团状物。
3. 因此,最初动物和植物的生长只与海洋有关。海洋赋予它们生命,同时使它们经受了严峻的考验。
4. 水在生命过程中起到特别重要的作用,它不仅是作为所有细胞和机体组织的必要的组成部分,而且是与机体生命活动相关的所有化学变化的介质。
5. 水在调节我们的体温方面也起着极其重要的作用。水的意义非常重大,机体没有水几天就会死亡。

Текст 26

1. Последние два дня в Центре стратегических разработок шла активная дискуссия с участием представителей Министерства транспорта и Всемирного банка (ВБ) о перспективе государственно-частных партнёрств (ГЧП) в транспортном секторе. Как отметил во вступительном слове министр транспорта России Игорь Левитин, «государственно-частное партнёрство давно зарекомендовало себя во всём мире как эффективный и гибкий механизм привлечения частных инвестиций к финансированию общественно значимых капиталоёмких объектов». По словам министра, Россия делает только первые шаги в этом направлении. Развивать ГЧП особенно важно именно в транспортной отрасли, поскольку она «напрямую

влияет на эффективность и конкурентоспособность большинства хозяйствующих субъектов и создаёт базу для ускорения экономического роста».

2. Не секрет, что сейчас в России уровень финансирования транспортной инфраструктуры не отвечает макроэкономическим и социальным потребностям развития страны. «Сегодня объём инвестиций в инфраструктуру транспорта едва превышает 2% ВВП (国内生产总值), в то время как в большинстве других стран мира этот показатель составляет не менее 4%», — сказал Игорь Левитин. Мировой опыт показывает, что в условиях ограниченности бюджетных ресурсов одним из эффективных инструментов обеспечения финансовой базы транспортной инфраструктуры являются механизмы ГЧП. 3. Независимые экспертные оценки показывают, что потенциальная ёмкость рынка частных инвестиций в этой сфере оценивается на уровне 10-12 млрд. долл. в год. При этом, по оценкам Всемирного банка, которые озвучила на семинаре директор ВБ по России Кристалина Георгиева, общая потребность транспортного сектора в инвестициях составляет 20 млрд. долл. в год. По словам Игоря Левитина, Минтранс учёл исключительную важность диверсификации(多种经营) источников финансирования транспортной инфраструктуры и в связи с этим внёс необходимые коррективы(更正) в Транспортную стратегию и федеральную программу «Модернизация транспортной системы России». 4. Сейчас министерство готовит подробный список инфраструктурных проектов, в реализации которых будет участвовать частный капитал.

Приоритет при этом отдаётся развитию платных дорог, сказал советник министра транспорта Александр Носов. По его словам, это направление для России особенно актуально, поскольку 60% федеральных дорог не соответствуют нормативным требованиям. Особенно удручающая (令人苦恼的) ситуация сложилась в дорожном хозяйстве Санкт-Петербурга и Москвы. По данным Минтранса, в реконструкции нуждаются не менее 30% федеральных дорог и 15% мостовых сооружений. Александр Носов утверждает, что в результате опроса выяснилось, что 80% респондентов-автолюбителей готовы вносить умеренную плату за пользование качественными дорогами. Это значит, что платные автомагистрали в России имеют будущее. 5. В перспективе Минтранс готов привлекать к развитию этих объектов до 3 млрд. долл. частных инвестиций в год. Министерство уже определило несколько дорог, на которых будет задействована система финансирования ГЧП. В первую очередь это скоростная магистраль Москва—Санкт-Петербург протяжённостью 650 км. Предполагаемый объём инвестиций здесь составит 6,5 млрд. долл., а предполагаемый срок строительства — 4,5 года.

参考答案:

1. 最近两天在战略研究中心对交通运输领域国家与私人合作的前景进行了激烈的辩论,交通部和世界银行的代表参加了这次辩论。
2. 目前俄罗斯国内对交通基础设施的拨款状况不符合国家发展的微观经济和社会需求已经不是什么秘密了。
3. 独立的评估结果表明:据估计,在该领域私人投资的市场潜力每年可达到100至120亿美元。
4. 现在,交通部列出了私人资本可以参与建设的基础设施项目的详细清单。
5. 预计交通部准备每年吸纳30亿美元的私人资本参与建设这些项目。交通部已经确定了几条公路,它们将采用国家和私人合作投资的方式来修建。

Текст 27

Автомобиль не роскошь, а средство повышенной опасности. С момента своего появления автомобиль породил серьёзное недоверие у обывателей. Скорость, с которой передвигались первые самобеглые коляски, по нынешним меркам, конечно, не высока, но у современников вызывала если не ужас, то, по крайней мере, оторопь(惊慌). 1. Противники автомобилей заявляли, что организм человека не способен перенести движение с такой кошмарной быстротой.

Некоторое время все возражения пешеходной части населения носили характер ворчания (唠叨) классной дамы по поводу шалостей оболтусов-гимназистов, но после первых серьёзных аварий и гибели нескольких спортсменов-автомобилистов и ни в чём не повинных зрителей проблемой безопасности стали заниматься серьёзно, в том числе и на законодательном уровне. 2. Так, в Париже в 1903 году были введены жёсткие ограничения скорости (не более 12 км/ч), в том же году французы заставили всех владельцев автомобилей зарегистрировать свои машины в мэрии и повесить на них таблички с номером. Ограничили скорость движения и в других городах, в том числе в Петербурге и Москве. После нескольких несчастных случаев на автомобильных гонках во Франции запретили проведение соревнований в населённых пунктах. Кстати, запрет на устройство скоростных участков в населённых пунктах на соревнованиях по автомобильному ралли действует и сейчас.

3. За чуть более чем вековую историю автомобиля список опасностей, подстерегающих самих автомобилистов, их пассажиров и оставшихся за бортом пешеходов почти не изменился. Однако изменился, и существенно, подход к их оценке и способам преодоления.

Итак, попробуем разобраться в том, чем же опасен автомобиль. 4. Оставим проблему загрязнения воздуха выхлопными газами, речь сейчас не о них, а об автомобильных травмах. Начнём с того, что любая механическая травма, которую получает человек, связана с возникновением больших перегрузок, а они, в свою очередь — с большими ускорениями. Следовательно, чтобы снизить последствия аварии для человека, нужно лишить его возможности испытать эти ускорения, а значит, создать устройства, гасящие (или принимающие на себя) энергию движущегося автомобиля. 5. Устройства, способные снизить ускорения, возникающие при авариях, принято называть средствами пассивной безопасности. Одним из первых таких устройств стал обычный автомобильный бампер(保险杠). Долгое время его в обиходе называли буфером, по аналогии с упругими буферами железнодорожных вагонов. Главной задачей бампера была защита дорогого полированного кузова при столкновении с другой машиной, стеной или телегой. Однако быстро выяснилось, что если бампер вынести подальше от кузова, а крепление сделать не слишком жёстким, то энергия соударения тратится не на разрушение кузова и травмирование находящихся в нём пассажиров, а на деформацию и разрушение элементов бампера и его крепления.

参考答案:

1.对汽车持反对意见的人宣称,人体不能忍受汽车高速行驶带来的颠簸。

2.于是,1903 年巴黎执行了严格的限速规定(时速不超过 12 公里),同年法国要求所有的汽车拥有者到市政厅登记并在汽车上悬挂带号码的车牌。

3.在汽车一百多年的历史进程中,驾驶人员、乘客和路上的行人所遭受的各种危险基本没有改变,但是评价车祸的方法和避免车祸的手段发生了根本性变化。

4.我们暂且放下汽车尾气对空气的污染问题不谈,先谈谈汽车带来的外伤问题。

5.发生交通事故时能够降低加速度的装置通常称作消极的安全措施。

Текст 28

Сегодня трудно найти человека, который не слышал бы слово «атом». Наверняка слышали его и вы. 1. Ведь мы живём в атомный век, построены и работают атомные электростанции, плавают атомные корабли. Но было время, когда об атоме никто ничего не знал.

Демокрит (IV-V вв. до н. э.) был первым из тех, кто догадался о существовании атомов. Рассуждать он мог примерно так: мы можем разделить пополам кусочек мела, половинку ещё пополам, а четвертушку ещё пополам. Как долго можно дробить вещество?

Бесконечен ли этот процесс? 2. Учёный предположил: в конце концов получится настолько мелкая частица, что делить её дальше будет невозможно. Вот такую неделимую частицу Демокрит и назвал «атом» (от греч. atomos — неделимый).

Но в существование крошечных неделимых частиц, из которых состоят все предметы, людям поверить было очень трудно. Лишь спустя много веков, благодаря трудам учёных, включая М. В. Ломоносова, удалось доказать, что атомы существуют.

А в наше время созданы мощнейшие микроскопы, увеличивающие в сотни миллионов раз. С их помощью даже удалось получить фотографии некоторых атомов. Например, в 1990 году японские учёные сфотографировали атомы водорода и кислорода.

Ещё в 1910 году английский физик Эрнест Резерфорд предложил планетарную модель атома. Название родилось от внешнего сходства строения Солнечной системы и атома. 3. Упрощённая модель атома такова: в центре положительное массивное ядро, занимающее очень малый объём, а вокруг ядра движутся маленькие лёгкие отрицательные электроны. Ядро состоит из частиц двух типов — протонов, имеющих положительный заряд, и нейтронов, не имеющих заряда.

Самый простой из встречающихся в природе атом — это атом водорода. Он состоит из одного протона и вращающегося вокруг него электрона. Водород — наиболее распространённый элемент во Вселенной. Второй по сложности — атом гелия. В его ядре два протона и два нейтрона, а вокруг вращаются два электрона. Очень сложный атом урана: в его ядре 92 протона и более 100 нейтронов, вокруг ядра на разных орбитах движутся 92 электрона.

Сейчас уже известны и размеры атомов — примерно стомиллионная доля сантиметра (10-8 см). Ядро атома в десятки тысяч раз меньше самого атома.

Разница масс ядра и электронов, вращающихся вокруг него, тоже колоссальная. Вообразим, что масса электрона увеличилась до 1 грамма, тогда масса ядра атома водорода станет 2000 граммов.

4. В обычных условиях атомы не имеют заряда (они электрически нейтральны), и, хотя ядро положительно, а электроны вокруг него отрицательны, их заряды равны по величине.

По разным причинам атомы могут терять один или несколько электронов, тогда они становятся положительными и называются положительными ионами. Бывает и наоборот, атомы приобретают лишние электроны, становясь отрицательными ионами.

Из всего сказанного вы, наверное, поняли, что «неделимые» частицы Демокрита оказались очень сложными. Учёные до сих пор занимаются исследованиями атомов. Без этих исследований невозможно представить дальнейшее развитие науки и техники. 5. Если бы мы не знали строения и свойств атомов и частиц, из которых они состоят, у нас не только не было бы телевизоров и компьютеров, но и всего того, что связано с электричеством и атомной энергией.

参考答案:

1.要知道我们生活在原子时代,原子能电站已建成并投入生产,原子动力船在海上航行。可是过去任何人对原子都一无所知。

2.学者假设:最终将得到极微小的不可再分的粒子。德谟克利特把这种不可分的微粒称作"原子"(来自于希腊语,意思是"不可分")。

3.原子的简化模型是这样的:中心是很重的带正电的原子核,它占据很小的空间,原子核周围运动着轻巧的带负电的电子。

4.通常情况下,原子是不带电的(它们是中性的),虽然原子核带正电,而它的周围是负电子,但它们的电荷大小相同。

5.假如我们不了解原子及构成原子的粒子的结构和性质,我们不仅不会发明电视机和计算机,而且所有与电和原子能相关的产品都不会有。

Текст 29

1. Стресс с полным основанием считают одной из главных опасностей современной цивилизации с её бешеным темпом, огромным потоком информации, всё более и более сложными задачами, встающими перед человеком. В переводе с английского stress значит напряжение, давление, нажим. Теорию стресса разработал в 1930-е гг. канадский учёный Ганс Селье. Именно он впервые доказал, что стресс — это универсальная реакция организма на опасность. И неважно, идёт ли речь о физиологии (болезнь) или психологии (страх, горе, ссора). Сначала внешнее раздражение вызывает в организме чувство тревоги, в нём вырабатывается гормон(激素,荷尔蒙)тревоги и страха — адреналин(肾上腺素). 2. Весь организм, как по сигналу, приводится в состояние боевой готовности: чаще бьётся сердце, повышается давление, напрягаются мышцы. Организм готов начать борьбу, защитить себя или нападением предупредить новый удар. 3. С чувства тревоги, дискомфорта начинается любая болезнь. Но этот механизм действует безотказно всегда: накричал ли на вас учитель или вы получили двойку, поругались ли вы с другом или не успеваете подготовиться к контрольной... Опасность эмоционального стресса в том, что выход из него найти не так просто. А негативные эмоции, накапливаясь, создают в организме высокое содержание адреналина, который постоянно держит вас в состоянии тревоги и напряжения. Результатом

перманентного(连续不断的)стресса становится не просто испорченный характер. Здесь недалеко до болезней сердца и психических расстройств.

4. Может ли человек прожить без стресса? Пожалуй, нет. Более того, организму совершенно необходимы и умеренное напряжение, и способность к адаптации. Типичная стрессовая ситуация — экзамен, но мы же преодолеваем себя, и именно адреналин помогает мобилизовать силы организма и вспомнить в нужный момент всё прочитанное. Или возьмём, например, переезд в другой город: сначала действительно может появиться чувство тревоги и неуверенности, но механизм стресса довольно быстро позволит организму приспособиться к новым условиям. Стресс — это и любая другая эмоциональная встряска(强烈刺激): достаточно послушать, как учащенно бьётся сердце у спортсмена перед соревнованием или у актёра перед выходом на сцену. Таких стрессов нам не избежать.

5. Другое дело — стресс вредный, связанный с отрицательными эмоциями: провал на экзамене, проигрыш в соревновании. Снять напряжение после него помогут положительные эмоции: общение с друзьями, любимая музыка. Сжечь лишний адреналин в организме способны и физические упражнения: если под рукой нет дров, которые можно порубить, то выбейте ковёр на улице или ограничьтесь пробежкой по парку. Если же вам не удаётся самостоятельно справиться с постоянным стрессом, если состояние подавленности стало для вас обычным, если сама мысль о контрольной вгоняет вас в ужас и парализует разум, на помощь могут прийти безопасные биологические активные добавки на основе целебных трав.

参考答案:

1. 随着现代文明的快速发展,信息量不断加大,人类面临的任务日趋复杂,因此,完全有理由把应激反应看成是危及现代文明的一个主要症结。
2. 整个机体就像接到信号一样,马上就处于紧张的应战状态:心跳加速、血压升高、肌肉紧张。
3. 任何一种疾病都始于情绪紧张和身体不适。但是这种机制总是会不停地起作用:老师是否呵斥你或你考试得了两分,你是否和朋友吵架或没有做好考试的准备……
4. 没有应激反应人能否生活下去呢?也许是不能的。尤其是人体不仅非常需要适度的紧张,也需要对紧张的适应能力。
5. 另一方面,与不良情绪相关的应激反应是有害的,例如:考试失利、输了比赛。与朋友交流,听听喜欢的音乐,这样带来的良好的情绪有助于消除这种紧张。

Текст 30

Сила, с которой тело давит на опору, называется весом тела.

Вес, как любая иная сила, имеет точку приложения. Ваш вес приложен к стулу или полу.

А почему мы давим на опору? Ответ очевиден: потому что нас притягивает Земля.

Вес измеряется в ньютонах (Н), потому что вес — это сила. А сила измеряется в ньютонах. 1. Но вы вряд ли слышали фразу «вес взрослого человека 700 Н». Дело в том, что по давней традиции в быту принято вес измерять в килограммах (кг). «Да, — согласитесь вы. — Я знаю, что мой вес 40 кг, и первый раз слышу о том, что это 400 Н».

Вес не постоянная величина! Он меняется не только оттого, что мы худеем или полнеем. Он может стать другим даже в движущемся скоростном лифте. Когда вы входите в такой лифт и нажимаете кнопку 30-го этажа, лифт поднимается с увеличивающейся скоростью и ваш вес увеличивается, вас как бы прижимает к полу. 2. Где-то на 20-м этаже лифт начинает замедляться (иначе он проскочит нужный этаж). В это время ваш вес начинает уменьшаться, то есть вы уже меньше давите на пол лифта.

Рассмотрим другой пример: при старте космической ракеты космонавты испытывают большие перегрузки, у них увеличивается вес, потому, что ракета движется вверх со всё большей и большей скоростью.

3. Перегрузки (иногда доходящие до десятикратного увеличения веса) заканчиваются, когда корабль с космонавтами выходит на орбиту и начинает двигаться вокруг Земли. Тогда вес у космонавтов исчезает совсем. Наступает невесомость. Теперь космонавт не давит на опору и может свободно плавать внутри корабля.

4. А можно ли на Земле оказаться в невесомости? Конечно, но только на мгновение. Например, во время прыжка вы не давите на опору, и у вас нет в это время веса.

При прыжках на батуте(绷床)можно подольше ощущать себя невесомым и поучиться владеть своим телом в таком неестественном для нас состоянии. Поэтому первые космонавты уделяли много времени тренировкам на батуте.

Но когда исчезает вес человека (или любого другого тела), его масса остаётся прежней. Именно она измеряется в килограммах. Например, если масса космонавта на Земле была 75 кг, то и в космосе она будет такой же. На этом примере вы видите, что масса и вес — различные физические величины. Масса человека, оказавшегося на других небесных телах (на Луне или планетах), тоже останется прежней, а вес изменится (на Луне уменьшится, а на Юпитере увеличится). 5. Изменение веса связано с тем, что массы небесных тел различны. Масса Луны меньше массы Земли, а масса Юпитера во много раз больше земной, и поэтому у них разные силы притяжения.

参考答案：

1. 可是您未必听说过"某个成年人的体重为 700 牛顿"这样的说法。原因在于，按照以往的传统，日常生活中重量通常用千克计量。"是的，您会认同这样的说法。——我知道，我的体重是 40 千克，而且第一次听说这也是 400 牛顿。"
2. 在第 20 层时电梯开始减速（否则就会漏过要停靠的楼层），此时，您的体重也开始下降，就是说您对电梯地面的压力也变小了。
3. 当载有宇航员的飞船进入预定轨道开始绕地球旋转时，过载现象（有时过载重量达到 10 倍）就不再发生了。这时，宇航员的体重完全消失，出现失重状态。
4. 那么在地球上是否可以处于失重状态呢？当然可以，只不过是瞬间的失重。例如：跳跃时您不会对地面产生压力，此时您也就失去了重量。
5. 重量的改变与天体的质量大小不同有关。月球的质量比地球小，而木星的质量比地球大许多倍，因此它们的引力也就不同。

Текст 31

Смотровая площадка для любого уважающего себя города — это как памятник или музей: вроде можно и обойтись, но должно быть обязательно. 1. Поэтому в каждой столице найдётся не одно местечко, где жители и приезжие могут насладиться видом окрестностей с высоты птичьего полёта. Есть что посмотреть и в Москве. Вопрос — откуда?

Традиционно вереницы автобусов везут иностранцев на Воробьёвы горы. Была, правда, до недавнего времени ещё Останкинская телебашня. Но после пожара в августе 2000 г. здесь то шла реконструкция, то меняли оборудование. Вход для экскурсантов обещали открыть летом, затем осенью прошлого года. Но до сих пор на башню никого не пускают. 2. Ещё один адрес — гостиница «Украина». Здесь смотровая площадка появилась полгода назад. С высоты 120 метров можно разглядеть не только Белый дом, Кремль, «Лужники» и Третьяковку, но и, как уверяет главный инженер гостиницы Михаил Бирюков, всю Москву до окраин. Если, конечно, стоит погожий день и нет смога. Вход — 100 руб. Ну а рассмотреть Кремль получше можно с верхушки храма Христа Спасителя. Правда, высота здесь — лишь 40 метров. Подъём обойдётся в 90 руб. Итак, сколько получилось адресов? Только три. Смешно! В столице Франции, например, смотровых площадок больше десятка: Эйфелева башня, Триумфальная арка (凯旋门), собор Сакре-Кёр, башня Монпарнас, большая арка Дефанс и др.

3. Да, есть ещё две площадки в планах. Например, на 20-м этаже гостиницы «Ленинградская» должна появиться обзорная площадка, доступная для всех желающих. Как рассказал директор гостиницы Николай Боданов, работы начнутся примерно через год.

Площадок будет даже две. На первой — ресторан с обзором. А около десяти экскурсантов смогут вместиться под стеклянным куполом несколькими метрами выше. Напротив «Ленинградской» на проспекте Академика Сахарова возведут ещё одну башню гостиничного комплекса. За экскурсию под купол высотки, откуда можно полюбоваться Сокольниками, тремя вокзалами и промзоной, придётся выложить около 100 руб.

Но ведь в Москве уже понастроили так много высотных зданий! Но если в нежилой башне и есть наверху смотровые залы, то только для своих. Странный подход. На Западе любая архитектурная возвышенность может стать точкой обзора окрестностей. А у нас, что ли, до сих пор действует введённое в советское время табу на вид сверху? 4. Похоже, что сегодня только мэр может свободно смотреть на Москву с высоты птичьего полёта, облетая столицу на вертолёте.

Кстати, недавно прошла информация, что смотровая площадка появится на 80-метровой колокольне (钟楼) Иван Великий в Кремле. 5. Но как нам рассказали в государственном историко-культурном заповеднике «Московский Кремль», если туристов и будут пускать на колокольню, то не выше 1-2-го яруса. По высоте это лишь несколько метров. Дальше посетители пройти не смогут. Чтобы создать смотровую площадку, звонницу пришлось бы реконструировать, менять архитектуру. Но исторические памятники разрешено только реставрировать. Иначе, как заметил один из сотрудников музея, мы уподобимся наполеоновским французам. Они в своё время хотели взорвать колокольню.

参考答案：

1. 因此在每个首都都能找到不止一处景点使市民和来访者从高处鸟瞰城市美景，莫斯科也不例外。
2. 还有一个地方是乌克兰宾馆。这里的观景台是半年前才开放的。从120米的高空不仅可以欣赏到俄罗斯白宫(俄罗斯总理府)、克林姆林宫、卢日尼基体育馆和特列季亚科夫画廊，正如宾馆的总工程师米哈伊尔·比留科夫所说，还可以观赏到整个莫斯科及近郊的景色。
3. 还有两个观景台正在规划中。例如列宁格勒宾馆的20层将开放，供游客观景用。
4. 似乎，当今只有市长可以随时乘直升机自由地在空中俯瞰莫斯科。
5. 但是我们从国家历史文化保护区克林姆林宫获知，如果允许游客进入钟楼，也只能限于一层和二层。

Текст 32

Что такое обыкновенная вода? Пусть это вам не покажется странным, ребята, но пресная вода... тоже минерал с известной всем формулой H_2O. При плюсовой температуре он находится в жидком агрегатном состоянии, а при нуле градусов превращается в кристаллы льда (или кристаллические агрегаты, массу мелких кристалликов). 1. А вот морскую воду, вероятно, можно сравнить уже не с минералом, а с горной породой: в ней растворена и соль натрия, и окислы многих химических элементов — минералов, в том числе сотни тысяч тонн золота и других металлов. Сегодня использовать это «полезное ископаемое» мы ещё не можем: извлечение, к примеру, золота из морской воды очень и очень дорого и, как говорится, не рентабельно. Но уже сегодня кое-где в засушливых странах Ближнего Востока морскую воду используют: там работают опреснительные установки, превращающие её в дефицитную в тех краях воду питьевую.

Подземные воды. 2. Это понятие в геологии объединяет всю воду, которая находится в почвах, глубоких слоях земной коры и даже в горных породах. Причём эта вода может быть в любом состоянии — твёрдом, жидком или газообразном. Таким образом, ископаемый лёд вечной мерзлоты (вы знаете, что огромная часть поверхности нашей страны так промерзла во время оледенения, что до сих пор оттаять не может!) тоже относится к подземным водам. Но когда мы говорим о воде как полезном ископаемом, то обычно имеем в виду «воду как воду». 3. Эта подземная вода может быть пресной или минеральной. Под землёй иногда текут самые настоящие реки, плещутся огромные озера, запасов одного из которых хватит, чтобы напоить большой город. Пресная вода — настоящее полезное ископаемое. Даже словосочетание «месторождение вод» к большим подземным бассейнам вполне подходит. Многие предполагают, что напоить вдоволь, к примеру, Московскую область можно, используя воду нескольких подземных «морей», находящихся в окрестностях столицы.

4. Изучением, поиском и разведкой подземных вод занимаются специалисты-гидрогеологи. Для поисков и добычи этого столь необходимого людям полезного ископаемого бурятся скважины. Скважины, по которым вода поступает на поверхность земли самотёком (自流), под напором, называются артезианскими (по имени французской провинции Артуа, где это свойство подземных вод использовали ещё несколько сотен лет назад).

5. К особому виду подземных вод относятся воды минеральные, насыщенные полезными микроэлементами. Они могут быть и лечебными. Около больших месторождений минеральных вод построены курорты, возникли посёлки и целые города, в названии которых есть слово «вода». Это и знаменитые Карловы Вары в Чехии, и наши Минеральные Воды, Кисловодск, Железноводск и другие. Некоторые минеральные воды содержат так много полезных веществ (бром, йод, калий, литий и др.), что их можно

оттуда добывать, как из руды.

参考答案：

1. 或许，不能把海水与矿物相比较，而是把它与岩石相比较，海水不仅含有钠盐，还有许多种化学元素即矿物，其中包括数万吨的黄金和其他金属。
2. 在地质学中地下水包括分布在土壤中、深层地壳甚至岩石中的各种水体。并且这些水体可以是固态、液态或气态中的任何一种状态。
3. 地下水可能是淡水，也可能是矿化水。地下有时流淌着真正的河流，有时大湖发出潺潺声，其中一个湖泊的淡水就足够一座大城市饮用。
4. 水文地质专家从事地下水的研究、寻找和勘探工作。为了寻找和开采这种人类所必须的矿藏需要开凿水井。
5. 含有有益微量元素的矿泉水属于特殊的地下水，它们也可能具有治疗作用。

Текст 33

Гиппократ, отец медицины, называл воздух «пастбищем жизни». Без еды человек может прожить несколько недель, без воды — несколько дней, но дышать нам нужно всегда. 1. При недостатке воздуха через несколько минут наступает остановка дыхания и смерть. Можно, конечно, задержать дыхание (например, чтобы нырнуть), но не дольше, чем на 5-6 минут. При этом человеку требуется не меньше 2 м^3 воздуха на 1 час. Известно, как во время шторма в наглухо закрытом трюме (船舱) погибали моряки, даже если корабль оставался целым и невредимым.

Живительный кислород

Носителем жизни является кислород, который лёгкие извлекают из воздуха. 2. Поступая в кровь, кислород становится участником всех важнейших химических реакций, ни на минуту не прекращающихся в нашем организме. В результате мы обретаем энергию, необходимую для жизни и работы всех органов. Если, например, мозг недополучает кислород — из-за увеличенных миндалин(扁桃体)или просто потому что вы редко бываете на свежем воздухе — такое «кислородное голодание» грозит ухудшением памяти и общей слабостью. 3. Мозг вообще очень тесно связан с дыханием. Если вы увлечённо читаете книгу или сосредоточенно решаете задачу — дыхание будет глубоким и редким и участится лишь вместе с расслаблением мозга.

Умеешь ли ты правильно дышать?

Что за странный вопрос, удивишься ты, разве можно дышать «неправильно»? Можно. Правильное дыхание — глубокое, размеренное, спокойное, в нём задействованы и грудная клетка, и диафрагма(横膈膜), и дыхательные мышцы. Все они работают в полную силу и поставляют в организм максимальное количество кислорода. Лучше всего развито дыхание у певцов, трубачей, спортсменов. 4. У них и ёмкость лёгких больше, чем у нетренированных людей, в 2-5 раз, а значит, больше не только объём поступающего в них воздуха, но и кислорода. Они умеют управлять своим дыханием, правильно чередуя вдохи и выдохи во время нагрузки. Например, начинающий боксер наносит удар на задержке дыхания, а опытный — на выдохе, отработанном во время тренировок.

Сколько нам нужно кислорода

5. Наша потребность в кислороде меняется в зависимости от того, чем мы заняты. Во время сна человеку в час необходимо 15-20 л кислорода; если он проснётся, но будет лежать, эта цифра возрастёт до 20-25 л; во время ходьбы кислорода потребуется уже 30-40 л, а во время бега все 120-150 л! Меняется количество потребляемого нами кислорода и в течение дня. Когда вы стоите перед дверью в класс, ваш организм извлекает из воздуха 300 см^3 в минуту, но стоит войти и разложить учебники — кислорода понадобится уже на 40 см^3 больше, если же на уроке запланирована контрольная — потребление кислорода может увеличиться до 400-450 см^3. Вот почему так важно часто проветривать класс или комнату, в которой вы делаете уроки — чтобы на место выдыхаемого углекислого газа вместе со свежим воздухом в помещение проникла новая порция кислорода.

参考答案:

1. 如果缺乏空气,几分钟之后呼吸就会停止,窒息而死。当然,也可以屏住呼吸(比如潜水时),但是时间不能超过5~6分钟。
2. 氧气进入血液后,参与所有最重要的化学反应,这些反应在我们体内一刻也不能停止。
3. 总之,大脑与呼吸保持非常紧密的联系。如果您专注地阅读或聚精会神地解题时,您就会进行深呼吸,且频率稀疏,只有大脑放松时,呼吸频率才会加快。
4. 他们的肺活量比没有受过训练的人大1~4倍,就是说,不仅进入肺部的空气多,氧气也增多。
5. 我们对氧气需求的多少取决于我们从事的活动。人在睡觉时,每小时需要15~20升氧气;当您睡醒继续躺在床上时,这一数字增加到20~25升;行走时是30~40升;跑步时需要120~150升氧气。

Текст 34

Галилео Галилей — один из основателей современной физики и телескопической астрономии. На труды таких, как он, «гигантов» ссылался Ньютон.

1. Галилей родился в городе Пиза 15 февраля 1564 года в семье небогатого дворянина. Мальчик с детства был умным, любознательным и очень наблюдательным.

В 16 лет по настоянию отца он поступил в Пизанский университет на медицинский факультет. Но медицина не очень увлекала его, поэтому, оставив университет, он начал изучать математику и механику. С ранних лет у него проявились черты истинного естествоиспытателя.

В 18 лет Галилей уже делает своё первое открытие. 2. Наблюдая за качанием люстр в соборе, юноша обратил внимание на то, что продолжительность колебаний люстры не зависит от размаха колебаний. Обычных часов тогда ещё не было, и Галилей догадался воспользоваться своим пульсом, чтобы подтвердить наблюдение. Вывод оказался правильным. Впоследствии это открытие послужило основой изобретения маятниковых часов.

В двадцатилетнем возрасте, изучив творения Архимеда (III в. до н. э.), Галилей издаёт небольшое сочинение о сконструированных им гидростатических весах. Эта работа помогла ему стать в 25 лет профессором Пизанского университета.

3. Галилей был прекрасным экспериментатором и наглядно показал, что исследование физических явлений должно обязательно основываться на опыте, чтобы избежать ошибок. Это позволило ему опровергнуть многие бытовавшие на протяжении тысячелетий заблуждения.

До Галилея считалось, что тяжёлый и лёгкий предметы падают не одинаково быстро. Он решил проверить этот вывод экспериментально. 4. Сбросив со знаменитой наклонной башни чугунный и деревянный шары одинакового размера, убедился в том, что они упали почти одновременно, а небольшую разницу в скорости он правильно объяснил сопротивлением воздуха. Этот простой опыт Галилея явился началом экспериментальной науки. Повторяя его много раз, он доказал, что скорость падения тела не зависит от его массы, как думали ранее.

В 1592 году Галилей переезжает в Падую. Там он преподавал 18 лет, окружённый учениками и друзьями. Это были лучшие годы его жизни. Он сделал ряд открытий в области механики, акустики, оптики, которые прославили его. Особенно важными были исследования явления инерции.

Большое значение имеют работы Галилея в области астрономии. 5. Сам Галилей заинтересовался этой наукой после наблюдения редкого явления — вспышки сверхновой звезды в 1604 году, которую можно было видеть невооруженным глазом.

В 1609 году, используя идеи голландских мастеров, он построил зрительную трубу.

Она стала первым телескопом, потому что Галилей навёл её на небо и увидел то, что невозможно было видеть невооружённым глазом. С помощью этого простого оптического инструмента, который сейчас может построить каждый из вас, он открыл горы на Луне, пятна на Солнце, четыре спутника Юпитера (сейчас их известно уже несколько десятков!), близко подошёл к открытию колец Сатурна, наблюдал фазы Венеры и увидел обнаружил, что Млечный Путь — это скопление множества звёзд.

参考答案:

1. 1564年2月15日伽利略出生在比萨的一个太不富裕的贵族家庭。他从小就很聪明,好奇心强,并善于观察。
2. 在观察教堂里枝形吊灯摆动时,年轻的伽利略注意到,吊灯摆动的时间长短并不取决于摆幅。当时还没有普通的钟表,伽利略就想到用自己的脉搏来证实这一现象。
3. 伽利略是一位出色的实验者,他令人信服地证明,研究物理现象要避免出错,一定要以实验为基础。这使他推翻了几千年来存在的许多错误观点。
4. 从著名的比萨斜塔扔下大小相同的铁球和木球后,他证实,两球几乎同时落地,他用空气阻力正确地解释了它们在速度上存在的很小差异。
5. 1604年伽利略用肉眼观察到了一个罕见的现象——超新星耀斑,之后他就对天文学产生了兴趣。

Текст 35

В силу резкого изменения валютного курса выросла относительная конкурентоспособность российской экономики как на внутреннем, так и на внешних рынках, что позволило реализовать восстановительные процессы, в ходе которых были задействованы простаивающие(闲置的) производственные мощности. 1. Другим источником экономического роста, возникшим чуть позже, стало возрастание цен на основные экспортные товары (в первую очередь на мировом рынке нефти).

Приток в экономику доходов от внешнеэкономической деятельности и рост прибыли у организаций, предприятий и государства генерировали(振荡)в дальнейшем инвестиционный и потребительский спрос, таким образом, возникли внутренние источники роста. 2. Как результат — после замедления в 2002 г. российская экономика переживает период высоких темпов развития, происходит увеличение всех компонентов совокупного спроса. По оценке Министерства экономического развития и торговли РФ, за январь-ноябрь 2004 г. ВВП вырос к соответствующему периоду 2003 г. на 6,9%, а в целом за год увеличение составит 6,8-6,9%, ожидаемый рост инвестиций — свыше 11%.

3. Промышленный рост за январь-ноябрь 2004 г. составил 7% по сравнению с аналогичным периодом предыдущего года. Однако в последнее время темпы роста промышленности несколько замедлились. Среди основных причин — увеличение издержек производства, из-за чего отечественная продукция теряет свои конкурентные преимущества по сравнению с импортными товарами, уменьшение объёмов по сравнению с прошлым годом фактически произведённых госзакупок, снижение темпов роста кредитования экономики, возникшее в результате дестабилизации функционирования банковской системы в первой половине года.

Одной из особенностей экономического роста в 2004 г. является повышение конкурентоспособности российских производителей, что проявляется, в частности, в увеличении доли услуг в структуре конечного спроса и доли отраслей, производящих конечную продукцию в совокупном выпуске. Таким образом, произошло определённое повышение эффективности российской экономики, чему способствовал высокий рост инвестиций в предыдущие годы. Однако говорить о качественных изменениях эффективности пока преждевременно.

4. Исследования предыдущих лет показали, что только 10-12% предприятий можно считать инновационно-активными. Несмотря на укрепление рубля, конкуренция для многих предприятий не является стимулом к модернизации и повышению эффективности. Для того чтобы мотивация стала постоянной и затрагивала основную часть российских компаний, необходимы дальнейшие усилия по выравниванию конкурентных условий в экономике. Необходимо также общее улучшение инвестиционного климата, который, несмотря на позитивные сдвиги в последние годы (что нашло признание в оценках российских и зарубежных инвесторов), сохраняет недостатки, связанные с системными свойствами российской экономики, — провалы рынка в отдельных секторах, высокие трансакционные издержки и т. д.

В соответствии с прогнозом Минэкономразвития РФ, представленным в Правительство, в период 2007-2010 гг. темп роста российской экономики снизится до 6% и менее, что далеко от расчётных показателей, обеспечивающих удвоение ВВП (согласно материалам, внесённым на рассмотрение заседания Правительства РФ 22 декабря 2004 г.). 5. В этих условиях на первый план выходит необходимость принятия оперативных мер, способных качественно изменить ситуацию на макроэкономическом уровне. К числу общих мер вполне можно отнести и использование средств Стабилизационного фонда. Дискуссия по данному вопросу охватила широкую аудиторию, включая не только правительственных чиновников, но и видных экспертов, политиков и журналистов.

参考答案：

1.主要出口商品价格(首先是国际市场的石油价格)上涨是经济增长的另一个途径,这是晚些时候才表现出来的特征。

2.结果在2002年经济缓慢增长之后,俄罗斯经济正经历一个高速发展时期,各方面的总需求都在增长。

3.与上一年同期相比,2004年1月至11月工业增长达7%,但是最近增长速度又稍微放缓了。

4.对前几年的情况分析之后显示,只有10%~12%的企业能够积极创新。虽然卢布很稳定,可是对许多企业来说,竞争并不是促进现代化和提高效率的因素。

5.在这样的条件下首先必须采取有效措施,从根本上改变宏观经济状况。完全可以把利用稳定基金列入基本措施之中。

Текст 36

1. Добычa нефти в мире с 2000 г. по 2004 г. выросла на 7,1%, то есть её рост был ниже роста потребления нефти. В 2001-2002 гг. потребление нефти увеличивалось незначительно, и ОПЕК снижала добычу нефти для сохранения ценовой ситуации на рынке.

С 2003 г. добывающие страны фактически сняли ограничения на добычу и экспорт нефти для того, чтобы удовлетворить быстро растущий спрос на неё. Рост добычи нефти в России, Саудовской Аравии и ряде других стран был частично скомпенсирован падением добычи в Северном море, США, Венесуэле, Ираке и в Индонезии, которое было вызвано в первую очередь политическими, подчас военно-политическими и технологическими причинами.

2. Стабилизация политической обстановки в ряде стран ОПЕК позволит увеличить добычу примерно на 73 млн. т. в год. В какой-то мере это компенсирует падение добычи в США и других странах, где оно обусловлено технологическими причинами. Однако для удовлетворения растущего спроса на нефть на мировом рынке необходим рост экспорта нефти из других стран, в том числе и, может быть, в значительной степени из России.

С 2000 г. по 2004 г. Россия обеспечила самый высокий прирост добычи нефти в мире. Прирост добычи нефти в России был в три раза выше, чем у ОПЕК. В настоящее время Россия является одним из главных факторов стабилизации мирового рынка нефти.

3. Если вспомнить историю, то нетрудно заметить, что в 1987 г. Россия (без других республик СССР) добыла 571 млн. т. нефти. Это была самая высокая добыча нефти в одной

стране за всю историю нефтяной промышленности мира. За этим последовал период резкого сокращения добычи нефти, но этот период закончился несколько лет назад. Начиная с 1999-2000 гг. добыча нефти в России быстро растёт.

4. Благодаря высоким ценам на нефть на мировом рынке рост добычи превзошёл и тот прогноз, который заложен в «Энергетической стратегии России до 2020 года». И в этих новых конъюнктурных (行情的,市场情况) условиях прогноз роста добычи нефти в России может быть уточнён.

При средних ценах на российскую нефть на мировом рынке в диапазоне 25-35 долл. за баррель(桶) добыча нефти в России может достигнуть к 2020 г. 550-590 млн. т. в год, и в первую очередь за счёт ввода в разработку новых месторождений.

К настоящему моменту в России открыто и разведано более трёх тысяч месторождений углеводородного сырья, причём разрабатывается примерно половина из них. 5. В основном эти ресурсы расположены на суше, более половины российской нефтедобычи и более 90% добычи газа сосредоточены в районе Урала и Западной Сибири. Большинство месторождений этого района отличаются высокой степенью выработки, поэтому при сохранении его в качестве главной углеводородной базы необходимо развивать и альтернативные регионы добычи.

参考答案:

1. 2000年至2004年间世界石油开采量增加了7.1%,即它的增长低于石油需求的增长。在2001至2002年石油需求增长不大,为了保持国际市场的油价,石油输出国组织(ОПЕК)限制了石油的产量。
2. 由于大多数ОПЕК国家政局稳定,因此每年可提高产量的7300万吨。这在某种程度上补偿了美国和其他一些国家(由工艺原因决定的)石油产量的下降。
3. 如果回忆一下历史,那么不难发现,1987年俄罗斯(不包括其他的加盟共和国)开采了57100百万吨石油,这是整个世界石油工业历史上一个国家石油产量最高的一次。
4. 由于国际市场石油价格较高,产量增长超过了"2020年的俄罗斯能源战略"的预测。
5. 这些资源基本分布在陆地上,俄罗斯一半以上的石油和90%多的天然气都集中在乌拉尔和西西伯利亚地区。

Текст 37

Россия обладает одним из самых больших в мире потенциалов топливно-энергетических ресурсов. 1. На 13% территории Земли, в стране, где проживает менее 3% населения мира, сосредоточено около 13% всех мировых разведанных запасов нефти и 34% запасов природного газа.

Ежегодное производство первичных энергоресурсов в России составляет более 12% от общего мирового производства. Сегодня топливно-энергетический комплекс (ТЭК) является одним из важнейших, устойчиво работающих и динамично развивающихся производственных комплексов российской экономики. 2. На его долю приходится около четверти производства валового внутреннего продукта, трети объёма промышленного производства, около половины доходов федерального бюджета, экспорта и валютных поступлений страны.

Эти цифры подчас служат основанием для критики со стороны ряда российских и зарубежных экспертов, которые утверждают, что такая доля ТЭК свидетельствует о сильной зависимости российской экономики от добычи нефти и газа и о том, что наша страна превращается в сырьевой придаток мировой экономики.

3. Наличие обширных нефтегазовых ресурсов — это в первую очередь естественное преимущество, а не недостаток. Главное — уметь ими рационально распорядиться. В качестве примера достаточно просто сослаться на США, Великобританию и Норвегию, где при разумном использовании, как показывает опыт этих стран, нефтегазовая отрасль стимулирует экономическое развитие и способствует повышению благосостояния населения. Поэтому я считаю, что российский ТЭК — это «локомотив» (机车,火车头), а не «игла» для национальной экономики.

В связи с этим государственное регулирование ТЭК распадается на два блока задач. Первый — это обеспечение его стабильного развития на всех этапах — от изучения ресурсного потенциала углеводородного сырья до переработки и транспортировки. Второй — эффективное использование потенциала ТЭК для диверсифицированного развития российской экономики и социальной сферы.

Мировой рынок нефти

В следующем году заканчивается первая пятилетка XXI века. 4. За эти годы мировой рынок нефти сильно изменился, и это оказало влияние на всю мировую экономику. Спрос на нефть увеличивался каждый год, и цены росли. Для 2004 г. характерен рекордный рост потребления нефти, который стал одной из причин рекордного роста цен на нефть в текущем году.

В целом за пять лет начиная с 2000 г. потребление нефти в мире выросло на 7,5%. Лидером роста стал Азиатско-Тихоокеанский регион. Нефтяной рынок Европы и стран СНГ по темпам роста отстаёт и от рынка Азиатско-Тихоокеанского региона, и от рынка Северной Америки. Европа — наш главный рынок сбыта нефти, и необходимо реально оценивать возможность роста сбыта российской нефти на этом рынке. 5. В настоящее время более 70%

роста потребления нефти в мире обеспечивают развивающиеся страны. Среди них лидирует Китай, который за пять лет увеличил потребление нефти на 94 млн. т. в год и обеспечил 31% роста потребления нефти в мире.

参考答案：

1.(俄罗斯) 国土面积占全球的13%,居住着不到3%的人口,却蕴藏着世界已探明石油储量的13%和天然气储量的34%。

2.大约四分之一的国内生产总值、三分之一的工业生产、一半的联邦预算和国家出口创汇收入都由燃料动力综合体承担。

3.拥有丰富的油气资源这首先是自然优势,而不是缺点。主要的是要善于合理地支配这些资源。

4.这些年来国际石油市场发生了剧烈变化,对世界经济产生了很大影响。对石油的需要逐年增加,油价也在不断上涨。2004 年石油需求再创新高,这也是今年油价创纪录的一个主要原因。

5.现在世界石油要求增长的70%以上都供给了发展中国家。其中居首位的是中国,在五年内石油需求每年增加9400万吨,占世界石油需求增长的31%。

Текст 38

Кожа — не просто внешняя оболочка, а самый большой орган нашего тела, отвечающий за множество важнейших жизненных функций. 1. По коже можно судить о состоянии всего организма: у человека по-настоящему здорового и кожа сияет здоровьем, излучает энергию, у заболевшего — тусклая, с сероватым оттенком. Кожа «выдаёт» и все наши эмоции: мы краснеем от стыда, бледнеем от страха. На ней расположено большинство рецепторов(细胞的受体), которыми мы воспринимаем мир. Кожа позволяет проникать внутрь организма свету и целебным водам. Она же — один из главных органов системы выделения, через неё выводятся продукты деятельности желез(腺)(сальных 皮脂腺, потовых 汗腺).

2. Уже из-за своего специфического положения кожа чувствительна к внешнему воздействию, как никакой другой орган. Стоит воздуху стать сухим — и кожа тоже становится сухой и раздражительной. На холоде руки могут даже потрескаться.

Главная функция кожи — защитная. Загар, ожог и «гусиная кожа» — всё это разные проявления защиты. Кожа всегда реагирует на раздражение, но — по-разному. Под действием ультрафиолетовых лучей она темнеет из-за поступающего меланина(黑色素)(загар). При контакте с горячим предметом кожа сигнализирует нам об опасности при помощи волдырей(水泡)(ожог). Если после долгого сидения в воде в прохладный день выйти на берег, то пупырышки «гусиной кожи» спасут нас от переохлаждения.

3. Именно коже, вместе с нервной системой, обязаны мы поддержанием постоянной температуры тела. Кожа отвечает и за нормальную терморегуляцию — поддержание баланса между температурой внутри организма и снаружи. Через кожу выводится 3/4 тепла, вырабатываемого нашим организмом, а ведь на каждый килограмм тела приходится энергия в 4,2 Дж в час. Этого вполне хватит, чтобы довести до кипения 33 л воды — целых 3 ведра! 4. Не будь у кожи свойства проницаемости и способности к терморегуляции, мы просто сгорели бы. Лишнее тепло выделяется через сосуды кожи, способные вместить до 30% всей нашей крови. Именно поэтому над головой человека температура в среднем на 1-1,5 градуса выше температуры воздуха: выделяемое нами тепло создаёт своеобразный «капюшон»(风帽)вокруг головы, поднимаясь над ней на 30-40 см. Сосуды чутко реагируют на температуру окружающего воздуха: сужаются, когда вокруг холодно, и расширяются, если тепло. Подобным образом реагируют сосуды кожи и на изменение температуры внутри нас. 5. При нормальной температуре в 36 градусов сосуды расширены, при повышении температуры из-за идущего внутри инфекционного процесса сосуды сужаются — и нас «знобит». Нормальной терморегуляции способствуют и потовые железы, также расположенные в коже.

Кожа, наша верная защитница, сама требует постоянной защиты и ухода. Душ и утреннее умывание — с мылом или со специальным лосьоном и тоником — обязательный минимум. Так мы поможем коже освободиться от продуктов деятельности сальных желез, позволим ей лучше «дышать», откроем поры. Ежедневное очищение кожи спасёт её от бактерий, а это — одна из причин угрей и прыщей. Подсчитано, что во время мытья с поверхности кожи удаляется до 1,5 миллиарда микробов! Когда же коже понадобится увлажнение, она сама об этом «скажет». Если после водных процедур она сухая и стянутая — пора подумать об увлажняющем креме.

参考答案:

1. 根据皮肤可以判定整个机体的状况:一个真正健康的人皮肤有光泽,释放出能量。一个病人的肤色则是暗沉,呈浅灰色。
2. 皮肤由于其特殊的位置,比其他任何器官对外部影响都敏感。空气干燥,皮肤也受到刺激而变得干燥;天气寒冷时双手甚至会裂口。
3. 我们保持恒定的体温全靠皮肤和神经系统。皮肤负责调节正常体温—— 保持体内与体外间的温度平衡。

4.皮肤若是没有渗透性和调节温度的能力,我们就会发烧。多余的热量可以通过皮下血管散发出去,这些血管能装下全身30%的血液。

5.正常体温36度时,血管扩张;体内发生感染体温升高时,血管收缩,此时我们会浑身发冷。

Текст 39

Мозг — центр управления всеми функциями организма, всеми его органами и жизненно важными процессами, включая питание, дыхание, эмоции, самые разные реакции на внешний мир. 1. В этом мозг похож на мощный компьютер. Но по скорости обработки информации и её количеству с мозгом ни один компьютер не сравнится. Ведь мозг одновременно принимает сигналы от всех внутренних органов и органов чувств, воспринимающих окружающий мир. Анализ информации осуществляется мгновенно и одновременно, мгновенно поступают и команды, например, во время еды: усилить приток крови к желудку, отдёрнуть руку от горячей плиты, поднять телефонную трубку, проследить глазами за полётом голубя за окном, ответить маме, из скольких яиц жарить яичницу, почувствовать на языке соль, улыбнуться бабушке...

2. Кто же умнее: человек или компьютер? Вот уже несколько лет с переменным успехом Гарри Каспаров ведёт шахматные бои с суперсовременными и скоростными компьютерами. Но в том-то и дело, что компьютер настроен на решение только одной задачи или, по крайней мере, очень ограниченного круга типичных задач. Возможности же человеческого мозга практически неисчерпаемы, одновременно он решает десятки разных проблем, что позволяет нам жить, и — главное — способен мгновенно и нестандартно (!) реагировать на новые жизненные ситуации. Именно деятельность мозга обеспечивает мышление, память, речь, сознание — всё то, что выделяет человека из животного мира.

Вся история цивилизации (а это 5 тысяч лет!) дала миру всего около 400 человек, которых можно назвать «гениями». 3. Учёные не могут найти однозначного определения, что же такое гениальность. Оценки могут быть разными, но не они определяют уровень твоего таланта и способностей. Ты сам отвечаешь за его развитие, и только от тебя зависит будущее.

У тебя нет ярко выраженного таланта? А может, ты и не пытался его найти, не обращал внимание на то, что хорошо рисуешь или быстрее всех решаешь задачи? Поразмысли над этим. 4. Если же тебе трудно даётся школьная программа, ты засыпаешь на уроках, а мысль о предстоящей контрольной наполняет тебя ужасом, подумай, не нужны ли тебе дополнительные витамины, хорошо ли организован твой день и правильно ли устроено рабочее место. Человечество не испытывает недостатка в талантах, а большая часть заложенных в нас способностей открывается именно в детстве. Драгоценный дар, переданный нам по наследству — задатки — хранится в нашем организме. Но задатки и способности нуждаются в развитии так же, как мышцы в постоянной тренировке. Существуют и особые рецепты, помогающие повысить внимание, и методы улучшения памяти, и способы развития лингвистических способностей, и методики быстрого счёта. 5. А что нужно для того, чтобы в будущем стать по-настоящему выдающимся учёным, музыкантом, писателем, изобретателем, коммерсантом, наконец? Одной одарённости здесь явно недостаточно, нужны ещё трудолюбие, настойчивость, вера в себя, помощь родителей, педагогов, книг и — хорошее здоровье.

参考答案:

1. 这一点看来大脑像一台功能强大的计算机。但是任何一台计算机处理信息的速度和储存的信息量都无法与大脑相比。
2. 人与计算机谁更聪明呢?几年来卡利·卡斯帕罗夫与超现代化高速计算机进行了多场国际象棋大战,双方互有胜负。关键在于,计算机被调节成只能解决一个问题,或者说,至少能解决一些有限的典型问题。
3. 对于什么是天才这个问题,学者们还没有给出一个公认的定义。虽然评价是多方面的,但是这些评价并不能判定你的天赋与能力水平。只有你自己能把握住天赋,未来只取决于你自己。
4. 如果你很难学会学校大纲的课程,上课犯困,而且一想到测验你就心里发慌,那么就请你想一想,你是否需要补充维生素,日常作息安排得是否合理,学习地点是否得当。
5. 为了将来成为一名真正出色的科学家、音乐家、作家、发明家、商人,到底需要什么素质呢?只有天赋显然是不够的,还需要勤奋、执着、自信,父母、教育工作者和书籍的帮助以及健康的体魄。

Текст 40

Полвека назад никому и в голову не приходило, что зеркалам найдётся работа в космосе.

...1. Всё началось с запуска первого искусственного спутника Земли, произведённого в СССР в 1957 году. Сразу возникла проблема: где взять электричество для работы многочисленных приборов на космическом корабле при длительном полёте? Аккумуляторы тут не помогут: маломощны. Взять на борт много топлива тоже нельзя: от перегрузки корабль просто не взлетит. В конце концов учёные решили эту проблему: стали создавать солнечные батареи и конструировать особые, космические зеркала. Расчёты показали, что такие солнечные отражатели должны иметь огромные размеры и одновременно быть очень лёгкими. Обычные стеклянные зеркала здесь не годились: слишком малы и тяжелы.

Первыми осуществили задуманное российские специалисты из подмосковного научно-производственного объединения «Энергия». 2. По их проекту в 1993 году транспортный корабль «Прогресс» доставил на космическую орбитальную станцию «Мир» необычный груз: свёрнутую в рулон тончайшую (толщиной всего 5 микрон) плёнку с зеркальным блеском. Космонавты прикрепили её к «носу» транспортного корабля, который после этого отстыковался от станции. Плёнка стала разматываться и превратилась в огромное, диаметром 20 метров, круглое зеркало. Специальный моторчик крутил его: возникала центробежная(离心的)сила, которая сохраняла круглую форму плёночного зеркала терять в безвоздушном пространстве.

3. Четыре витка вокруг Земли совершило первое в мире космическое зеркало, отражая на нашу планету солнечные лучи. Это светящееся пятно видели тысячи людей во многих странах, принимая его за новую яркую звезду.

Успех воодушевил российских конструкторов. По одному из новых проектов предполагается освещать из космоса с помощью плёночных зеркал города и посёлки Крайнего Севера, где почти полгода длится полярная ночь. Тогда северянам не понадобятся фонари на улицах и прожектора (探照灯, 聚光灯) в угольных карьерах и на других открытых производствах, расходующие много дефицитной электроэнергии. 4. Правда, для освещения большого пространства потребуется расположить над Землёй много космических зеркал площадью в несколько волейбольных полей каждое. Создать такие гигантские отражатели вполне возможно уже сейчас. Были бы деньги.

Есть у изобретателей и другие космические проекты. Например, они мечтают «запрячь» солнечный ветер — поток энергии (в виде протонов и электронов), вырывающийся из верхних слоёв солнечной плазмы (等离子体) и устремляющийся в межпланетное пространство. Учёные хотят поставить на пути этого ветра космический «парус» — гигантский отражатель из серебристой полимерной плёнки. Солнечный ветер будет толкать парус вместе с космическим кораблем — подобно тому, как обычный ветер надувает парус обычной лодки.

30 лет назад в США разрабатывался подобный проект для полёта к комете Галлея. Он поражал своей грандиозностью. 5. Парус космического корабля должен был иметь в диаметре 11 километров! Из-за технических сложностей и огромной стоимости проект не был осуществлён, но идея солнечного паруса до сих пор остаётся очень заманчивой.

参考答案：

1. 这一切始于苏联 1957 年发射的第一颗人造地球卫星。马上就出现这样的问题：在宇宙飞船长时间的飞行过程中保证各种仪器运转的电能从何而来？
2. 根据专家的设计，1993 年"进步"号运送飞船向"和平"号空间站运送了一个不同寻常的货物：一卷能反射光线的薄膜(其厚度只有 5 微米)。
3. 世界上第一面太空镜绕地球运行四圈将阳光反射到地球上。许多国家成千上万的人看到了这一光点，他们把它误认为一颗明亮的新星。
4. 的确，为了照亮更大空间，需要在地球上空安置多个太空镜，每个面积要有几个篮球场那么大。假若资金充足，目前已经完全可以研制出这样的巨型反射镜。
5. 宇宙飞船帆板的直径应该是 11 千米！由于技术复杂和耗资巨大，这一方案还没付诸实施，但是太阳帆板这个构想至今仍然很吸引人。

Текст 41

1. «У Москвы много оснований и преимуществ для того, чтобы занять первое место среди городов-кандидатов на право стать столицей XXX Олимпийских игр в 2012 году», — заявил вице-мэр Москвы.

По словам председателя Заявочного комитета «Москва 2012» Валерия Шанцева, «мы соревнуемся с серьёзными конкурентами». Это Нью-Йорк, Лондон, Париж, Мадрид.

«Конечно, будут голосовать члены Международного Олимпийского Комитета, но мнение стран, спортсменов и общественности будет учитываться. Поэтому в ходе наших заграничных поездок мы стремимся убедить государственные структуры, спортивную общественность сделать выбор в пользу Москвы», — цитирует РИА «Новости».

«Глаза в глаза, безо всяких бумажных переписок мы говорим, спорим, аргументируем нашу заявку», — отметил Шанцев. 2. Отвечая на вопрос РИА «Новости» о том, какие конкретно преимущества есть у Москвы по сравнению с другими городами-кандидатами, вице-мэр сказал, что, во-первых, «мы единственные, кто предложил провести программу Олимпийский игр в черте одного города». Даже отборочный турнир(循环比赛)по футболу, который всегда очень сложен и проводится в нескольких городах, подчеркнул он. «Мы же предлагаем провести Олимпиаду в пределах кольцевой дороги», — сказал председатель Заявочного комитета «Москва 2012».

3. «Во-вторых, нам не нужно строить много новых спортивных объектов, так как уже сегодня мы имеем 65% современных спортивных объектов, необходимых для проведения Олимпиады. В этом, кстати, убедилась оценочная комиссия в ходе своего визита в

Москву», — сказал Шанцев.

Вице-мэр пообещал, что дополнительные объекты будут построены и сданы до 2010 года, то есть ещё до начала проведения Олимпиады. 4. «Таким образом, мы предоставим спортсменам возможность провести несколько циклов предолимпийских соревнований на наших реальных объектах. Это поможет им показать наиболее высокие результаты на Олимпийских играх — 2012», — заявил Шанцев.

Другим преимуществом Москвы является возможность компактного размещения команд. По словам Шанцева, для Олимпиады будет специально построена уникальная Олимпийская деревня в центре Москвы, на Карамышевской набережной. Это будет современный комфортабельный жилой массив. В Олимпийской деревне будет представлена вся инфраструктура современного города: рестораны, торговые центры, банки, театр, а также поля для разминок (活动).

«После Олимпиады всем этим смогут пользоваться жители нового микрорайона», — заверил вице-мэр. Он также сообщил, что квартиры будут проданы ещё до Олимпийских игр как инвестируемое строительство. 5. «Уже сегодня стоимость одного квадратного метра жилья составляет $ 5 тысяч. Но инвесторы охотно идут на такое строительство, потому что практика показывает, что такое жильё после проведения массовых мероприятий становится престижным, и его цена возрастает», — отметил Шанцев.

Вице-мэр подчеркнул также, что «инициатива Заявочного комитета нашла поддержку на самом высоком уровне». «Нас поддержал парламент и все политические партии, несмотря на все их разногласия», — сказал Шанцев.

参考答案：

1. 莫斯科副市长宣称："莫斯科有许多理由和优势在申办 2012 年第 30 届夏季奥运会的候选城市中胜出。
2. 在回答俄罗斯新闻社《消息报》记者提出的问题"俄罗斯与其他申办城市相比有什么具体优势"时，副市长说，莫斯科的优势首先在于，莫斯科是惟一的一座能在本市内举行奥运会所有项目比赛的城市。
3. 尚采夫说："其次，我们不需要新建很多体育设施，因为现在我们拥有 65% 现代化体育设施可供举办奥运会。顺便提一下，评估委员会在考察莫斯科时对这一方面给予了肯定。"
4. 尚采夫说："这样一来，我们将为运动员在奥运会前在这些场地进行几轮循环比赛提供了可能性。这有助于运动员在 2012 年奥运会比赛中取得最好成绩。"
5. 尚采夫指出："现在每平方米住宅价格为 5000 美元。但是投资者非常愿意为此投资，因为实践证明，这些房屋经过全面改造后将很抢手，价格也会随之上涨。

Текст 42

1. Производство в индустриальной эпохе отличалось резким разделением исполнителей, то есть одного из основных факторов производства — труда, на две группы.

Первая — это интеллектуальная элита: управленцы, менеджеры (经理), руководители, инженеры, которые, используя свой уровень подготовки и аналитические способности, разрабатывали новые продукты и технологические процессы, изучали рынок, выбирали клиентов и работали с ними, осуществляли руководство оперативной деятельностью в производственном процессе.

Вторую группу составляли исполнители, которые были заняты непосредственно в производстве и предоставлении услуг. Эта рабочая сила являлась основным фактором производства в структурах промышленной эпохи, причём использовались в большей степени физические усилия и навыки, нежели интеллектуальные способности этих людей. Они выполняли задания под прямым руководством и контролем первой группы, так называемых белых воротничков — инженеров и менеджеров. 2. Во второй половине XX столетия автоматизация производства, а следовательно, высокая производительность привели к сокращению рабочих, непосредственно занятых на производстве. Одновременно потребности рынка увеличили спрос на людей, выполняющих аналитические функции, — инженеров, маркетологов(市场营销学专家), менеджеров, администраторов.

3. В современных производственных структурах создалась ситуация, когда и простой рабочий, способный предложить, как улучшить качество, уменьшить затраты и сократить производственный цикл, приобретает большую ценность в глазах компании.

В сложившихся в настоящее время условиях производства каждый сотрудник должен вносить свой вклад в процесс создания стоимости, используя свои знания и имеющуюся информацию, поскольку для промышленных компаний информационной эпохи решающими факторами при достижении успеха стали управление, инвестирование в интеллектуальный капитал своих работников и эффективное использование этих вложений. 4. Стремясь выйти победителями в конкурентной борьбе, промышленные компании пытаются реорганизовать свою деятельность с помощью следующих разнообразных инициатив усовершенствования: управление качеством; ориентированность на потребителя; экономное производство — экономная компания; управление операционными затратами; делегирование (授权) полномочий работникам; внутренняя реконструкция бизнеса (перестройка).

Таким образом, в переходный период перед страной, её национальной экономикой, властью и бизнесом, структурами гражданского общества стоит сложная задача не только по формированию нового экономического механизма с учётом специфики страны, но и созданию принципиально иного подхода к труду, производственной психологии, которые должны находиться под воздействием конструктивного массового экономического сознания.

Без отработки эффективного механизма взаимодействия макро- и микроэкономических процессов в рамках национальной экономики невозможен стабильный экономический рост в стране, а без устойчивого и неуклонного экономического роста невозможно вхождение в мировое сообщество индустриально развитых стран, то есть взаимовыгодное участие в мировом разделении труда в условиях глобализации экономических процессов.

5. Разрабатывая и реализуя программу эффективного экономического роста, проблему сбалансированности макро и микроэкономических процессов следует рассматривать как одно из важнейших условий реализации такого рода программ.

参考答案：

1. 工业时期的生产特点是工人有严格的分工，也就是生产的一个基本要素——劳动分工，它有两种类型。
2. 所以20世纪下半叶，生产的自动化和劳动生产率的提高致使直接从事生产的劳动力人数减少。
3. 在现代的生产结构中出现这样的情形：一个普通工人能提出如何改善产品质量、降低消耗、缩短生产周期的建议，在公司看来他们是非常有价值的财富。
4. 为了在激烈的竞争中取胜，一些工业公司试图通过下列各种完善创举对公司的生产活动加以改造。
5. 在研究和实施经济有效增长规划时，应该把宏观经济和微观经济过程平衡问题看作是实现这一规划的一个最重要的条件。

Текст 43

Звук — это механическое явление. Звук может распространяться только в какой-нибудь среде, например в воздухе, воде, железе.

Распространяется звук в виде волн. От источника звука в среде возникают сгущения（低沉而洪亮）и разряжения.

Источник звука должен совершать не менее 20 колебаний в секунду（или, говорят, иметь частоту 20 герц, 20 Гц）, чтобы мы его услышали. Это очень низкий звук. 1. Чем больше частота колебаний источника, тем звук выше. Крылья пчёл совершают 200 колебаний в секунду, поэтому мы слышим высокий звук с частотой 200 Гц. Писк комара ещё более высокий, потому что комар машет крыльями с частотой 500 Гц. Существует верхний предел слышимости. Очень высокие звуки (свыше 20 000 Гц) мы не слышим, так как барабанная перепонка нашего уха не успевает двигаться с такой частотой.

Люди издают звуки благодаря голосовым связкам. Приложите руки к горлу, когда вы говорите, и почувствуете вибрацию.

Звуки бывают громкими и тихими. 2. Громкость, определяемая размахом колебаний источника звука, измеряется в децибелах (дБ). Единица громкости названа в честь изобретателя телефона А. Белла. Самый слабый звук, который мы слышим, — 10 дБ (с таким звуком падает с дерева лист). Если вы шепчёте, это 30 дБ, если кричите — 70 дБ, раскаты грома — 100 дБ. Шумы свыше 130 дБ вызывают болезненные ощущения в ушах и головокружение, потому что звуки в ушах преобразуются в нервные импульсы и по слуховому нерву передаются в мозг. Вот почему от громкой музыки на дискотеке может заболеть голова.

Благодаря тому, что у нас два уха, мы можем определить направление, откуда идёт звук.

3. Как уже говорилось, в разных средах скорость звука разная. Учение о звуке называется акустика (от греч. akustikos — слуховой). Иногда так называют и условия распространения звука в каком-либо помещении. Например, говорят: «В этом помещении хорошая акустика». Многие концертные залы славятся своей акустикой. В Москве хорошая акустика в Кремлёвском Дворце съездов, в Колонном зале Дома союзов, в Московской консерватории.

Кроме слышимых звуков есть звуки неслышимые. Если частота колебаний меньше 20 Гц, то это инфразвук. 4. Мы живём, можно сказать, в мире инфразвуков, потому что они возникают повсюду: при обдувании ветром зданий, деревьев, телеграфных столбов, при движении человека и животных. Иногда инфразвуки (с частотой около 7 Гц) вызывают усталость и тревогу.

Неслышимый звук с частотой свыше 20 000 Гц называется ультразвуком. 5. Летучие мыши, способные издавать ультразвуки, воспринимают их отражение от препятствий и благодаря этому определяют расстояние до предмета. Ультразвуковое «видение» свойственно также дельфинам.

Ультразвук применяется в медицине и технике. Врачи пользуются им для диагностики (诊断) заболеваний. А рабочие с помощью ультразвука режут и сваривают металл, обнаруживают невидимые трещины в металлических конструкциях.

参考答案:

1. 音源的振频越大,声音就越高。蜜蜂翅膀每秒振动 200 次,因此我们能听见频率为 200 赫兹的高音。蚊子嗡嗡声更高,因为蚊子扇动翅膀的频率为 500 赫兹。
2. 音源振幅决定响度,响度的测量单位是分贝。响度单位的定名是为了纪念电话发明者贝尔。
3. 常言说,声音在不同介质中的传播速度不同。关于声音的理论称作声学(来自于希腊语,意思为"听觉")。有时也把声音在某个房间里传播条件称作音响效果。
4. 可以说我们生活在次声波世界里,因为次声波随处都有,例如:风吹建筑物、树木、电线杆时;人和动物行走时;有时次声波(频率约为 7 赫兹)会引起疲劳和焦虑。
5. 蝙蝠能发出超声波,接收超声波遇到障碍物返回的回波,它们就靠这些判定与物体之间的距离。

Текст 44

1. В том, что отходы жизнедеятельности человека могут здорово навредить окружающей среде, сомнений нет. А что вы знаете об этих самых отходах и способах их переработки? Прежде всего, отходы делятся на твёрдые, жидкие и газообразные. Это, выражаясь по научному, их классификация по агрегатному состоянию(聚集态). А по происхождению отходы можно разделить на бытовые, промышленные, сельскохозяйственные, радиоактивные и т. д.

2. Больше всего хлопот доставляют людям радиоактивные и, как это ни странно, бытовые отходы. Почему именно бытовые, а не, скажем, промышленные? Да потому что человеческие поселения, в особенности крупные города, мегаполисы, «дарят» нам огромное количество отходов. Что с ними делать? Вы каждый день видите, как машины-мусоровозы забирают мусор из контейнеров возле дома и куда-то увозят. Его увозят на свалку, находящуюся, как правило, за городом, на специально выделенной для этого территории. Но, во-первых, сколько же можно уродовать свалками все новые и новые территории? Во-вторых, свалки имеют обыкновение самовоспламеняться, и тогда в атмосферу поступает большое количество загрязняющих веществ. А в-третьих, в бытовые отходы попадают очень опасные вещества.

3. Во многих странах большинство твёрдых отходов перерабатывается на специальных заводах. Чтобы помочь разделить мусор, жителям городов предлагается выбрасывать его в разные контейнеры — для пищевых отходов, бумаги, пластика и т. п. Такой порядок сейчас собираются завести и в некоторых российских городах. А ещё можно использовать тепло от сжигания мусора на особых установках: отличный способ для выработки

дополнительной электроэнергии и горячего пара, которым можно обогревать близлежащие дома. Выходит, из отходов можно извлекать доходы! А вот токсичные (ядовитые) отходы подлежат захоронению. В России к таким относится около 10% от всей массы твёрдых бытовых отходов.

Теперь о радиоактивных отходах. 4. Они образуются при работе атомных электростанций и ядерных реакторов, используемых в научных целях. Они тоже бывают твёрдыми, жидкими и газообразными. А также: короткоживущими (менее года), со средней продолжительностью жизни (от 1 года до 100 лет) и долгоживущими (больше 100 лет). Есть ещё несколько характеристик радиоактивных отходов.

Что с ними делают? В первую очередь их изолируют. 5. Изоляция радиоактивных отходов — захоронение отходов в специальных ёмкостях на большой глубине. Для этого используют старые шахты и штольни, скважины в твёрдых (скальных) породах и глубокие впадины морского дна. Есть и другие методы: цементирование, стеклование, битуминирование, сжигание в керамических печах... У всех методов имеются как сторонники, так и противники. В России в настоящее время действуют 15 полигонов, где завершается путь радиоактивных отходов.

参考答案:

1. 毫无疑问,人类生活中产生的垃圾会给周围环境带来极大危害。关于这些垃圾及其处理方法您又知道多少呢?首先,废物分为固态、液态和气态三种。
2. 放射性生活垃圾给人们制造了最大的麻烦,尽管听起来让人有些惊讶。为什么是生活垃圾,而不是工业垃圾呢?这是因为居民区,特别是大城市和超级大城市里,会产生大量生活垃圾。
3. 许多国家大多数的固态垃圾由专门的工厂处理。为帮助垃圾分类,建议城市居民把垃圾投入不同的垃圾箱——比如食物堆积箱、废纸箱、废塑料箱等等。
4. 放射性垃圾是用于科研目的的原子能电站和原子核反应堆工作时形成的,它们通常也分为固态、液态和气态三种。
5. 分离放射性废物主要采用在专门地区深层掩埋方法。为此,常常利用废弃的矿坑和坑道,开采岩石的矿井和海底的深谷。

Текст 45

Сколько раз в день надо есть? 1. Научно установлено, что лучше всего организм реагирует на 4-разовое питание, хуже всего — на один и шесть приёмов пищи в день. Это значит, что нормальный дневной рацион должен состоять из завтрака, обеда и ужина, а дополнить его может второй завтрак или полдник. А вот чем больше будет разрыв между ужином и завтраком — тем лучше ты выспишься, тем здоровее будешь.

Вопрос же, что надо есть, гораздо более сложный. Но давайте посмотрим, как питаются, например, спортсмены. 2. Главное требование к их рациону — поставлять нужное для тренировок и соревнований количество энергии. Поэтому предпочтение отдаётся белковой пище: мясу, рыбе, молоку. При нагрузках возрастает потребность именно в белке. Жирной пищи не должно быть много, но в растительных жирах, например, есть вещества, которые совершенно необходимы для марафонского бега и заплывов (水上一场比赛) на длинные дистанции. Обязательно в рационе спортсмена есть овощи и фрукты, хотя излишне отягощать организм клетчаткой не рекомендуется. Еда должна быть разнообразной и энергетически ценной. А вот гамбургера и жареной картошки в рационе спортсмена вы точно не найдёте. Нет в нём и конфет и пирожных. Зато есть разнообразные витамины и биологически активные добавки, помогающие переносить нагрузки и регулирующие обмен веществ.

3. Ты можешь возразить, что не каждый хочет быть чемпионом. Это правда, но правда и то, что правильное сбалансированное питание нужно каждому, независимо от его будущей или настоящей профессии и занятия. Правильный баланс питания составляет соотношение съедаемых нами белков, жиров и углеводов — строительного материала, из которого состоит пища и который является источником энергии. Съедая за завтраком яичницу и бутерброд с маслом и сыром, запивая его молоком и заедая бананом, мы получаем дозу белков (из яиц, молока, сыра), углеводов (банан, хлеб) и жиров (масло, сыр). Белки становятся основой для строительства клеток, углеводы снабжают организм энергией, жиры тоже поставляют энергию, например, в мозговые клетки. Но если жиров больше, чем надо, они могут откладываться в организме — про запас: природа оставляет их на случай внезапного голода. 4. Всего в сутки организму требуется: около 60 г белков, 107 г жиров, 400 г углеводов. Это значит, что в идеале белки должны составлять 12% суточного рациона, жиры — 30-35%, а углеводы — 50-60%. Главный источник белка — мясо, яйца, молоко и рыба. Жиры мы получаем в чистом виде — из сливочного и растительного масла и из тех же яиц, сыра, молочных продуктов, мяса. Углеводы поставляют нам хлеб, мёд, овощи, фрукты, ягоды, крупы. Кроме белков, жиров и углеводов, нашему организму для нормальной работы постоянно требуются витамины и микроэлементы, в том числе железо и фосфор. Национальные кухни и традиции в еде могут помочь тебе в поиске оптимального рациона. Веками народ накапливал знания о том, какие продукты и как влияют на организм человека. 5. В кухне южных народов, ведущих активный и подвижный образ жизни,

например, много овощей, фруктов, рыбы и морепродуктов. Посмотри, где больше всего долгожителей? На Кавказе. Кроме свежего горного воздуха, здоровье им помогает сохранять и национальная кухня, в которой много свежей зелени, молочных продуктов и овощей.

参考答案：

1. 科学的规定是一日四餐机体反应最好,而一日一餐或六餐机体的反应最差。这就是说,一天正常的饮食应该由早餐、午餐和晚餐组成,再加上一顿上午间餐或下午便餐。
2. 运动员饮食的基本要求是要保证训练和比赛所需要的能量,因此比较偏重蛋白质类的食物:肉、鱼、奶。运动量越大,蛋白质的需求也随之增加。
3. 你也许会有这样的异议:又不是每个人都想成为冠军。这倒是事实,可是每个人,不管他将来从事什么职业,什么活动,都需要正确平衡膳食,这也是真理。
4. 人的机体一昼夜需要约 60 克蛋白质,107 克脂肪,400 克碳水化合物。这就是说最理想的分配是蛋白质占 12%,脂肪占 30%~35%,而碳水化合物占 50%~60%。
5. 南方民族主要采取积极运动型的生活方式,他们的食谱中,比方说,蔬菜、水果、鱼类和海产品居多。试想一下,哪儿长寿者最多?在高加索地区。除了山区清新的空气之外,传统的菜肴中包括许多新鲜的绿色食品、奶制品、蔬菜,这有助于他们保持身体健康。

Текст 46

О том, что природные ресурсы — составляющая часть окружающей нас природной среды, мы с вами уже говорили.

1. Эти ресурсы могут использоваться человеком как предметы потребления (кислород воздуха, питьевая вода, употребляемые в пищу растения и животные и др.), как средства и предметы труда (древесина, водная поверхность, минералы и др.), как источники энергии (горючие ископаемые, гидроэнергия, энергия ветра и др.).

Все природные ресурсы важны для жизни людей и возможности существования человечества. Поэтому так важны вопросы о запасах природных ресурсов, об их взаимозаменяемости, исчерпаемости и неисчерпаемости. Многие десятилетия людей волнует вопрос о том, насколько хватит человечеству каменного угля, нефти и других важнейших полезных ископаемых. Среди исчерпаемых природных ресурсов выделяют возобновляемые (животный мир, растительность, почва) и невозобновляемые (полезные ископаемые).

2. Охрана невозобновляемых ресурсов состоит в их экономном, рациональном использовании. А для восстановления возобновляемых природных ресурсов требуются время и соответствующие условия. К примеру, для восстановления поголовья некоторых

животных нужно 3-4 года, для восстановления сгоревшего или вырублённого леса — 60-80 лет, а на восстановление почвы уходит несколько тысячелетий! Так что тратить «восстанавливаемые» ресурсы тоже нужно с умом!..

3. Между прочим, ребята, помочь сохранению и восстановлению некоторых природных ресурсов вы можете не хуже взрослых. Будьте осторожны в лесу с огнём; не убивайте бездумно даже «бесполезных» с вашей точки зрения животных — и мир отнесётся к вам по-доброму.

К неисчерпаемым природным ресурсам (воды Мирового океана, энергия ветра и приливов и др.) нужно подходить бережно. Количество их может остаться неизменным, а вот качество... К примеру, количество пресной воды на планете, вроде бы, остаётся неизменным, но вот запасы воды, пригодной для питья, постоянно уменьшаются. Об этом тоже нужно помнить и беречь даже обычную водопроводную воду.

4. Одной из самых важных проблем, связанных с рациональным использованием недр и охраной Природы, является комплексное использование минерального сырья. Сюда же относится проблема утилизации отходов горного производства. И ещё очень важно стараться соблюдать принцип наиболее полного извлечения из недр как основных, так и попутных полезных ископаемых. Попутные полезные ископаемые содержатся в руде в небольших количествах, и ради них мы не будем строить специальное горнодобывающее предприятие. Но, добывая, к примеру, никелевые руды, мы попутно извлекаем из них платину, а разрабатывая некоторые месторождения олова (锡)— тантал (钽), ниобий (铌). 5. Обеспечить рациональное использование природных ресурсов и охрану окружающей среды помогают «Экономические рычаги» — лицензии, договора и лимиты. Лицензия (разрешение) — документ, удостоверяющий право его владельца на использование (в течение определённого времени) природного ресурса (земель, воды, недр и т.п.). Такие лицензии могут иметь экономический (хозяйственный) характер и характер экологический (разрешение на выбросы в атмосферу, сброс использованных вод, захоронение вреднх веществ и др.).

参考答案：

1. 人类把这些资源当作消费品(如氧气、饮用水、作为食物的动植物等等)来使用,当作劳动资料和劳动对象(如木材、水面、矿物等等),当作能源(如燃料、水能、风能等等)。
2. 保护不可再生资源的方法是经济合理地使用它们,而可再生自然资源需要时间和相应的条件才可以再生。
3. 同学们,顺便说一句,在帮助保护和恢复某些自然资源方面,你们也许不比成年人差。

在森林里用火要小心;不要轻率地猎杀那些甚至是你们认为“有害”的动物,这样世界将会善待你们大家。

4.与合理利用地下资源和保护大自然相关的一个最重要的问题就是综合利用矿物原料。采矿业的废物利用问题也包括在内。

5.“经济杠杆”——许可证、条约和实行限额——有助于保障合理利用自然资源和保护周围环境。

Текст 47

В 1896 году французский учёный Анри Беккерель сделал очень важное открытие. Он заметил, что вещества, содержащие уран, испускают невидимые глазом лучи. Эти лучи обнаруживали себя по засвечиванию(曝光)фотоплёнки. Беккерель клал на фотопластинку минерал, обёртывал всё это чёрной бумагой, для того чтобы пластинка не засветилась от солнечного света, и оставлял в темноте на несколько часов. Затем проявлял фотопластинку, и на ней отчётливо было видно изображение минерала.

1. В результате множества экспериментов он выяснил, что способность урана испускать лучи не ослабевала месяцами, более того, было неважно, проводились опыты с чистым ураном или его соединениями.

В конце 1897 года в изучение нового явления включаются учёные Мария Склодовская-Кюри (1867-1934) и её муж Пьер Кюри (1859-1906).

2. Они поставили перед собой две задачи: изучить более подробно свойства невидимых лучей и выяснить, нет ли других веществ, которые тоже испускают подобные лучи.

У учёных не было чистого урана и денег, чтобы его купить. Они приобрели несколько тонн урановой смолки и с огромным трудом, как потом стало ясно рискуя жизнью, выделили из неё чистый уран — всего несколько граммов. Но попутно было открыто новое вещество, обладающее такими же свойствами. Это вещество назвали «полоний» в честь родины Марии Склодовской-Кюри — Польши. Активность полония оказалась в 400 раз больше, чем у урана. 3. Потом был открыт элемент с активностью в 900 раз больше, чем активность урана. Элемент назвали радий (то есть лучистый). Само же явление самопроизвольного излучения супруги Кюри назвали радиоактивностью.

Впоследствии было установлено, что все химические элементы, у которых в ядре больше 83 протонов, являются радиоактивными.

Ядра этих элементов сами по себе превращаются в ядра других элементов, при этом выделяется энергия. Уран, например, может превратиться в свинец(铅).

4. Все радиоактивные излучения способны проникать даже через непрозрачные предметы

и вызывать изменения в живых клетках. Раньше о губительном действии радиоактивности не знали. Мария Склодовская-Кюри в результате длительной работы с радиоактивными веществами тяжело заболела. Дневники этой замечательной женщины, которой дважды присуждалась Нобелевская премия, хранятся во Франции в Институте радия. Они до сих пор радиоактивны. Потом выяснили, что небольшие дозы облучения помогают лечить больных раком.

5. Открытие радиоактивности привело к появлению атомной энергетики. На атомных электростанциях используется энергия, выделяемая при распаде урана. Но, к сожалению, атомная энергия служит не только мирным целям. Были созданы атомные бомбы. В 1945 году США сбросили две атомные бомбы на японские города Хиросиму(广岛)и Нагасаки(长奇). В одно мгновение погибли десятки тысяч невинных людей, а многие до сих пор умирают от лучевой болезни. Вот почему усилия борцов за мир направлены на то, чтобы созданные в разных странах атомные бомбы, больше никогда не применялись.

参考答案:

1.通过大量的实验,他揭示了铀释放射线的能力数月内都不会减弱,并且用纯铀还是铀化合物进行实验都无关紧要。

2.居里夫妇给自己提出两大课题:仔细研究不可见射线的特性和揭示是否有其他物质也能释放出同样的射线。

3.后来发现一种活性比铀高900倍的元素,这种元素叫镭(意为放射性)。居里夫妇把镭的这种自发辐射现象称作放射性。

4.所有放射性辐射都能穿透甚至是不透明的物体并引起生物细胞的变化。以前人们对放射性这一致命的作用并不了解。由于长期从事放射性物质的研究,马丽娅·居里就患上了重病。

5.放射性的发现导致原子动力的出现。原子能电站利用的是铀分裂释放出的能量,但遗憾的是原子能并不仅用于和平目的。

Текст 48

Что такое круговорот веществ в Природе, вы, ребята, знаете. В естественных условиях и вещество, и энергия расходуются экономно. А отходы жизнедеятельности одних организмов используются для поддержания жизни других. 1. Самый известный случай — вода, которая, пройдя сотни километров по руслам ручьёв и рек, послужив верой и правдой многим живым существам, возвращается в океан, испаряется и снова начинает свой кругооборот...

2. А вот с тем кругооборотом природных веществ, в который включился человек, дело обстоит сложнее. Прежде всего, настоящим круговоротом его и называть нельзя, так как «круг» чаще всего... разорван. Даже очистные сооружения не позволяют нам вернуть Природе всю воду, которую мы у неё взяли. Вот почему так важно внедрение безотходных и малоотходных производственных технологий. Правда, создание абсолютно безотходных технологий невозможно — это противоречит законам физики (второму началу термодинамики, которое вы будете изучать в школе). Поэтому правильнее говорить о малоотходных технологиях. Это такой способ производства, который обеспечивает эффективное (максимально возможное) использование сырья и энергии, с неизбежным минимумом отходов и потерь.

3. Очень важно научиться использовать материальные ресурсы (например, воду) повторно, что позволит не только удешевить производство (за все материалы, воду, электроэнергию — надо платить), но и даст возможность уменьшить количество безвозвратно отправляемого на свалку. Многое в этой области людям удаётся: совершенствуются системы очистки сточных вод (污水) и производственных выбросов в атмосферу. На помощь приходит новая техника, появляются технологические решения, которые позволяют использовать отходы производства (изготовить из них что-нибудь нужное).

4. Одним из важных дел является применение биотехнологий. Биотехнология — это методы и приёмы получения полезных для человека продуктов с помощью живых организмов, и в первую очередь — микроорганизмов. Чтобы вам было понятнее: выпечка пышного хлеба с использованием дрожжей — тоже своеобразная биотехнология. Так в чём же здесь (кроме теста) мы уже достигли определённого прогресса?

Всё шире применяется биологическая очистка природных и сточных вод от загрязняющих веществ. Микроорганизмы используются для восстановления почв, загрязнённых органическими веществами (в первую очередь), а также для нейтрализации в воде и почве тяжёлых металлов, вредных для человека. Сейчас учёные работают над созданием биологически активного сорбирующего (впитывающего) материала для очистки воздуха.

5. Многие передовые производственные компании России отлично понимают важность ресурсосбережения и не останавливаются перед затратами в этой области и в деле охраны окружающей среды. Так, например, в горно-металлургической компании «Норильский никель» много сил отдаётся перестройке всей производственной цепочки, разработке технологий, позволяющих снизить выброс в атмосферу основного отхода производства — диоксида серы, превращая его в так называемую «элементарную серу», являющуюся

полезным сырьём. Это уникальный долгосрочный проект, который может сделать предприятия «Норильского никеля» по настоящему «чистым производством».

参考答案:

1. 人们最熟悉的情形是:沿几百公里河道流淌的河水是许多生物赖以生存的信念和真理,它返回海洋,蒸发后再开始新的循环……
2. 可是有人类参与的自然物质的循环更为复杂。首先,不能把这种循环称作真正的循环,因为"循环"经常被……破坏。
3. 学会重复利用矿物资源很重要(比如水),这不仅可以降低产品的成本(应该支付的全部原材料、水、电能的费用),而且能够减少扔到垃圾场的不可回收使用的废物数量。
4. 重要的是要应用生物技术。生物技术是研究借助生物体,首先是微生物体获得对人类有用食物的方法和途径。
5. 俄罗斯许多先进的制造公司对资源保护的重要性认识得非常清楚,在资源消耗和保护环境方面它们并没有畏缩不前。

Текст 49

«Сейчас Россия по грамотности чтения стоит на 28-м месте. Это данные последнего масштабного исследования, его проводили среди 15-летних школьников 32 стран, — говорит директор Института возрастной физиологии, доктор биологических наук, академик РАО Марьяна Безруких. — Оценивались три параметра: способность находить информацию в тексте, интерпретировать её и давать оценку. 1. Замечу, что в 15-летнем возрасте навык чтения должен быть полностью сформирован: человек выбирает профессию и вуз для поступления. Высшую оценку в 5 баллов получили лишь 3% наших старшеклассников. А вот 1 балл заработали 18%! Они способны понимать только простейший Текст и не более. Но это не всё. Оказалось, что у нас есть дети, которые выполнили задание ниже 1 балла! И их 9%. Значит, у нас 27% подростков, не способных как-то интерпретировать, пересказывать и анализировать прочитанное. Это функционально неграмотные люди. Они не смогут освоить профессию, понять должностную или какую-либо другую инструкцию, выполнить задание, даже самое простое. Это балласт для общества».

Продолжим арифметику. 2. Если к 27% «балласта» прибавить 29% тех, кто в результате тестирования получил 2 балла, то выйдет, что потенциально неграмотных молодых людей у нас больше половины. Вся эта печальная статистика верна и для Москвы: столица давно рассталась со званием самого интеллектуального города.

Откуда же взялось это обилие неграмотных школьников? Институт возрастной физиологии провёл своё исследование — на этот раз среди школьников с трудностями обучения письму и чтению в младших классах Москвы. 3. Учёные пришли к выводу: отстающие дети вовсе не глупые, просто методики и темп обучения не соответствуют их возможностям.

Именно ошибками в преподавании Марьяна Безруких объясняет возросшую безграмотность старшеклассников: «В начале 90-х интенсивность обучения резко увеличилась. Родители мечтали, чтобы их чадо стало вундеркиндом, а учителя-методисты разрабатывали свои рекомендации. Например, ребёнок должен читать со скоростью 120-140 слов в минуту. Но это тоже не соответствует физиологическим возможностям ребёнка, а главное — особенностям восприятия информации. 4. Механизмы чтения вслух и про себя разные. В практической жизни вам больше пригодится чтение про себя, но вот этому навыку в школе как раз и не учат!»

Интенсивность обучения обернулась тем, что «Букварь» теперь проходят за 2-2,5 месяца, в то время как раньше на это отводился как минимум год. А ведь навыки письма и чтения сформировать быстро нельзя: это та база грамотности, которую надо закладывать медленно. Ещё одна инновация 90-х: преподаватели стали требовать от родителей, чтобы те приводили в первый класс читающих и пишущих детей. 5. Родители и стараются: ребёнку ещё трёх лет не исполнилось, а его заставляют читать. Это бессмысленно и опасно: у детей, которых научили читать очень рано, формируется неправильный механизм чтения. Даже став взрослыми, они с трудом воспринимают тексты.

参考答案:

1. 我发现,阅读技能应该在 15 岁时完全形成:因为此时人们要选择职业和报考大学。只有 3%的高年级学生得了最高分五分。18%的人只得了 1 分!他们只能理解最简单的课文,再难就不会了。
2. 如果 27%的“拖后腿”学生再加上 29%得 2 分的学生,那么得出的结果是我国有一多半年轻人是潜在的文盲人群。这个令人担忧的统计数据同样适用于莫斯科:首都早已经不是文化水平最高的城市了。
3. 学者们得出结论:学习差的孩子并不是笨,只是教学方法和进度与他们的能力不适应。
4. 朗读和默读的机制是不同的。实际生活中您用得更多的是默读,可是学校恰恰不培养这种技能!
5. 父母努力地让不满 3 岁的孩子学习阅读,这是毫无意义和有害的:很早就学会阅读的孩子会形成一种不正确的阅读机制,甚至他们成年以后理解文章都很吃力。

Текст 50

Около трёх миллионов лет назад на Земле возникла биологическая жизнь. 1. Солнце остывает очень медленно, и на Землю за весь период её существования попадает примерно одно и то же количество световой энергии в единицу времени и на единицу её поверхности. По оценкам учёных, Солнечная система будет существовать ещё около 5 млрд. лет.

Основной источник биологической жизни на Земле — солнечный световой поток. На квадратный метр Земли падает мощность в три раза меньше мощности киловаттного утюга.

2. Солнечная энергия поддерживает стабильность всех земных биосферных процессов, т. е. растительный и животный мир (его коротко называют биотой) и взаимодействующую с биотой биосферу, т. е. атмосферу, океан и сушу.

Все виды биотических сообществ на Земле и все члены каждого сообщества взаимодействуют между собой в борьбе, завоёвывая себе место и ресурс потребления на Земле. Рано или поздно каждое сообщество и каждый его член в этом рыночно-конкурентном взаимодействии занимает свою нишу (壁槽，坑). Это взаимодействие идёт таким образом, что концентрации веществ и иные параметры биосферы остаются постоянными три миллиарда лет.

3. Постоянство параметров биосферы начало нарушаться только последние 200 лет благодаря деятельности человеческого сообщества.

Всё было нормально, пока население планеты, разбившееся в конкурентной борьбе на государства, в конце XIX века не превысило 0, 6 миллиарда человек. При этом доля невозобновляемого потребления человечеством продукции биосферы превысила 1% (5% «испорченной» суши и 20% растительного и животного мира). Это тот рубеж, при котором биота ещё могла самовосстанавливаться.

4. В настоящее время население Земли превысило 6 миллиардов человек, а доля невозобновимого потребления человечеством биосферных запасов составила 10%. В частности, благодаря техническому натиску человека концентрация в атмосфере углерода и углекислого газа выросла более чем в 2 раза.

Современное воздействие человека на биосферу слишком быстро преобразует естественные условия жизни на Земле в искусственные. Уже освоено 40% суши, а через 30 лет будет освоено около 80%. Через 3-4 десятка лет человек будет потреблять 50% продукции суши и океана. За прошедшее столетие промышленное производство выросло в сто, а энергопотребление — в тысячу раз. Из громадного числа новых химических веществ 4 млн. (!) признано потенциально опасными, а 0,2 млн. — токсичными.

5. Между прочим, следует воспользоваться тем, что Россия в настоящее время — самая богатая страна в мире, сохранившая неразграбленной (未被开发) 50% своей территории с богатейшими сырьевыми ресурсами. По сути, осталось 2-3 страны с возможностями, близкими к нашим. Например, если границы США, владеющих лишь 1% неразграбленной территории, закрыть на 3 месяца, их экономика будет разрушена безвозвратно.

Остаётся одно: человечеству нужно жить с биосферой в мире. Альтернатива — исчезновение человеческого сообщества как вида, при этом, скорее всего, биосфера да и биота даже не заметят этого исчезновения.

参考答案:

1. 太阳慢慢地冷却下来,在其存在的期间内,照射到地球表面的单位时间单位面积的光能是相等的。据专家估计,太阳系还将存在约50亿年。
2. 太阳能使地球上整个生物圈形成过程保持稳定,即维系动植物界(简称为生物群)和保护与生物群发生相互作用的生物圈,即大气层、海洋和陆地。
3. 只是在最近200年由于人类的社会活动,生物圈恒定的参数开始遭到破坏。
4. 现在地球人口超过了60亿,人类对不可再生的生物圈储备的需求达10%,特别是由于技术的突飞猛进,大气层中的碳和碳酸气体增加了一倍多。
5. 顺便说一下,现在俄罗斯是世界上最富有的国家,有50%的矿产资源蕴藏丰富的土地尚未被开发。实质上,只剩下两三个像我国这样的国家了。

附:2004～2006年俄语四级和研究生入学考试翻译试题

2004年俄语四级考试翻译试题

Переведите подчёркнутые предложения на китайский язык.(10 *баллов*)

71. Один из самых интересных снимков за всю историю фотографии — это первый «портрет» Земли, сделанный из космоса. 72. Впервые человек увидел планету, на которой живёт, как бы со стороны. И Земля оказалась перед нашими глазами настоящей красавицей. Океаны окрашены в ярко-голубые тона, а леса и земли — в зелёные, жёлтые, коричневые. То там, то здесь посреди океанов можно увидеть тёмные острова. И всё это покрыто полупрозрачными облаками.

73. У людей при взгляде на этот снимок может появиться неожиданное ощущение: континенты, похоже, не остались без движения, а плывут среди океанов, как огромные корабли. И у каждого свой курс...

74. Но вы ещё больше удивитесь, узнав о том, что континенты Земли и в самом деле не стоят на месте, а находятся в постоянном движении. На этот счёт существуют вполне убедительные научные теории. 75. И появились такие предположения за много лет до того, как человек впервые увидел свою планету с космической высоты.

译文*:

71. 在整个摄像史中最有趣的一张照片是从宇宙拍摄的地球的第一张《肖像照》。72. 人们第一次似乎从侧面看到了所居住的星球。在我们面前地球是一个真正的美女。海洋呈明亮的浅蓝色调,深林和大地有绿色的、黄色的和棕色的。在海洋中间时而那里,时而

* 划线部分是试题的答案,以下同。

这里可以看到暗色的岛屿。并且所有这一切都被半透明的云笼罩。

73.看到这张照片时,人们可能会产生一种无法预料的感觉:好像这些运动着的大陆像巨大的轮船在海洋中漂浮。每艘船都有自己的航线……

74.当您得知地球大陆实际上不是静止不动,而是处于不断的运动中时,会让您更加惊奇。在这方面有极具说服力的科学理论。75.在人们从宇宙高空第一次看到自己居住的星球之前,许多年间已经出现了这样的预测。

2005年俄语四级考试翻译试题

Переведите подчёркнутые предложения на китайский язык.(10 *баллов*)

На вопрос «Зачем люди изучают иностранный язык?» ответить не так просто.

71. Существуют самые разные причины, побуждающие нас приняться за непростую, но крайне интересную работу — изучение иностранного языка, изучение культуры другого народа. Народная мудрость говорит: «Человек столько раз человек, сколько иностранных языков он знает.»

72. Понимая смысл этих слов, невольно думаешь от том, что знание иного языка, знакомство с культурой другого народа обогащает человека, развивает его личность.

73. Понимание жизни и обычаев другого народа, проникновение в строй чужого языка позволяет глубже осознать своеобразие собственного народа, богатство родного языка. В современном мире знание иностранных языков становится знаком уровня культуры человека.

74. И дело не просто в том, что сейчас различные страны не могут прожить без экономического и научного сотрудничества и связей, а также и в том, что в последнее время происходит сложное взаимодействие культур. Хорошо об этом сказал выдающийся русский педагог Ушинский:

75. «Язык есть самая живая, самая богатая и прочная связь, соединяющая прошлые живущие и будущие поколения народа в одно великое, историческое целое...»

译文：

要回答“人们为什么学习外语”这个问题并不是那么容易的事。

71. 有各种各样的原因促使我们着手从事一项不那么容易，但又很有意思的工作，即学习外语，学习其他民族的文化。有一句民间格言：“一个人懂多少门外语，那他就会有多少智慧。”

72. 在理解这句话的含义时，你会不由自主地想到，学习另一种语言，了解其他民族的文化能够使人们更充实，并培养其个性。

73. 了解其他民族的生活和风俗习惯，深入了解异族语言的体系能够（使人们）更进一步认清本民族的特点和母语的丰富多彩。在现代社会是否懂外语正逐渐成为一个人文化水平高低的标志。

74. 然而，问题的关键并不仅仅在于现在各国如果没有彼此之间的经济和科技合作与联系就不可能生存,还在于近年来（各民族之间）文化的相互影响日益复杂。俄罗斯杰出的教育家乌申斯基的话很好地说明了这一点：

75.“语言是把前辈和后代联结成一个伟大的历史整体的最活跃、最丰富和最持久的纽带……。”

2006 年俄语四级考试翻译试题

Переведите подчёркнутые предложения на китайский язык.(10 *баллов*)

История человеческой культуры — это история человеческого разума. 71. При общении человека с ценностями прошлого, культура человеческого рода идёт как бы в духовный мир личности, способствуя её нравственному развитию. 72. Исторический опыт поколений воплощён в созданных им культурныч ценностях.

В процессе внутренней жизни человек думает о сделанном и новых действиях для осуществления своих целей. К духовной жизни, к жизни человеческой мысли можно отнести знания, веруб чувства, потребности, наши способности, цели и стремления. Жизнь человека невозможна без переживаний, действующих на внутренний мир личности. Радость, оптимизм, вера окрашивают нашу жизнь. 73. Человеку свойственно стремление к самопознанию и самосовершенствованию. 74. Чем больше развит человек, чем выше его культура, тем богаче его внутренняя, духовная жизнь.

Уже доказано, что человек не может жить вне общества. И значит, существование человека невозможно вне окружающей его культуры. 75. Рождаясь, человек не выбирает ту культурно-историческую среду, в которой ему предстоит прожить свой век. Условием для нормальной жизнедеятельности человека и общества является овладение накопленными обществом знаниями, умениями.

译文:

人类文化的历史就是人类智慧的历史。71. 当一个人接触到过去（先人创造的）的财富时,人类的文化就好像进入了个人的精神世界,这有助于培养个人的道德素质。72. 老一辈的历史经验在他们自己创造的文化财富中得以体现。

一个人在内心活动时,往往会为了实现自己的目标考虑已经做过的和未做过的一些行为。可以把知识、信念、情感、需求、能力、目标和追求都归结为精神生活,归结为人类思想活动。没有作用于个人内心世界的体验,人类的生活是难以想象的。喜悦、乐观、信念美化着我们的生活。73. 人类渴望自我认识和自我完善。74. 一个人越有修养,文化素质越高,他的内心精神生活就越富有。

事实证明,一个人不能生活在社会之外。意思就是说,人类不能生活在他所处的文化环境之外。75. 人一出生是不能选择他所要生活时代的历史文化环境的。掌握社会积累的知识和技能是保持人类和社会的活力的条件。

2004 年俄语研究生入学考试翻译试题

Вам предъявляется текст и 5 заданий.

Прочитайте текст, переведите подчёркнутые предложения на китайский язык. Задания выполните в матрице №2.（10 баллов）

Было время, когда человек пользовался дарами природы, не причиняя ей серьёзного ущерба.

Многим кажется, или казалось до последнего времени, что ныне человек независим от природы. Опасное заблуждение! Мы — часть природы и как часть без целого существовать не можем.（61）Некогда человек целиком зависел от природы, ныне природа попала в зависимость к человеку. Человек приобрёл такую силу, что способен, иногда сам того не подозревая, нанести биосфере в целом — и себе, разумеется, — непоправимый вред. И только научный подход к биосфере позволяет человечеству не просто сохранять её богатства, но и приумножить их.

Почему же так тревожит учёных разных стран, да и не только учёных, состояние биосферы? Основания для тревоги есть.

Вот приблизительно 10 тысяч лет назад зародилось земледелие. За 10 тысяч лет две трети лесов вырублены, словно бритвой сбриты с лица земли. Топор, пила, электропила, всесильный огонь сделали своё дело.（62）Леса — не только лёгкие нашей планеты, не только гигантские фабрики кислорода, они хранители вод и почвы. Вот почему теперь повсеместно запрещают рубить лес по берегам рек. Но современный человек, как и его предки, без древесины обойтись не может. Значит, человек будет рубить лес и впредь. Но как рубить?

В отличие от угля, нефти, газа, руды, лес — богатство возобновимое, он вырастает снова и снова. И человечество может удовлетворять свои потребности в древесине бесконечно долго, если будет соблюдать простейшее условие, вырубать не больше того, что вырастает.

Много на нашей земле разных животных и птиц, но подсчитано, что за исторический период исчезло более 100 видов млекопитающих и 136 видов птиц. Многие виды птиц, наземных животных, морских животных вот-вот перестанут существовать.（63）Учёные завели «Красную книгу», куда заносятся виды животных и растений, которые стали редкими и нуждаются в особой охране. Многие виды диких животных обязаны своим спасением заповедникам. Заповедники — это ценнейшие научные лаборатории, в которых учёные ищут способы наиболее полного, разумного использования даров природы.

Ну, а вода? Разве она менее важна? Могут ли без неё существовать живые организмы? Разве она заменима? (64) Ещё недавно всем казалось, что уж в воде-то человечество никогда не будет испытывать недостатка. А в последние годы оказалось, что многим странам, в том числе таким, где есть многоводные реки и озёра, уже не достаёт чистой пресной воды.

Хотя вода находится в постоянном движении, но она, подобно атмосфере, не избежала загрязнения. И вот результат: гибель многих рек и озёр планеты, которые прежде служили источником чистой пресной воды, гибель ценнейших пород рыб.

(65) Мы все живём на одной планете, дышим одним воздухом, пользуемся благами одного Мирового океана. Охрана природы и разумное использование её богатств стоит в ряду важнейших проблем. Это проблема глобальная, общечеловечная. Решить её можно только усилиями всех государств и народов.

译文:

曾经有一段时间人类利用大自然(恩赐的)财富,同时也没有给自然带来严重的危害。

许多人现在觉得,或者说是不久前还觉得,至今人类并不依赖于大自然。这是多么危险的错误认识啊!我们是大自然的一部分,作为部分脱离了整体是无法存在下去的。(61)从前人类完全听命于大自然,而现在大自然却要顺从人的意志。人类已经拥有了巨大的力量,有时他们自己也意料不到能够给整个生物圈(当然也包括人类自己)带来无法补救的危害。只有科学地对待生物圈才能使人类不是单纯地保护自然财富,而且还能够使这些财富不断增加。

究竟为什么各国学者,不仅仅是学者,对生物圈状况如此担忧呢?当然有(他们)担忧的原因。

大约一万年前开始了农耕。在这一万年间三分之二森林被砍伐,就像用剃须刀把它们从地表剃掉了一样。(利用)斧头、锯、电锯、万能的火来完成了这一切。(62)森林不仅是地球的“肺”,不仅是一个大型的氧气工厂,而且是水和土壤的保护神。因此,现在世界各地都禁止砍伐沿河两岸的森林。可是现代人也像祖先一样,没有木材就寸步难行了。看来,人们还将继续砍伐森林。该如何砍伐呢?

与煤炭、石油、天然气、矿产不同,森林是可再生资源,它可以不断生长。人类如果遵循一个最简单的法则:砍伐不要多于植树,那么人类就永远能够满足自己对木材的需求。

我们地球上有许多种动植物和鸟类,但据统计,在一个历史周期内已经有100多种哺乳动物和136种鸟类灭绝了。许多鸟类、陆地及海洋动物也濒临灭绝。(63)科学工作者编写了《红皮书》,其中记载了各种需要特别保护的稀有动植物种类。由于建立了自然保护区,很多种野生动物得以生存下来。自然保护区是最珍贵的科学实验室,科学工作者在其中不断寻找更合理充分利用自然财富的方法。

那么水呢？难道水不那么重要吗？没有水生物能生存下去吗？水是可以替代的吗？(64)还是在不久前人们普遍认为,人类永远不会缺水。但近几年来我们看到的情况是,许多国家,其中包括拥有水量充足的江河湖泊的国家,也已经感受到清洁淡水的匮乏了。

虽然水不停流淌,但它也像空气一样,会受到污染。后果很严重:许多以前作为纯净的淡水来源的河流湖泊都干涸了,最珍稀的鱼类绝种了。

(65)我们生活在同一个星球,呼吸着一样的空气,利用共同的海洋资源。保护自然环境和合理利用自然资源是极其重要的问题。这是全球性的问题,全人类的问题。只有全世界各国人民共同努力才有可能解决这个问题。

2005 年俄语研究生入学考试翻译试题

Вам предъявляется текст и 5 заданий.

Прочитайте текст, переведите подчёркнутые предложения на китайский язык. Задания выполните в матрице №2.（15 баллов）

Парадоксы начинаются с определения, что такое память. У учёных нет здесь единства, определений — десятки, и на представительных философских семинарах идут жаркие споры: все（для себя）прекрасно представляют, о чём идёт речь, но определить...

（41）Почти в каждой популярной книге о памяти можно найти большие списки наук, так или иначе касающихся памяти. Едва ли не половина учёных, исследующих функции человеческого организма, занимается памятью или, по крайней мере, профессионально интересуется ею.

Что такое хорошая память? И что такое плохая?

На память жалуются часто, но никто не жалуется на ум. Памяти же не хватает чаще всего именно потому, что ум мы редко подключаем к её работе.

Если же говорить о хорошей и плохой памяти, то авторам кажется, что в зависимости от характеристик индивидуальной памяти имеет смысл говорить о ней, как о хорошей, когда память не мешает нам. （42）Память существует как раз в проявлении себя, в воспроизведении своих следов, хотя человек часто воспроизводит материал, не осознавая того, что он обращается к памяти. Так вот тогда, когда память удобна, как хорошо пригнанная ноша, когда она всегда готова предложить всё необходимое, ничего не упустив и не добавив лишнего, — тогда о памяти можно говорить как о хорошей. Или даже как об очень хорошей.

（43）Мы не требуем от памяти, чтобы она хранила всё, но хотим, чтобы она не теряла нужного.

Отклонения как в сторону усиленного, так и затруднённого забывания свидетельствуют о несовершенстве памяти.

Формально возможности нашей памяти почти безграничны. Об этом можно прочитать едва ли не в каждой популярной книжке о памяти.

Мы иногда не можем вспомнить то, что знаем абсолютно точно. Более того, чем больше стараешься ухватить забытое, которое только что буквально на языке вертелось, тем дальше оно прячется, чтобы потом, вдруг, явиться откуда-то из потайного уголка.

Неинтересный и кажущийся ненужным материал запомнить бывает очень трудно. (44) Внимательный студент, например, может заметить, что трудный экзаменационный курс усваивается именно тогда, когда у человека появляется отношение к нему. Во всяком случае, не вызывает сомнения, что эмоции нужны для запоминания.

В опытах на животных было доказано, что эмоциональная окраска обучения какому-нибудь навыку с помощью стимуляции зон мозга, связанных с эмоциями, существенно ускоряет запоминание и делает его более прочным.

Но вот информация зафиксирована. (45) Теперь, если в момент, когда её нужно вспомнить, появляются эмоционально значимые стимулы, их воздействие может быть различным. Припоминание информации может улучшиться, но может быть и просто задавлено.

译文:

讨论从记忆的定义谈起。目前学者们没有给出一个一致的说法,存在几十种定义,而且在一些哲学问题讨论会上一直激烈地辩论:所有人(自已)都非常清楚地提出讨论的问题,但是下定义就……

(41)几乎在每一本关于记忆的科普书中,都可以发现许多学科或多或少与记忆有关。在研究人体功能的学者中,有近一半的人或直接从事记忆研究,或至少对记忆产生职业兴趣。

什么是好的记忆力?什么是不好的记忆力?

人们常常抱怨记性差,谁都不抱怨自己的聪明才智。记忆力不好常常是因为我们几乎没有把聪明才智与记忆过程联系起来。

如果谈到记忆力的好与不好,那么作者认为,若记忆力不防碍我们,这就是记忆力好的时候,这是受个人的记忆特点制约的。(42)记忆恰恰存在于自身的表象之中,再现自身的印迹,尽管人们常常在重现某些材料时并未意识到是在求助于记忆。若记忆的任务恰当,它又时刻准备提供必要的信息,一点也不多,一点也不少,那么我们就称其为记忆力好,或者叫做惊人的记忆力。

(43)我们并不要求记忆能够保持一切,但却希望它不要丢失我们需要的东西。

忘性强或弱的偏差都表明记忆并非完美。

从表面看来我们的记忆能力几乎是无限的。差不多每本有关记忆的科普书都提到过这一点。

我们有时想不起来那些记得比较清楚的事情。并且,越是努力回想那些仿佛就在嘴边的事情,它们就隐藏得越深,日后说不定从哪就突然冒出来了。

(那些我们)不感兴趣和认为不需要的资料常常难记住。(44)比如,认真的学生可以发现,要掌握难学的考试课程,就必须对课程产生兴趣。毫无疑问,在任何情况下,记忆都需要情感。

动物实验证明,学习任何一种技能时,情感色彩通过与情感相关的大脑区域刺激,可以从根本上加快记忆,并能牢牢记住。

信息就是这样被记录下来。(45)现在如果需要回忆某一信息时,就出现一些情感刺激,其作用可能不一样,有的可以有助于信息回忆,有的则可能抑制回忆。

2006年俄语研究生入学考试翻译试题

Вам предъявляется текст и 5 заданий.

Прочитайте текст, переведите подчёркнутые предложения на китайский язык. Задания выполните в матрице №2.（15 баллов）

Престижно иметь своё дело, интересную профессию и неплохой заработок.（41）Только понятие «успешная карьера» у многих связано с долгой дорогой до офиса, скучными обедами и постоянной напряжённой работой, из-за которых видеть мужа и детей среди рабочей недели можно только на фотографиях. Вот если бы можно было делать карьеру, не выходя из дома...

На первый взгляд идея работать дома кажется очень привлекательной, а её преимущества несомненными. Во-первых, не надо вскакивать чуть свет и мчаться на работу, боясь получить наказание за опоздание. Во-вторых, нет необходимости наполнять свой шкаф скучными, но очень дорогими офисными костюмами. В-третьих, работая дома, можно питаться не полуфабрикатами, а кормить себя и близких вкусной домашней едой. Не говоря уже о других привлекательных возможностях. Работая дома, нет нужды постоянно отпрашиваться с работы «по личным обстоятельствам». И в отпуск можно ездить, когда вздумается, а не когда отпустят. Только можно ли сделать карьеру при такой счастливой ситуации?

（42）Многие женщины, попробовавшие такой труд дома, говорят, что это тяжёлый хлеб — для того чтобы заработать даже небольшие деньги, потребуется гораздо больше усилий, чем при работе в офисе. К тому же потребуется самодисциплина, женскому полу, в общем-то, не свойственная. Вы с удивлением обнаружите, что день стал слишком коротким и вы ничего не успеваете сделать. Постоянно приходится заниматься уборкой. Ведь ни одна женщина не сможет работать, когда кругом беспорядок. На приготовление обеда уходит полдня. Ведь вкусная и здоровая пища с неба не падает. А потом ещё нужно будет помыть посуду...（43）Трудиться в одиночестве невесело. Если раньше вы считали, что коллеги слишком часто отвлекают по пустякам и не дают сосредоточиться на главном, то дома вы будете скучать без них. К тому же трудолюбие — вещь заразительная. Легко совершить трудовые подвиги в офисе, в атмосфере всеобщего энтузиазма. А дома, где покой и гармонию никто не нарушает, можно просиживать над чистым листом часами.

Впрочем, если вы — человек ответственный и аккуратный, ваши трудности будут другого рода.（44）Боясь не успеть выполнить работу к нужному сроку, вы будете сидеть за компьютером с раннего утра до позднего вечера. Но в скором времени начнёте испытывать дефицит человеческого общения.

Если надомная работа не временная, а постоянная, вы неизменно начнёте тосковать по офисной жизни, неформальным чаепитиям по пятницам, коротким дням накануне праздников, странным сувенирам, которые неизменно дарят коллеги мужского пола в канун 8 Марта. (45) Вам будет некуда надеть недавно купленный костюм. Каждый день будет похож на предыдущий. Вас перестанет радовать приближение выходных. Одним словом, у вас, скорее всего, появится повод обратиться к врачу.

译文:

拥有自己的事业、有趣的工作和不错的薪水是很有威望的。(41)只不过对于很多人而言,"事业有成"这一概念总是与遥远的上班路程,单调的午餐和日复一日的紧张工作联系在一起。由于这些原因,她们在一周的工作时间里只能在照片上看看丈夫和孩子。要是可以足不出户就能事业飞黄腾达就好了……

初看起来,在家工作似乎很吸引人,它的优势也毋庸置疑。第一,不必要为了避免迟到被罚款,天刚亮就起床急匆匆去上班。第二,不需要在衣柜里预备多套刻板而昂贵的职业装。第三,在家工作就不用吃半成品工作餐,可以给自己和家人准备可口的饭菜。不想再谈其他的优点了。在家工作不用总是"因私"请假。想什么时候休假就可以休假,不用等到放假时再休息了。是否可以在这样舒适的环境下干一番事业呢?

(42)很多尝试过在家中工作的女性都说这碗饭不好挣,即使是为了挣点小钱也需要付出比在办公室更多的努力。况且还需要自律能力,通常女性的自律能力较差。您会惊讶地发现,一天的时间太短了,什么都没来得及做(时间就过去了)。常常要收拾屋子。因为家里杂乱无章的环境,任何一个女性都无法工作下去。做饭又要花掉半天时间。美味健康的饭菜不会从天而降。饭后还要洗碗……(43)独自一人工作并不愉快,如果以前您认为同事常常因琐事分散您的注意力,使您无法集中精力做主要的事情,那么在家中您将会因没有同事而寂寞。并且勤奋工作是会互相感染的。在办公室积极向上的氛围中很容易完成工作任务,取得成绩。在家中的安静和谐条件下,没人打扰,往往坐了好久也做不成任何事情。

顺便提一下,如果您有责任心,做事有条理,您就会碰到别的困难。(44)由于担心无法在规定的期限内完成工作任务,您从早到晚都要坐在电脑前,然而您很快就会感到缺乏人际关系。

如果在家工作是长期的,不是临时的,您一定会怀念办公室的生活,怀念每到周末或节假日前夕(和同事一起)去喝茶,怀念男同事在"三八"节肯定会送您稀奇古怪的小礼物。(45)对您而言,新衣服将派不上用场,每天都是一个样,节假日的来临也不再让您快乐。总之,您多半就要有看医生的理由了。